# 日本語는 女性을 어떻게 표현해 왔는가?

안병곤·전철·김명주 역

보고사

日本語는 女性을 어떻게 표현해 왔는가?

## 한국어 번역 범례

1. 일본어표기는 교육부의 한글맞춤법 일본어표기법에 따랐으며, 특별히 명기해야 할 필요성이 있을 경우에는 원음을 충실히 표기했다. 용어나 키워드의 경우는 이해를 돕기 위해 일본음표기로 하고, 그 뜻을 병기하였다.

2. 기호, 부호는 원서에 따랐다. 단 〈 〉는 한국어 번역하는 데 있어서 꼭 표시해야 할 부분에 한해 부기하였다.

3. 각주는 한국어번역자들에 의한 역주이고, 미주는 영서인 본서의 일본어역자의 역주이다. 본서는 1990년에 저술되어 당시의 시사적인 문제들을 많이 다루고 있는 만큼, 독자의 이해를 돕고자 최근의 통계, 상황 등을 모두는 아니지만, 필요성이 있을 경우 주로 달아 두었다.

4. 연호는 서기로 바꾸어 통일하고, 괄호 안에 연호를 병기하여 일본문화사 속에서의 이해를 기했다. 단 문맥 속에서의 연호는 그대로 사용하였다.

5. 본서의 내용이 언어적 특성을 고찰한 내용이므로, 용어뿐 아니라 표현의 경우도 될 수 있는 한 직역하여, 의미를 잘 전달하고자 했다.

　이 책은 미국여성인 저자가 일본어를 통하여 일본여성, 또는 일본여성과 남성의 사회적 관계를 파헤친 독특한 내용의 것이다. 특히 저자가 세계에서 여성의 지위가 높다고 인정받고 있는 미국의 여성인 탓에 눈은 한층 예리하게 빛나고 있다. 자국인이거나 또 일본어를 잘 알고 있는 사람이라면 낯 뜨거울 만한 말들도 애교스럽게 풀어가는 재치도 보인다. 단, 한자문화에 대한 이해가 부족한 탓에 다소 읽는 이를 실소케 하는 부분들도 있지만, 그건 별 문제가 되지 않는다. 그리고 여기에 제시된 문제는 동일한 한자문화권에다, 일본보다 여성의 사회적 지위가 낮다고 소문이 자자한 우리 한국인에게 있어서도 똑같이 적용되는 경우가 많을 것이다. 또 글을 쓴다는 것은 결국 자기를 쓴다는 말이듯 저자는 우리에게 일본문화뿐 아니라 자국문화인 미국문화도 함께 제시하고 있는 셈이다. 그러한 점에서 비단 이중의 눈이 아니라, 우리 한국인의 눈도 더해져 삼중의 눈을 뜨게 해 줄 아주 풍부한 독서체험이 보장된 책이다.

　20세기를 지나면서 의식의 변화와 함께 사회 전반적 영역에서 제도적 개혁도 수반되어, 여성의 교육기회와 사회진출이 늘고, 그와 함께 결혼 및 가정, 남녀관도 크게 달라지고 있다. 21세기에 들어 우리나라에서도 호주제폐지 등과 같은 여성차별적 제도개선이 촉구되었다. 일본 역시 상황은 많이 바뀌었다. 그녀가 개탄하고 있는 것보다 문제는 많이 개선되었다. 한 예로 이 책에서 제기하고 있던 여성천황 문제가 황실유지와 여성인권이란 차원에서 국회 법안을 통과하여 기정사실화되었고, 여론도 80% 가까이 찬성을 하고 있다. 하지만 얼핏 희망을 던져주는 획기적인 사건일 뿐이었다. 오히려 이러한 사회적 이슈가 남녀평등화가 실현되었다는 환상을 안겨준 것에 불과했다는 것도 또 명백해졌다. 손녀딸만 둔 일왕의 둘째 며느리가 셋째 아이를 가진 것이다. 그리하여 사회 분위기는 왕자출산을 기원하는 왕조시대로 퇴행하고, 출산예정일인 2006년 9월까지 사실상 보류되고 만 것이다. 아직은 개선되었다고 하는 것이 과거와의 비교에서 오는 온건한 보수주의자들의 위안에 지나지 않는다는 것을 또 한번 절실히 깨치는 요즈음이다. 따라서 제시된 몇몇의 남성비하적 표현들을 접하면서 마치 여성상위가 곧 도래할 것 같은 착각에 빠져서도 안 될 것이다. 사실 제도가 개선된다 하더라도 문제는 제도 자체에 있는 것이 아니라, 언제나 우리들 의식 속에 있는 것이다. 언어를 통하여 우리들의 혈맥 속에 유전자처럼 전승된다는 것을 지적하여 각성을 촉구한 것이 이 책이고, 거기에 우리가 번역한 이유가 있다.

미래학자들은 21세기는 3F의 시대가 될 것으로 내다본다.

여성(female), 감성(feeling), 그리고 상상력(fiction)이다. 이제는 육체적 힘을 필요로 하던 농경문화의 시대도 아니고, 논리가 칼처럼 부딪히던 산업화사회도 아니고, 여성적 감수성과 창의력이 그 힘을 발휘할 새로운 시대로 접어들었다는 경고로 들린다. 이러한 예언을 의식하지 않는다 하더라도, 현실적으로 여성이 단지 가정의 틀에서 벗어나자는 것만이 아니라, 각자 자신을 하나의 개체로 인식하고 꿈을 실현하고자 사회로 나아가고 있다. 사회가 여성성에 대한 건전한 가치판단을 내릴 수 있어야 할 것이다. 여성이 지닌 고유한 능력을 마이너스적 관점에서 플러스적 관점으로, 즉 인간 그대로 볼 수 있는 사고의 전환이 촉구되는 계기가 되었으면 한다.

번역하면서 서로 의견을 나누며 고심하였지만 이 책의 특성상 될 수 있는 한 용어와 표현들은 일본어 그대로 남겨두었다. 왜냐하면 문제제기가 표현이나 용어에서 시작되기 때문이다. 그리고 이미 일본번역서의 출판 이후 해결된 문제라 하더라도 주의 형태로 설명할 수밖에 없었다. 내용의 이해를 돕기 위하여 사진을 간간히 보충자료로 올렸다. 여러모로 성원해주시고 조언해주신 보고사 여러분들께 감사드린다. 그 외 내용상의 오류나 번역기술 상의 문제가 있다면 언제든지 우리 번역자들에게 지적해주시기를 바란다.

역자일동

# CONTENTS

## 187 밖에서 일하는 여성



## 219 섹슈얼리티 Sexuality

日本語는 女性을 어떻게 표현해 왔는가?

# 여자란 존재

Female Identity

女であること

본래 여성은 태양이었다(In the Beginning, Woman Was the Sun)

# 여자란 존재 Female Identity
## 女であること

天照大御神
## 아마테라스 오오미카미
Great Heaven-Shining Mother

　새해 첫날 자신의 조상을 생각하며, 수평선 저편에서 얼굴을 내미는 태양—해돋이 장관—을 보기 위하여 아침 일찍 일어나는 일본인도 있다. 태양의 여신, 아마테라스 오오미카미(天照大御神)는 모든 일본인의 어머니라 할 수 있는 조상이며, 일븐 신화「신도(神道)」의 최고신이기도 하다. 신도는 태양을 여성으로 보는, 세계적으로도 드문 종교 중 하나라고 할 수 있다. 약 1,300년 전에 처음으로 쓰여진 신화에 의하면 아마테라스는「3종의 신기」라는 지금도 여전히 숭배되고 있는 거울, 검, 구슬을 자손에게 전해주고「무성한 갈대로 덮인 벌판과 탐스러운 벼이삭의 나라」에 사람을 살게 하여 일본이라는 나라를 만들기 위하여 그 자손을 지상에 보냈다. 현재의 천황은 그 태양 여신의 직계자손이며, 지금까지 계속해서 그 혈통을 이어와 세계 최장의 혈통을 자랑하고 있다.

　아마테라스와 그 신의 거울은 가장 신성한 신궁인 이서 신궁

(伊勢神宮)에 모셔져 있다. 이 신궁은 매우 오래 된 것으로서 기원은 학자들 간에 논쟁거리가 되고 있으나, 팸플릿에 의하면 공주 야마토히메노 미코토(大和姬命)에 의해 4세기에 그 장소에 세워졌다고 한다. 다른 많은 신사와는 달리 그 신궁은 일본 최고(最古)의 건축양식으로 지어져 높은 지위의 여성 신관(斎宮-사이구)이 관리하고 있다. 이 직위는 전통적으로 황녀에 의해 계승되어 왔는데, 1868년(明治元-메이지 1년)에 폐지되어 1946년(昭和21-쇼와 21년)에 부활하였다. 이세신궁에 있는 최고신은 여성이지만 신관은 소수를 제외하면 모두 남성이다. 그들에게 후조(巫女)라고 불리는 수많은 여성이 곁에서 시중을 들고 있다.

일본인 중에는 신도라는 것이 군국주의의 불쾌한 기억을 상기시킨다는 사람도 있지만 태양 여신은 히라쓰카 라이초(平塚雷鳥)를 포함한 많은 일본여성을 오랜 기간 고무시켜 왔다. 히라쓰카 라이초는 세이토(青鞜)라는 여성 해방 문학 서클을 창설하여 현대 페미니스트운동의 선구자가 된 사람이다. 그룹 기관지 「세이토」의 창간호를 1911년(메이지 43년) 출판에 즈음하여 그녀는 아마테라스를 주축으로 하는 신화의 세계로 되돌아간 것이다. 일본에서 라이초의 시는 페미니스트 선언으로도 유명하다고 생각되는데 그것은 다음과 같이 시작한다. 「본래, 여성은 태양이었고, 진정한 인간이었다.」(原始、女性は太陽であった。真正の人であった。)

히라쓰카 라이초(平塚雷鳥)

# 아네고하다

Big-Sister Types

　아네고하다(姉御肌) 기질이라는 존재는 일본에서는 강한 힘을 가지고 있다고 회자되고 있다. 여성은 일반적으로 강함과 선량함 양쪽을 다 가지기는 힘들다고 여겨진다. 「아네고하다(姉御肌)―여장부」와 같은 특수한 카테고리에 들어가지 않는 한 여자는 강하거나, 선량하거나 둘 중 하나일 수밖에 없는 것이다. 여기서 말하는 「하다(肌)」라는 것은 성격, 혹은 타입 등의 의미이다. 「아네(姉)」는 연상의 여자 형제를 의미하며, 그 중간의 「고(御)」는 존경 혹은 애모의 정을 덧붙이는 단어이다. 일본에서는 연령을 불문하고 강하고 정직하고 능력이 있는 여성은 여성, 남성 모두에게 「여장부」라고 칭찬받는다. 여장부는 직장 혹은 학교 등 그 어느 곳에서도 수하에 있는 사람을, 서양인이라면 "paternalistic"(가부장적 가족주의, 온정주의)이라고 형용할 수 있는 방법으로 리드하며 보살핀다. 또한 자신보다 나이가 적은 사람이나 약한 자에게 상냥하다. 그녀는 부하(꼭 여

성이라고 단정 지을 수 없는)를 뽑아, 여러 방면으로 원조와 격려를
해 준다. 이것이 일본인이 말하는 여장부의 행동이다.

누나/언니와 같이 타인을 잘 보살피는 사람은 「오야붕하다
(親分肌)」(parent-role skin)라고도 불린다. 이것은 보통 남성에게
만 붙여지는 명칭이다. 나이가 많은 오야붕(親分, leader)과 나이
가 적은 부하(henchman) 사이에서처럼 강력한 유대관계를 중요
시하는 야쿠자사회에서는 「아네고하다」와 「오야붕하다」는
또 다른 의미를 지닌다. 야쿠자에게 있어 「아네(姉)—누나/언
니」는 「오야붕의 아내」이거나, 또는 평소에 여장부 기질을 발
휘하는 리더십을 가진 여성을 의미한다.

보통 나이로 특권과 책임을 부여하는 일본에서는 직장이나
가정에서 「언니/누나」는 권위 있는 존재이다. 일본어에서는
연상, 연하를 규정하지 않고 단순히 "sister"(여자형제)를 뜻하
는 단어는 없다. 의미가 가까운 복수형의 자매(sister)라는 단어
가 있지만 이것은 언니와 여동생이라는 두 개의 한자를 더한
것이다. 자매라는 단어는 자매도시나 자매회사(관련 회사) 등에
도 쓰인다. 가족간에 형제는 언니/누나를 「오네에상(お姉さ
ん)」이라고 정중하게 부르지만 언니/누나는 나이가 어린 형제에
게 이름을 부른다. 나이가 많은 남자형제(형), 나이가 적은 남자
형제(남동생), 그리고 형제(兄弟)라는 단어도 이와 같은 방법으로
쓰인다. 단, 「형제」라고 함은 보통 여자형제, 남자형제 양 쪽을
나타낸다.

# 안네의 날

Anne's Day

　일본에서 자신의 이름이 불후의 명성을 떨치고 있다는 것을 알면, 안네 프랑크는 처음엔 쇼크를 받겠지만, 곧 정신을 차리고 웃게 될 것이다.

　「오늘은 안네의 날이야」라고 여자들끼리 소곤거리곤 하는데, 그녀들이 표현하려는 것은 유대인 소녀와도, 그 소녀의 가족을 은신처에 숨겼던 제2차 세계대전과도, 나치즘과도 아무런 관계가 없다. 안네의 일기는 수백만 사람들의 마음을 움직여서 전쟁의 광기를 생각하게 했다. 그와 동시에, 이제는 유행에 뒤떨어진 표현이 되었지만 일본에 월경을 의미하는 말을 생성시켰다.

　안네도 이 화제에 대해 한 번 언급한 적이 있다. 「월경이 올 때마다—라고 해도 지금껏 세 번밖에 없지만—아프고, 불쾌하고, 싫지만 달콤한 비밀을 가진 것 같은 느낌이 들었다. 그렇기 때문에 어떤 의미에서는, 걱정되는 일이긴 해도 내 안에 비밀을 가질 수 있는 때가 오기를 학수고대 하게 된다.」

안네에게서 월경을 연상한다.─이것은 정말로 이해하기 어렵다. 안네 주식회사라는 생리용품 회사가 아니고서는 보통의 일본인에게는 이 두 개의 단어가 연결되지 않을 것이다. 이 기업은 1961년에 처음으로 일본여성에게 알맞은 사이즈의 생리용품을 만들어 광고테마로서「안네의 날」을 채용하였다. 일본여성은 이전부터 이러한 여성용품에 익숙했다. 킴벌리 클락 코퍼레이션이 1921년에 일회용 생리대(Kotex) 브랜드를 미국에 소개한 지 얼마 안 되어 일본에도 이러한 종류의 상품이 수입되었기 때문이다. 상품 명명에 결정권이 있었던 당시 안네의 PR부장은 월경에 얽힌 좋지 않은 이미지를 한 번에 없애는 것이 목적이었다고 그때의 추억을 되짚어 말한다. 그들이 제공하는 이미지는 아름답고 청결해야 함과 동시에 걱정거리가 아닌 기쁨, 우울함이 아닌 밝음의 이미지여야 했다고 한다.

안네 회사의 남성들이 광고 캠페인을 전개해 가는 중에 월경을 옛 시대의 고상하고 좋은 위치로 끌어올린 것일지도 모른다. 어느 학자는 고대 월경 기간중의 여성에게 다가가서는 안 된다고 한 이유는, 월경이 신에게 바쳐진 신성함의 증거로서 인식되었기 때문이라고 추측하고 있다.

이와 같은 신앙은 712년에 완성된 일본 최고(最古)의 서책『고지키(古事記)』에 기록된, 월경에 관한 세계에서 가장 오래된 시 한 편에서 엿볼 수 있다. 어느 전사가 공훈을 세우고 돌아온다.

사랑하는 공주와 결혼하려고 할 때 그는 공주의 옷을 월경의 피로 얼룩지게 했다. 아마도 이것은 그녀가 너무도 신성하여 손을 대서는 안 된다는 뜻으로, 그는「저는 당신과 동침을 하고 싶지만 당신 기모노의 가장자리에는 달이 떠 있어요」라고 말하며 탄식한다. 이 고어의 완곡어법(말을 빙 돌려 하는 방법)을 공주도 사용하여, 나빴던 것은 오랫동안 곁에 있지 않았던 남자 탓이라고 즉시 되받아친다.「당신을 허무히 기다리고 있던 사이에 제 기모노에 달이 뜬 것은 당연한 일이에요.」

후세에 월경은 명백히 부정한 것으로 여겨져,「추잡스럽다」(filthy, disgusting, obscene)라고 말하기에 이르렀다. 공중 화장실의 생리용품을 버리는 휴지통에는 이 더럽다는 이미지를 표현하여「더러운 것」혹은「더럽혀진 것」이라는 이름표가 붙어있다. 이와 같이 월경은 어두운 이미지를 가지고 있었지만 전통적으로 초경만은 예외였다. 지방에 따라 방법은 각기 다르지만 초경을 경사스러운 것으로 여겨 축하하는 통과의례가 있었다. 예를 들면 시즈오카 현(静岡県)의 어느 지방에서는 이웃 사람들이 쌀을 보내어「새로운 꽃이 피었군요. 축하합니다」라고 말하였다. 여자가 된 소녀가 첫 월경 기간중 작은 오두막집으로 격리되면 그 중대사건은 순식간에 동네에 알려졌다.

초경을 축하하는 행사는 점차 사라지고 있으나, 완곡한 표현으로는 자주 입에 오르내리고 있다. 여성들은「달의 방해」라고 하는 고어적인, 그러나 정중하게 우회해서 말하는 표현을

사용하고 단어적으로도 월경을 대신하는(「달의 방해」라는 단어에
는 달에 걸리는 구름이라는 뜻도 있다) 가장 일반적인 표현으로 의학용
어인 「생리」, 영어의 차용어인 「멘스」, 기간을 나타내는 「월
경」, 그리고 단순히 「그것」이 있다. 시대에 뒤떨어졌지만 회
화적 속어로서 「히노마루(日の丸)―일장기」(흰 바탕에 붉은 원의
일장기를 비꼰 말장난)가 있다. 여기에는 월경과 애국주의의 상징
을 묶는 빈정거림의 위트가 있다. 제2차 세계대전 전, 국가주
의(nationalism)는 국가의 신도 신앙과 거의 같은 의미이고, 이
종교에는 월경을 더러운 것이라고 보는 사상이 있었다.

# 미인

Beauties

　미인은 여성을 의미한다.「오늘 미인을 만났어」라고 한다면 보통 아리따운 여인을 만났다고 하는 것이다. 일본인이「비진(美人)」문자 그대로 풀어서 쓴다면「아름다운 사람」을 만났다고 할 때, 실제로 아름다운 여성에게 한정되어 사용된다. 반대로 아름다운 남성을 뜻하는 단어로는 예를 들면「미남」과 같이 성을 특정 짓는 표현을 쓴다.

　「미인」이라는 단어는 TV에서 뉴스를 전해 주는「미인 아나운서」, 클럽(주점)에서 술을 따르는「미인 호스티스」, 또는 이 같은 책을 만드는「미인 편집자」라는 정도로 모든 직업 앞에 붙여져서 복합어를 이룬다.

　천년 정도 전에 미인에게만 허용되는 특별한 일이 있었다. 옛 기록에 의하면 마을 사람들이 술을 만들 때, 쌀을 씹어 그것을 큰 목제 통에 뱉어내는 원시적인 발효방법을 사용하고 있었던 모양이다. 쌀을 씹는 것은 미인—이 경우 젊은 처녀—에게만 허용함으로써 술의 순수성이 보증되었다. 이렇게 해서 만들어진 술은 「비슈(美酒)―아름다운 술」이라고 불리기에 충분했다.

오늘날에도 여전히 미모는 여성의 직업에 요구되는 중요한 자질이다. 「용모 단정」은 여성 구인 광고에서 여전히 많이 볼 수 있다. 좋은 스타일과 미모라는 조건은 여행 가이드나 쇼룸 레이디(공개경기의 피켓 걸), 접수창구의 일에서는 확실히 문서로써 요구되고 있을 뿐 아니라 그 외의 여성에게 적합한 직업에도 불문율이 되어 있다. 단어 자체는 매력적인 남성에게도 사용할 수 있지만 일반용법으로서는 성립되지 않는다. 고용자는 남자 직원의 경우, 내면적인 자질을 평가하므로 외모가 멋진 남자를 광고로 구하는 일은 거의 없다. 따라서 용모가 뛰어난 남성을 뜻하는 단어가 직업과 결합하여 복합어가 되는 경우도 없다.

미인은 미인이 아닌 사람에 비하면 직업을 구하기는 쉬울지 모르겠지만 보통의 여자들보다 재난을 만나기 쉽고 불의의 사고로 목숨을 잃기도 쉽다고 생각되고 있다. 「미인박명(美人薄命)」이라는 말은 잘 알려져 있다. 이 말은 또한 젊었을 때의 아름다움은 오래 가지 않는다는 것과 미는 쉽게 변하는 것이라고 느끼는 일본인의 성향을 암시하고 있다. 일본인이 벚꽃을 좋아하는 이유는 그것이 너무도 빨리 져버린다는 것에 있다.

또한 아름다움의 기준도 변화한다. 그것은 일본의 미술사를 몇 백 년 거슬러 올라가 특히 「미인화」로서 알려져 있는 우키요에(浮世絵)의 장르를 보면 잘 알 수 있다. 어느 시대의 미인이

다른 시대에서는 야수가 된다. 과거 여성이 꼭 갖추어야 하는 조건이었던, 이를 까맣게 물들이는 일은 지금에 와서는 혐오감을 불러일으킨다. 볼에 통통하게 살이 오른 얼굴에서부터 희고 갸름한 얼굴까지, 유행은 돌고 도는 것이다. 에도(江戶) 시대의 남자들이 좋아하는 여성의 취향은 작은 입, 저 먼 산 위에 뜬 초승달과 같은 눈썹, 물에 젖은 까마귀의 새까만 깃털과 같은 머리카락, 「후지비타이(富士額 : 머리털이 난 가장자리가 후지산 봉우리 도양으로 생긴 이마)」와 같았다. 후지비타이라고 하는 고어적인 표현을 영국인들은 「미망인의 절정(peak, 3자 이마)」이라고 하며 머리털이 나기 시작한 가장자리가 뾰족한 선을 가진 이마를 말한다.

옛부터 일본여성의 매력은 예를 들면 목덜미에 있다고 전해져 왔다. 목덜미는 일본인 이외의 대부분의 사람들이 무시하고 있는 부분이다. 가슴이나 허리나 다리보다 목덜미는 성적 매력을 발산하였다. 이러한 이해하기 어려운 곳에서 미의식을 느끼는 이유는 간단하다. 그곳 이외의 모든 몸은 기모노로 가려져 있었기 때문이다. 목덜미조차 검은 머리카락에 가려지는 경우가 많았다. 그러므로 서구인이라면 가슴 부위가 넓게 파인 옷을 입은 여성에게서 느끼는 두근거림을 일본인은 여성이 머리카락을 묶어 올릴 때 느끼게 된다. 목덜미를 애호하는 경향은 점점 쇠퇴하고 있지만 1980년대에도 여전히 그 경향은 강하였다. 목덜미를 훤히 드러낸 스타의 사진을 게재하여 「목덜미 미인」이라는 특집기사를 편성하는 여성잡지도 있었다.

일본인이 목덜미의 매력에 끌리는 것은 서구인이 가슴에 집착하는 것에 비교한다면 훨씬 미묘한 부분이 있어, 오히려 우아한 미소의 흡인력에 가깝다. 가슴은 속된 표현으로는 유방이나 젖이라고 하여 일본에서는 예로부터 절대로 성적인 대상이 아니었다. 일본에서는 30년 전까지만 해도 어머니들이 다른 사람 앞에서 수유하여도 아무렇지 않게 받아들였다. 제2차 세계대전 패배 후, 미군이 지방에 흘러 들어와 멍하니 쳐다보거나 하기 전까지는 허리까지 기모노를 벗고 일을 하는 여성도 있었던 것이다. TV에서 가슴이 노출되어도 처벌되지 않는 것도 과거의 습성이 남아있기 때문이다. TV에「가슴을 보이는 여자」가 나오는 것은 서구의 패티시즘(이성의 몸의 일부나 옷 따위로 성적 만족을 얻는 변태심리)에서 말하는「사인(sign)」과 같은 것으로서 이러한 사고방식이 세력을 얻기 시작했다는 징후라고 말할 수 있다. 이러한 새로운 경향에도 불구하고 일본의 남성은 큰 가슴에 압도당하는 모양이다. 무섭다고까지 고백하는 사람도 많다.

떡 같은 피부도 일본인이 칭찬하는 매력의 하나이다. 일본인은 떡이 얼마나 부드럽고, 매끄럽고, 희고 기막히게 좋은 것인가를 잘 알고 있다. 여기에서 포인트는 얼마나 흰가에 있다.「색이 흰 것은 나머지 7가지 흠을 덮는다(色白は七難を隱す)」라는 속담은 잘 알려져 있다. 피부가 희면 입이 크다거나 코가 낮다거나 그 외 셀 수 없을 정도의 결점을 보상한다는 의미이다.

일본여성은 이 이상을 실현하고자 천 년 이상 전부터 다른

화장품과 함께 오시로이(おしろい)라고 불리는, 얼굴 혹은 신체용 파우더를 사용하였다. 가장 오래된 파우더는 쌀가루나 흙을 재료로 하여 만들어진 것이었지만, 7세기 나라(奈良) 시대가 되어 중국에서 수입한 납을 원료로 하는 파우더로 바뀌었다. 1870년대 메이지(明治) 시대 초기에는 납에 독성이 있는 것을 알게 되어 납이 들어있지 않은 원료가 개발되었는데 곧 서구풍의 메이크업 파운데이션이 대신하게 되었다. 헤이안(平安) 시대에는 남성도 매력을 더하기 위하여 화장을 하였다. 메이크업은 점차 여성의 전유물이 되었지만, 1980년 중반 일본의 대표적 화장품 회사는 남성용 메이크업 파운데이션, 립스틱, 눈썹 그리는 도구 등을 판매하기 시작하여 그 사용법을 가르쳐 주는 학원도 개설하였다. 어떻게 하면 미인이 될 수 있는지를 적은 19세기 일본의 베스트셀러에 의하면 흰색으로 커버되지 않는 부분은 예의바른 행동으로 커버할 수 있다고 한다. 이 책에서는 눈을 작게 보이고 싶은 여성에게 다음과 같이 조언하고 있다. 서 있을 때는 발밑에서 2미터 정도 앞, 앉아 있을 때는 그 절반 정도인 1미터 앞을 보라.

오늘날 현대세계의 이상에 부합될 수 있도록 더욱 더 적극적인 행동 즉, 성형수술을 하는 여성도 있다. 일본여성이 받는 성형수술 중 가장 많은 것은 다음 세 가지. 눈꺼풀의「서양화」라고 하는 이른바「쌍꺼풀수술」, 낮은 코를 높이는 코수술, 턱 라인의 교정이다.

# 추녀

Uglies

영화 「Tootsie」에서 더스틴 호프만이 여자친구와 싸우며 영어로 가장 비속한 용어인 "Fuck you!"라고 말했을 때 일본어 자막이 「부스(ブス)―추녀」였다. 「부스」는 못생긴 얼굴의 여성을 뜻하는 단어이다. 이것은 여성에게 사용되는 일본어 중에서 최악의 비속어이지만, 남자친구나 애완동물에게도 놀리는 말로서 사용되는 단어이다. 일본에서 「부스」라고 불리는 못생긴 여성은 영어권에서는 「개」라고 불리며 내쫓길 것이다.

영어에서는 사람을 동물로 비유하는 경우가 많지만, 일본어에는 그러한 비유가 별로 없다. 예외적인 예로서 평평한 얼굴을 가진 여성을 비유하는 오래된 은어로 「오카메(おかめ)―아첨하는 거북이」가 있다. 그러나 일본인은 보통 오카메를 동물의 거북이와 연결지어 생각하지 않는다. 「오카메」는 일본의 토산품 매장에서 많이 볼 수 있는, 교겐(狂言)―일본의 전통연극―에 등장하는 부부 중 여성의 가면 이름이다. 눈과 눈썹의

사이가 많이 벌어져 있는 멍청한 얼굴 생김새는 한 번 보면 잊을 수 없다. 그래서 일본인은 그녀의 이름을 조롱하여 「오카메」라고 지었다.

일본의 역사가 중에는 아주 먼 옛날, 처음 오카메의 가면이 유행했을 무렵 그 탐스러운 거북이와 같은 얼굴이 이상적으로 여겨졌다고 주장하는 사람도 있다. 어느 현대의 교겐 배우는 오카메의 맥 빠진 경박한 표정을 일본 남성이 새 신부에게 바라는 초야의 표정이라고 결론지은 바 있다.

일본문화는 오랜 농경전통에 뿌리를 두고 있기 때문에 사람을 동물보다 식물에 비유하는 경우가 많다. 「부스」도 그러한 단어일지 모른다. 어느 설에 의하면 부스의 원래 의미는 투구꽃의 뿌리에서 추출된 독이라고 한다. 사람은 부스를 먹으면 얼굴을 찌푸리며 죽음에 이른다고 하는 것이 교겐의 대강의 줄거리이다. 부스의 독에 의해 죽은 사람의 고통스럽게 찡그려진 표정과 여성의 추악한 얼굴이 무슨 이유에선지 연결된 것이다. 외모만 아름다운 여성에게 사용하는 「정신적 부스」, 「어묵판 부스」(어묵이 판에 덕지덕지 붙어 있는 것처럼 부스가 얼굴에 붙어 있다는, 부스의 정의에 꼭 들어맞는 사람을 가리키는 말) 등과 같이 부스로부터 그리 오래 사용되지는 않지만 여러 종류의 변형된 단어들이 생겨나고 있다.

오카메훗토코(おかめひょっとこ, 추남추녀)

# 남녀

Male-Female

일본에는 언어에조차 레이디 퍼스트의 관념이 없다. 남자를 의미하는 문자는 남녀(男女), 부부(夫婦), 자녀(여기서 '자'는 남자를 뜻한다) 등의 숙어에서도 앞부분에 자리한다. 이러한 sexism(성차별)은 남녀평등(sexual equality)이나 남녀차별(sexual discrimination) 등의 단어에까지 영향을 미치고 있다. 후자의 직역에는 「성차별」이라고 하는 대안도 있지만 말이다. 먼 옛날 서양에 건너간 일본인이 남자보다 앞서 걷고 있는 여자를 보고 서양에서는 여자가 나라를 리드하는 것으로 믿었다는 이야기가 있는데 그렇게 생각하는 것도 당연하다. 일본의 전통적 젠틀맨 퍼스트 주의는 여러 표현에 나타나고 있는데 남자를 뜻하는 문자를 앞에 둠으로써 실천되고 있다. 「남존여비(男尊女卑)」, 「부창부수(夫唱婦隨)」 등을 그 예로서 들 수 있다.

「남녀공학(男女共学)」이라는 말도 「공학」이라는 평등개념을 전달함과 동시에 남성에게 우선권을 주고 있다. 어떤 의미로는「남녀」라고 하는 순서는 정확하다. 왜냐하면 일본의 학교 제도에서는 확실히 남자가 우선시 되고 있기 때문이다. 1980년대 중반까지도 초등학교에서 고등학교에 이르기까지 거의 모든 학교의 교사가 매일 남학생의 출석을 먼저 부르고 그 다음에 같은 학년의 여학생을 부르고, 저학년으로 그 순서를 옮겼는데 저학년에서도 그 순서는 남학생이 항상 먼저였다.

이러한 경향은 어른이 되어서도 계속된다. 엘리베이터를 타고 내릴 때에도 레스토랑에서 서비스를 받을 때에도 그렇다. 그리고 매일 밤 집에서 목욕탕에 들어가는 것도 언제나 남자가 먼저이다. 옛날의 주부는 남자들이 식사를 마칠 때까지는 먹지 않고 기다리고 있었다고 한다. 그러나 시대는 변화하고 있다. 이제는 가족이 모두 모여 함께 식사를 하는 것이 바람직하다. 물론 아이들이 잠들기 전에 남편(아버지)이 집에 들어온다는 가정하의 이야기이지만(장시간의 노동과 접대 술자리 때문에 많은 관리직 사람들이 귀가하기 훨씬 전에 그 가족들은 저녁식사를 마친다). 다른 하나의 진보는 부부의 걷는 모습이다. 20세기 초반까지만 해도 아내는 남편의 두, 세 걸음 뒤를 따라 걸었다.「세 걸음 떨어져서 군자의 그림자를 밟지 않는다」라는 격언도 있었다. 지금은 여성과 남성이 그림자 따위는 신경 쓰지 않고 나란히 걷고 있다.

# 백말 띠의 여자

Fiery-Horse Women

신세대의 백말 띠 여자들은 밝은 미래를 향해서 질주하고 있지만 중국 달력(음력)으로 60년마다 돌아오는 병오(丙午)년에 태어난 여자들은 지금껏 행복한 인생이라는 경주에서 이길 수 없다고 여겨져 왔다. 미신에 의하면 1906년과 1966년에 태어난 여성은 난폭한 말처럼 강해서 그녀와 결혼한 어리석은 남자를 잡아먹어버린다고 하였다. 백말 띠의 여자는 셰익스피어의 『말괄량이 길들이기』(The Taming of the Shrew-입이 거친 여자를 길들이는 일)에 등장하는 케이트보다도 다루기 힘들다고 평가받고 있다.

남자는 출생년도 중에 걱정할 만한 불운한 해는 없고, 일본인도 백말 띠를 바보 같은 미신이라고 생각하고 있다. 그러나 자기 아이가 시대에 뒤떨어진 사고 때문에 고통 받는 일이 없도록 많은 부부가 신중을 기울여 특별한 예방수단을 강구하였다. 천 명당 출생률은 10년간 계속 18명에서 19명 정도 선이었지만 1966년에는 13.7명으로 급감하였다. 여자아이의 출생 수는 우려되던 그 해에 감소하였고 그 전후의 해에는 증가하였다. 그 원인은 피임과 출생신고임에 틀림없다.

이 동물 토템신앙에 바탕을 둔 달력을 만든 것은 중국이지만 중국 여성은 병오년에 태어나도 곤란한 일은 아무것도 없다고 한다. 이 미신은 수입된 중국 달력을 일본풍으로 변형시킨 것에서 생겨난 것이다. 백말 띠의 미신은 봉건적인 에도 시대에 쓰인 가부키(歌舞伎)—일본 특유의 민중 연극—의 「야오야 오시치(八百屋お七)」에서 시작되었다는 설이 있다. 이것은 주역인 백말 띠의 여성이 연인을 만나고 싶은 마음에 그가 수행중에 있는 절에 방화를 한다는 스토리로서 이것으로 인하여 백말 띠의 여성은 기질이 드세다고 전해지게 된 것이다. 실제로 그녀는 화형에 처해졌지만 이 이야기는 이후의 일본인의 집단의식의 저변에 계속해서 살아 숨 쉬고 있다.

1906년생인 백말 띠 그룹에 비하면 신세대 백말 띠 여성들은 훨씬 더 좋은 시대에 성인이 되고 있다. 결혼은 실제로 여성에게 있어서 유일하게 경제적으로 보장이 되는 수단이었다. 남자를 망하게 한다는 백말 띠의 여성을 둘러싼 평판은 그녀들을 불리한 입장에 몰아넣어 많은 여성이 쓸쓸한 독신생활로 일생을 보냈다. 현대의 백말 띠 여성 역시 남편을 만나는 것은 어려울지 모르나, 많은 사람이 자신들은 운이 좋다고 생각하고 있다. 입학시험, 입시시험 등에서 수가 적은 탓에 경쟁률이

적다는 유리함이 있기 때문이다. 그러나 이러한 상황에 적절
하게 대응한 곳도 있다. 적어도 두세 군데의 대학은 병오년 출
생의 학생이 입학하는 1985년에 정원을 줄였다. 백말 띠에 의
한 영향이 대학의 학문 수준을 낮추는 것을 방지한 것이다. 일
본에서 랭킹 1위인 동경대학은 정원을 줄이지 않았다. 이 대학
의 경쟁률은 많은 재수생이 1985년에 재시험을 친 탓에 실질
적으로 전년도보다 높았기 때문이다. 백말 띠에 태어난 학생
들은 치열한 경쟁 속에서 자란 다른 연령층의 사람들만큼 단련
되어 있지 않다는 평판이 있어서, 재수생들은 그들과 경쟁하
는 편이 더 쉽다고 생각한 것이다. 백말 띠의 여성이 결혼경쟁
에서 어떻게 대처할 것인가가 기대된다. 그러나 교육적인 면
에서도 일자리 면에서도 백말 띠라는 요소가 한편으로는 불행
해 보이지만 실은 행복한 것이라고 할 수 있다.

야오야오시치(八百屋おセ) 인형극의 한 장면

姦しい

# 소란스럽다

Noisy

일본에는「여자 셋이 모이면 소란스럽다」라는 속담이 있다. 이러한 생각은「카시마시이(姦しい)」라는 말에 나타나 있다. 이 글자는 시끄럽다고 하는 의미인데 보다시피 여자라는 글자가 세 개 모여 만들어졌다. 중국에서 들여온 한자들 중에서도 이 글자는 성차별적 단어를 논할 때 제일 먼저 떠오르는 예이다. 이 단어가 '칸(カン)'이라고 발음될 때는「소란스럽다」보다 훨씬 더 나쁜 죄가 된다. 이것은 사악한 것이나 도덕적 해악이라고 하는 의미인데 동사「칸스루(カンする)」로 되어 유혹하다, 폭행하다, 강간하다고 하는 의미를 가진다. 女 세 개로 이루어진「姦」이 있으므로 男 세 개로 이루어진「嬲」이 있다고 해도 신기한 일은 아니다. 그러나 카시마시이라고 하는 한자의 숨겨진 의미는 남자는 셋이 모여도 전혀 눈에 띄지 않는다는 것이다. 즉, 男 세 개로 이루어진 글자는 없다. 사실「男」이란 글자가 한자의 일부가 되는 경우는 거의 없다.

여자는 소란스러운 존재라는 생각을 더욱 갖게 하는 단어는 이 밖에도 있다. 옛날 일본에서 여자들이 제일 모이기 쉬운 곳은 우물가였다. 이곳에서 여자들은 물을 길어 빨래를 하였다. 여기서 생긴 「우물가 회의」라는 단어는 지금도 가십거리를 좋아하는 여자 집단을 가리킬 때 사용된다. 「수다(chatterbox)」는 글자대로라면 「말하는 사람」이라는 의미이지만 대체적으로 여성을 말하거나, 여자라고 단정하고 이야기되기도 한다. 비화나 가십거리를 이야기하는 것은 여자나 하는 짓이라 여겨지고, 쓸데없는 일에 입을 놀리는 남자들을 가리키는 비속어는 없다.

# 홍일점

A Touch of Scarlet

잎만 무성한 곳에 단 한 송이의 꽃이 필 때 일본인은 「홍일점」이라고 칭찬한다. 이 말을 남자무리 속에 여자가 혼자 있을 때에도 사용한다.

여성을 루비와 같은 빨간색에 결부시키는 것은 일본인에게는 상식적인 일인 듯하다. 빨강은 「귀엽다」라는 이미지이며 이는 여성이 추구하는 속성이라고 여겨지고 있다. 빨강은 또한 경사스러운 일을 뜻하기도 한다. 전통적으로 빨강은 갓난 아기와 경사스럽게 60번째의 생일을 맞이한 사람이 입는 색이 된 것은 60세의 생일날, 즉 환갑은 음력으로 60년 주기로 새로이 시작하는 해이기 때문이다. 옛날 일본여성이 키모노 안에 입고 있었던 속옷 나가주반(長襦袢)—기모노 안에 입는 기모노 길이만큼의 긴 천—은 빨간색이었다. 빨강은 월경시의 통증을 막아주고 여성으로서의 기능을 정상적으로 유지시켜 주는 색이라고 여겨졌던 것이다. 남성은 이 빨간 주반이 살짝 보이는 것을 굉장히 에로틱하게 생각하였다. 기모노를 입는 여성은 적어졌지만 지금은 흰색 주반을 입는 것이 일반적이다. 그러나 게이샤는 원래 색인 빨간색을 입는다고 한다. 지금도 일본의 소녀가 입는 서양식 옷에는 빨간색이 많다. 그러나 학교에 들어가면 계속해서 튀지 않는 교복, 대부분의 경우 감색의 세일러복을 입도록 강요당한다. 그래도 여학생들은 필통이나 그 외 소지품으로 역시 빨강을 고르고 방과 후에는 빨간색 계통의 옷을 입는 경우도 있다. 여자아이들은 성장함에 따라 빨간색 옷을 별로 입지 않게 되고 분홍색이나 적갈색 등의 차분한 색을 입기 시작하고, 대신 입술이나 볼을 립스틱과 화장품으로 빨갛게 칠하게 된다.

　3세기부터 6세기에 걸쳐서 하니와(埴輪)—흙으로 만든 부장품 인형—의 얼굴에 사용된 황토색이나 주홍색의 안료는 일본에서도 가장 오래된 화장품이다. 학자에 따르면 이것은 의식용 화장으로서 오늘날과 같은 화장의 진정한 시작은 아니라고 한다. 일본 최초의 립스틱은 홍화로부터 추출된 것으로서 7세기 초에 중국과 조선을 경유하여 전해졌다고 한다. 홍화는 「베니바나(紅花)」라고 불리며 천년 이상 동안, 일본여성은 작은 브러시를 사용하여 값비싼 홍화의 추출물을 입술에 발랐다. 특별한 경우에는 얼굴 외에 다른 부분도 빨갛게 하였다. 지금도 가부키 배우나 게이샤는 전통적인 화장을 하고 있지만 세기의 변화를 기점으로, 거의 모든 일본여성들은 구식 화장에서 서양풍 립스틱으로 바꾸었다.

여자집단 중에 남자가 혼자 있는 것을 뜻하는 진부한 은유가 있다. 그것은 「유채꽃밭에 보리이삭 하나(菜の花畑に麦一本)」라는 말이다. 최근 일본여성은 「홍일점」과 비슷한 단어를 만들었다. 그것은 일본 남성의 입술 색이 아닌, 학생복이나 비즈니스 양복의 검정을 사용하고 있다. 이 새로운 단어는 원래 단어보다는 알려져 있지 않지만, 「흑일점(黑一点)」이라고 한다.

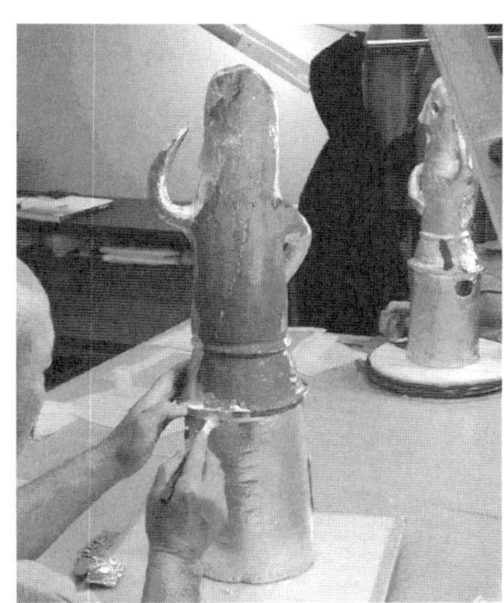

하니와(埴輪)에 안료를 채색하는 장면

# 여인금지

No Females Allowed

산은 서구문화에서는 남근 상징의 중심적 존재이지만 일본 고대 신도에서 산을 지배하는 것은 여자 신이다. 아이러니하게도 이 여신이 「여인금지」의 실시를 정당화시키기 위하여 이용되는 일이 종종 있다.

여성은 공사중인 터널 안에 들어가는 것이 금지되어 있다. 터널공사로 생계를 꾸리고 있는 남성들에 의하면 여자인 산의 신은 남자들이 관심을 가져주는 것을 기뻐하며 다른 여성이 들어오면 남자들의 관심이 딴 곳으로 돌아가기 때문에 질투한다고 한다. 현대의 광부들은 여성이 나타나면 산의 신이 화를 내어 사고를 낸다고 믿고 있다. 그러나 19세기 종반부터 20세기 초반에 걸쳐 일본의 탄광은 남자나 어린이와 함께 여자에게도 일을 시켰다. 당시 여성들은 보호법에 의해 보호받고 있었는데 1986년 남녀 고용기회 평등법에 의하여 오히려 보호가 전부 없어지게 되었다.

세이칸(青函)—아오모리(青森)와 하코다테(函館)의 병칭—터
널의 「여인금지」의 어리석음을 여성들이 지적한 적이 있다.
이 터널은 쓰가루(津軽) 해협의 해저를 53미터나 지나고 있지
만 아무런 쓸모가 없는 것으로 평가되고 있다. 세계 최장인 이
해저터널은 단 한 명의 여성도 발을 들이지 못한 채로 1983년
완공되었다. 세금이 어떻게 사용되고 있는지를 확인하려고 한
고바야시 마사코(小林マサコ) 중의원 의원을 비롯한 그 외의 여
성정치가도 들어갈 수 없었다. 철도터널의 개통과 동시에 때
마침 미신도 사라져서 남자도 여자도 터널을 지나는 열차의 티
켓을 사도록 권유받고 있다.

터널뿐 아니라 산 정상도 옛날에는 여성에게는 금기시 되는
장소였다. 높은 곳은 신성시되었기 때문이다. 후지산도 이전
에는 너무나도 신성한 장소였던 탓에 여성이 올라가는 것이 금
지되어 있었지만 지금은 산에 오를 수 있는 건강한 다리를 가
진 사람이라면 누구나 올라갈 수 있게 되었다. 이 밖에도 먼
옛날 여인금지였던 산으로는 히에산(比叡山), 다카노산(高野山),
오미네산(大峰山), 미타케산(御岳山)이 있다. 이는 모두 신도 또
는 불교의 성산이다. 지금까지도 역시 여성이 들어가면 신성
함이 「더럽혀진다」라고 하여 여인금지를 일관하고 있는 사원
도 있다. 그러나 옛날에 비하면 여성이 들어갈 수 있는 장소는
훨씬 많아졌다.

산신의 신화와 비슷한 미신에는 바다와 술의 신령에 얽힌 것

이 있다. 1980년대의 젊은 여성들조차 바다의 신이 노한다는 이유로 낚싯배에 타지 못했던 경험을 가지고 있는 사람도 있다. 술의 신도 살아있는 여성에게 괴롭힘 당하는 것을 싫어하는 여신이었다고 전해진다. 그 때문에 양조장에서는 최근까지 술 창고에 여성이 들어가는 것을 금지하고 있었다.

여성은 스시(초밥) 요리사도 될 수 없었다. 1980년대 중반에도 살아있는 생선을 얇게 저며서 식초로 간을 한 밥 위에 얹는 (즉, 스시를 만드는) 요리사 5만 5천 명 중에 여성은 고작 15명 정도였다. 「스시는 향료가 묻어있는 따뜻한 손을 가진 여자가 만들면 맛이 없어진다」라고 말하는 남자 스시 요리사는 지금도 많다.

「여인금지」는 국가의 전통적 기예인 스모 경기장에서도 그 힘을 발휘했다. 장소는 구라마에(蔵前)의 국기관(国技館)이다. 1978년 구리하라 미에(栗原みえ)라고 하는 열 살의 소녀가 공교롭게도 그 엄격한 규칙에 걸리게 되었다. 미에 양은 스모의 지방대회에서 승승장구하여 전국 276명의 결승진출자 중 단 한 명의 여성 선수였다. 그러나 그녀는 결승전에 출전할 수 없었다. 대회 관련자들은 미에 양이 언제나 경기장에서 맞서고 있는 지방 덩어리 같은 남자들 이상으로, 또한 그 외의 여성들과 마찬가지로 「불순」하다고 결정해 버린 것이다.

「여인금지」의 관습은 수입 스포츠에도 적용될 때가 있다. 국립경기장의 복싱 링이나 야구장의 대기석은 여인 출입금지이고, 1985년에 일본의 일류 골프클럽에서 남성 정치가들이 출전하는 토너먼트 대회가 열렸는데 여성 국회의원이 입장하는 것을 거부당해 소동이 일어났었다. 거부당한 모리야마 마유미(森山真弓) 씨는 보도기관에 항의를 하였고 몇 명의 남성 동조자도 응원하였다. 골프의 여신이라고 하는 낡아빠진 미신은 없지만 문제의 골프클럽은 그 차별적인 방침을 「전통」이라는 단어로 고수한 것이다.

여인금지를 나타내는 산의 입구

# 여자

Women

　일본인은 「계집 녀(女, 온나)」라는 글자를 쓸 때마다 여자의 그림을 그린다. 「여(女)」라는 글자의 세 개의 심플한 선은 양팔을 꼬고 무릎 꿇고 앉아있는 굴종의 모습에서 생겨났다고 주장하는 학자도 있다. 「여」라는 한자는 쉽기 때문에 일본의 초등학교 1학년이 처음 배우는 한자 중 하나다. 「사내 남(男, 오토코)」은 약간 복잡한 한자이므로 2학년 때 배운다. 일본어의 간와지텐(漢和辞典)—한자/일어사전—에서는 「밭 전(田)」은 남자(男)가 힘(力)을 발휘하여 농사를 짓는 장소라고 설명하고 있다. 따라서 「사내 남(男)」자는 「전(田)」의 밑에 「힘 력(力, 근육이 많은 팔을 가진 그림)」을 붙여서 나타낸다. 문자는 기호와 상징을 연결시킨 것으로서 「여자」라고 읽는 세 획의 한자는 서양인이 「열 십(十)」자 위에 동그라미를 그려(♀) 여성을 의미하는 것처럼 하나의 상징으로서 쓰인다. 기호 「♀」는 중세에 여신 비너스의 거울을 모방하여 만들어졌다. 이 상징기호는 각각의

문화의 여성해방 운동과 함께 널리 보급되었다.

「여자」라고 하는 말은 르네상스의 시작이라고 볼 수 있다. 영어권의 페미니스트들이 자신들은 「레이디」가 아니라 「우먼」이라고 주장한 것과 같이 일본의 페미니스트들도 자신들을 표현하는 말로서 「여자」를 사용하기 시작하였다. 「여자」, 「남자」 모두 비속하고 거친 단어인 동시에 sexuality(성 정체성)를 강조한다. 「여자가 되다」라는 말은 처녀성(버진 virginity 영어에서는 남자에게도 사용된다)을 잃는 것을 의미하기도 한다. 그러나 「여자」도 「남자」도 동물의 전용어인 「암컷」 「수컷」보다 한 단계 높은 단어라 할 수 있겠다. 단순히 여자/남자라는 단어를 사용할 때는 모욕을 주기 위한 경우가 많다. 영어를 말하는 사람이 「기질이 나쁜 여자(ill-tempered female)」라든지 「기질이 나쁜 남자(egocentric male)」라고 대놓고 비난하는 것과 같은 경우이다.

예의를 갖춘 대화에서는 「성(gender)」과 결부시켜 여성, 남성이라는 단어를 사용한다. 아첨하는 듯한 말투로서는 「호우키(箒, 빗자루)를 든 여성, 즉 여자 부(婦)」라는 글자에 「사람 인(人)」이 붙은 「후진(婦人)」이 있다. 이것은 조금 고어적인 단어로서 공식문서나 백화점의 광고 등에 쓰인다.

학술연구 중에 새롭게 인기를 끌고 있는 분야에서는 「온나(女)」라는 글자가 다른 한자를 만드는데 어떻게 사용되고 있는 것인가를 조사하고 있다. 「오토코(男)」는 보통 한자의 일부가 되지는 않지만, 「온나(女)」라는 글자는 다른 여러 가지 글자와 결합하여 많은 문자를 만든다. 게다가 대부분의 경우, 부정적인 의미가 강하다.

「온나(女)」와 「마유(眉)」가 결합하여 「코비(媚, 아첨)」가 되고, 「온나(女)」와 「야마이(病)」가 결합하여 「싯토(嫉妬, 질투)」를 의미하는 동사 「야무(病む)」가 된다. 두 개의 「오토코(男)」의 사이에 「온나(女)」가 들어오면 「나부루(嬲る, 희롱하다)」가 되고, 이것은 「코로스(殺す, 죽이다)」와 연결되어 「나부리코로시(嬲り殺し, 고통을 주며 천천히 죽임)」가 된다. 「온나(女)」가 세 개 겹쳐지면 「카시마시이(姦しい)」가 되어 떠들썩하다, 또는 사악하다는 뜻이 된다. 「온나(女)」와 「마타(又[手])」가 결합하여, 붙잡힌 여자라는 뜻이 되는데, 하녀 「야츠(奴)」가 된다. 이 글자의 아래에 「코코로(心)」를 붙이면 「오코루(怒る, 화내다)」라고 하는 동사가 된다.

그 외의 한자도 본래는 부정적이지 않았다고 해도, 성 역할에 대한 생각을 나타내고 있다. 「온나(女)」와 「스코시(少)」가 합하여 「묘나루(妙なる)」가 되는데, 이것은 여자는 아주 짧은 세월동안만 「묘(妙)」 즉, 아름답다고 여겨지기 때문이다. 「고(娯, 즐겁다)」라고 하는 글자는 「온나(女)」 즉, 아랫사람에게서 무엇을 받다라는 뜻의 동사가 결합된 것이다. 좋은 의미에서의 여자라고 하면 보통 「무스메(娘)」다. 결혼한다고 하는 것은 「온나(女)」와 「토리(取)」가 결합하여 「메토루(娶る, 장가들다)」가 된다. 여자는 결혼을 하면 남편의 집으로 들어가는 것으로, 「온나(女)」+「이에(家)」는 「하나요메(花嫁, 신부)」 또는 「요메(嫁, 義理の娘 daughter-in-law))」가 된다. 집에 있는 여자는 만족스럽기 때문에 「야스마루(安まる)」가 된다. 「좋을 호(好)」라고 하는 한자는, 여자를 기본으로 해서 만든 것 중에서는 가장 일반적이지만, 여기에서는 모성이 높아지고, 부성은 무시되고 있다. 이것은 「온나(女)」와 「코(子)」를 붙여서 만든 것으로, 호감, 선의, 바람직함과 같은 뜻을 나타낸다.

이 한자들은 몇 십 세기 전에 중국에서 수입되었다. 그리고 그 대부분은 고교졸업까지 다 배워야 하는, 약 이천 개의 상용한자표 안에 들어있다. 위에서 말한 한자의 가운데에는 약 반 정도가－奴, 怒, 妙, 娘, 安, 娛, 好－ 표에 포함되어 있다.

「오토코(男)[1]」를 사용한 몇 안 되는 한자 중에, 「오토코(男)」와 「나마(生)」를 붙인 「오이(甥)」와, 「우스(臼)」와 결합된 「슈토(舅)」(義理の父)가 있다. 모두 그다지 많이 사용되는 한자는 아니지만, 「날쌜 용(勇)」과 「포로 로(虜)」 이 두 가지 한자는 잘 쓰이며, 남자다움을 상징하는 뜻을 가지고 있는 듯하다. 이 두 가지 한자는 남자답게 보이도록 단순화되었지만, 원래는 복잡한 문자에서 만들어졌다.

---

1) 지금은 초등학교 1학년 때 배운다.

# 여성문자
Female Lettering

일본에서는 남자와 여자가 다른 문자를 썼다. 여자는 표음문자를 사용하고, 남자는 중국에서 수입한 몇 천 개의 표의문자(한자)로 표현했다. 음절을 나타내는, 띄어쓰기를 하지 않고 쓰기—히라가나—는 일찍이 「온나모지(女文字)」 또는 「온나가나(女仮名)」라고 불렸다. 지금도 사용되고 있는 약 오십 개의 히라가나는 한자보다 훨씬 쉽다. 복잡한 한자를 마스터하기에는 고도의 교육이 필요하고, 그것은 여문학의 시대에는 남자 엘리트에게만 제한되어 있었다.

일본어는 원래 구어체밖에 없었지만, 6세기가 되고나서야 겨우 중국의 글자인 한자를 사용해서, 어떻게든 일본어를 써서 표현하려고 했다. 그러나 순조롭지가 않아, 엘리트들이 불가능이라고도 생각하는 작업에 악전고투하고 있는 동안에, 서민은 여자, 남자 할 것 없이 한자를 흘려 써서, 더욱 사용하기 쉬운 표음체로 쓰고 있었다. 이렇게 해서 10세기경까지 개발

된「女文字·히라가나(ひらがな)」는 일부 여성의 재능에 힘입은 바가 크다.

오늘날 일본어의 서체는 한자와 히라가나 등과 주로 외래어에 사용되는 별종의 표음문자인 가타카나를 섞은 것이다. 그러나 초기의 문학작품은 여성에 의해, 따라서 여성문자에 의해 쓰여졌다. 제일 유명한 것은, 11세기에 무라사키 시키부(紫式部)가 쓴, 세계 최초의 소설로 평판이 높은『겐지모노 가타리(源氏物語)』다.

오늘날 아이들이 초등학교에서 처음으로 배우는 글자는 옛부터 있었던「女文字」의 부드러운 선이지만, 만약 어른이 히라가나로 적는다면, 교양이 없다고 여겨지는 것은「女文字」가 그다지 존경을 얻지 못하고, 한자를 많이 알고 있을수록 교양이 있다고 여겨지기 때문이다. 한자만으로 구성된 단어(漢語)는 구어체에서도 권위가 높다.

영어의 경우에 있어서 라틴어 계통의 단어와 마찬가지다. 그 예로는 스스럼없는 표현인「타베루(食べる, 먹다)」(eat)와 격식을 차린 표현인「쇼쿠지오 스루(食事をする, 식사하다)」(dine)의 경우이다. 문어체로서의 일본어가 남녀에 따라 다르다고 하는 것은, 서도의 세계에도 영향을 미치고 있다. 여성은 여성문자의 흐르는 듯한 붓놀림에 집중하는 경향이 있는 데 반해, 남성은 한자나 한문에 전념한다는 것이다.

# 여성스러움

Femininity

　일본에서 여성스럽다는 의미를 알아보려고 하면, 경치가 어떻게 표현되는가를 보면 된다. 「오토코자카(男坂)」란, 급한 경사를 말하고, 완만한 언덕은 「온나자카(女坂)」라고 한다. 「女坂」라는 단어는 거의 사용되지 않았지만, 엔치 후미코(円地文子)가 남편의 부정에 복수하기 위해서 몇 십 년이나 기다렸던 아내의 이야기를 그린 소설의 제목으로 사용하면서 부활했다.

　「女坂」의 영문번역본의 제목은 “The Waiting Years”(기다리는 세월)로 되어있다. 자연을 사용해서 남녀의 특징을 말하는 격언으로는 「男は松、女は藤(남자는 소나무, 여자는 등나무)」가 있다. 이것은, 남자는 여자가 매달리는 강한 토대라는 뜻이다.

　「온나라시사(女らしさ, 여성스러움)」라는 말 속에는 여성의 특질이 응축되어 있다. 사전적인 정의로는, 여성스러움은 친절하고 상냥하고, 정중하며 얌전하고 우아하다는 의미를 가진다. 때로는 「요와사(弱さ, 연약함)」도 포함되어 있어, 페미니스

트 학자가 1980년대에 항의하기에 이르렀다. 여자를 여성스럽게 하는 사항에 명랑함을 덧붙이는 사람이 많을 것이다.

한편, 일본인은 성격상의 결함을 표현할 때 「여성」에 관련지어서 업신여기는 경우가 있다. 「온나노 쿠삿타 요우나(女の腐ったような, 썩은 여자 같은)」는 남녀 양쪽이 남자를 비난해서 쓰는 경멸어이다. 이것은 영어라면, "wimp"(패기가 없음)나 "sissy"(겁쟁이) 등, 남자에게 내뱉는 욕설이 된다.

이러한 남자들은 「女」를 두 번 사용한 부정적 표현 「메메시이(女々しい, 사내답지 못하다)」라는 말로 공격당할지도 모른다. 남자든 여자든, 누군가가 자신을 여성적이라고 비난하면 화를 낸다. 태도가 확실하지 않으면 이러한 욕설을 뒤집어쓰게 된다. 때로는 비판이 시적인 상상에 휩싸일 때도 있다. 「온나고코로토 아키노 소라(女心と秋の空, 여자의 마음은 가을 하늘)」라는 속담이 있다. 일본의 가을 날씨는 변덕스러워, 마치 여자의 마음과 같다. 여자의 마음이라는 말은 사랑을 나타내는 문장에서 사용되는 경우가 많고, 그 변덕스러운 성질은 일반적으로 좋아하지 않는다.

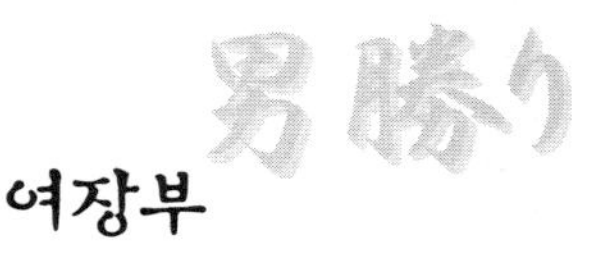

# 여장부
Male-Surpassers

「오토코마사리(男勝り)」라고 하면, 어떤 점에서 남자를 능가하는 여성을 뜻한다. 두뇌, 근육 또는 정신이 남자보다 뛰어나다는 것이다.

여장부로서 유명한 여성의 한 사람으로 10세기 후반의 세이쇼 나곤(清少納言)을 들 수 있다. 그녀는 일기와 수필과 소설을 혼합시킨 『마쿠라노소시(枕草子)』라는 고전문학 작품을 썼다. 여장부는 좋은 의미처럼 들리지만, 일본의 여자아이가 동경하는 타입은 아니다. 이 단어의 글자 그대로의 뜻은 "남자를 넘어서는 사람"인데, 실제로는 일종의 깔보는 말이다. 예를 들어 최근, 일본의 남녀공학의 대학에서는, 열심히 공부해서 직업전선에서까지 남학생과 경쟁하려는 "여장부" 타입의 여학생에 대한 불만의 목소리가 자주 들린다. 여장부라고 하면 단순히 능력이 뛰어난 것만이 아니라, 여성스러움이 부족하다는 뜻도 포함되기 때문이다.

활발한 여성의 인생은 「오텐바(お転婆)」, 즉 영어로 말하자면 "tomboy"에서부터 시작된다. 문자 그대로는 「오·텐즈루·바아상(お·転ずる·婆さん)」이라는 의미인데, 실제로는 건강하고 에너지 넘치는 것을 의미한다. 자신이 감당할 수 없는 아가씨에게 이러한 말을 사용하는 경우가 많다. 일본의 여자아이는 20세 정도까지는 「오텐바」로 있을 수 있지만, 그 후에는 차분하면서도 주변의 남성들에게 도전하지 않도록 요구되고 있다.

이러한 것을 거스르면, 남녀의 우열성을 둘러싸고 싸움을 벌이고 있는 방대한 일본어 어휘체계 속에서의 다른 경멸어로 비난당한다. 「온나데아루니모 카카와라즈(女であるにもかかわらず, 여자임에도 불구하고)」, 「온나다테라니(女だてらに, 여자답지 않게)」, 「온나노 쿠세니(女のくせに, 여자인 주제에)」 성공했다 등이다. 그리고 그녀는 「남자가 무색해질 정도로 훌륭하다(男顔負け)」, 왜냐하면 「남자 이상」이기 때문이라는 말도 듣는다. 남자는 거의 업적이 기준이지만, 재봉, 요리나 육아의 분야에서 남자가 그렇게 훌륭한 솜씨로 "여자 이상"으로 할 수 있다면 「온나가오마케(女顔負け)」가 될 수도 있다.

여자는 열등생의 기준이기도 하다. 즉, 남자를 업신여기는 하나의 방법은 "여자 이하"라고 말하는 것이다. 여자가 남자보다 뒤떨어져 있는 것은 명백하다고 여겨져 왔기 때문에, 이것에 대응할 만한 표현은 없다. 마찬가지로, 「오토코데아루니모 카카와라즈(男であるにもかかわらず, 남자임에도 불구하고)」라는 표

현은 단 하나 「오토코노 쿠세니(男のくせに, 남자인 주제에)」라는
경우에만 쓰이고, 「온나마사리(女勝り)」는 존재하지 않는다.

마쓰리에 등장한 세이쇼 나곤(清少納言)

# 남자역


　일본에서는 멋지고 잘 생긴 남장 여성과의 로맨틱한 로맨스를 공상하는 소녀가 많다.

　이 「오토코야쿠(男役)」는, 전통 가부키에 필적하는 20세기형 여성판 가부키, 400명의 멤버를 거느린 다카라즈카 가게키(宝塚歌劇)의 슈퍼스타다. 다카라즈카의 단원들은, 3천 석의 대극장에서 거의 여성인 관객 앞에서 1주일에 거의 7개의 공연을 한다.

　일본의 3개의 전통고전극의 하나로서 숭상되는 가부키는, 이즈모 다이샤(出雲大社)의 무녀인 오쿠니(阿国)라는 여성어 의해 시작되었다. 역사적 사실(史実)에 의하면 오쿠니는 1603년에 교토의 가와라(河原)에서 거의 여성에 의해 꾸며지는 극단을 지휘하고, 춤이나 희극을 연기했다고 한다. 민중은 이것을 매우 마음에 들어 하여, 이 양식은 전국에 퍼졌다. 가부키의 창시자는 곧 자신의 인기에 의해 희생자가 되었다. 왜냐하면 곁에

서 매춘행위를 행하던 여자 연기자들을 둘러싸고 관객과의 싸움이 끊이지 않았기 때문이다. 이러한 무법 상태를 진정시키기 위해, 도쿠가와(德川) 막부는 1629년 가부키에서 여자 연기자를 일체 못쓰게 했다. 여기에 계속 이어지는 공고[역주 : 布告(오후레, おふれ) 에도(江戶) 시대에 관청에서 일반 백성에게 내는 공고]도 서로 작용하여, 새로운 오락의 융성은 진정되고, 오늘날과 같은 고도의 양식화된 예술이 되었다.

남자들은 곧 스스로 여자 역을 연기하게 되었다. 17세기 후반에는 여자 역은 「女形」(오야마 또는 온나가타라고 읽음)라고 불리게 되었다. 오야마들은 실생활도 글자대로 여자의 역할로 살았고, 남자 역을 맡은 남자 배우들과 별도의 분장실을 가지고, 사생활에서도 여자와 같은 복장을 입고, 어투에서부터 행동까지 여자를 연기했다.

오늘날, 최정상의 오야마는 남자를 연기하는 연기자와 동급의 지위를 차지하고 있다. 남녀 가부키 팬은 극장에 몰려들어서, 여성스러운 연기를 하는 그 예술적 기량에 따라서 오야마를 칭찬한다. 그렇지만, 겁쟁이라든가 호모라든가 하는 평판은 일부 팬의 열광에 찬물을 끼얹는 것이기도 하다.

극단적인 가부키의 형식성은 최고의 가부키 극장에서 모든 역을 남자가 계속 독점을 하고 있는 것에 대한 변명으로 여겨지기도 한다. 쇼군의 그 외의 공고는 훨씬 옛날에 잊혀졌으면서도 오야마는 현실의 여성이 되려는 것이 아니고, 남자에게

있어서 훨씬 자연스러운 역할, 즉, 여자역할이 되려고 하고 있
는 것이다. 적어도, 이론상으로는 그렇다고 여겨진다. 오늘날
초보자들이 연기하는 그다지 유명하지 않은 극장에서, 여성이
가부키를 연기해서 남자역할까지 소화해내고 있다.

일본의 극은 이렇듯 한쪽의 성에 의한 배역을 오랜 전통으로
여겨 왔지만, 현대의 소녀만화는 오히려 일보 전진해서, 아름답
고 섬세한 게이—속어로 「오카마(オカマ)」라고 불리는 남자끼
리의 로맨스를 연재하고 있다. 여기에서 소녀들을 위한 솔직한
유행어 「오코게(おこげ)」가 생겨났다. 그녀들은 자신들을 게이
인 남자와 연관 지음으로써 만화 속 주인공의 생활을 현실로 생
각하려 한다. 여자아이 입장에서는 게이이므로 안심이 되며,
그 패션에 흥미가 있고, 단순히 남자친구가 없기 때문에 게이에
게 끌리는 것이라고 일본인은 생각한다. 그래서 그러한 소녀들
을 「가마(釜)」로부터 연상된, 솥 바닥에 달라붙은 탄 밥, 「오
코게(おこげ, 누룽지)」라고 한다.

다카라즈카는 화려한 가부키의 현대판이다. 다카라즈카의
여자배우들은 브로드웨이의 노래를 부르고, 번쩍번쩍하는 의
상을 입고, "아라비아의 밤(アラビアの夜)"이나, 순례자에 의한
아메리카대륙 발견이라는 외국의 이야기를, 디스코 비트와 훌
륭한 댄스를 믹스해서 연기했다. 때로는 스토리를 일본 민화
에서 따오는 일도 있었지만, 결국 언제나 화려하고 현란하고
요란한 러브스토리가 되는 것은 1914년의 가극단의 창립 이래

변함이 없다. 다카라즈카의 눈앞이 아찔한 눈부신 스테이지의
스폰서는 극히 보수적인 기업이다. 이 기업은 전차와 백화점
을 소유하고 있는데, 그것이 아주 위태위태했다. 십대 소녀들
은 동경하는 남자 역을 만나, 그들과 사진을 찍고, 사인을 졸
라서 받고, 선물을 주고, 잘하면 만질 수 있을지도 모를 그 순
간을 대기실에서 숨을 죽이고 기다리고 있다. 그것을 어른들
은 의젓한 모습으로 웃으며 지켜보고 있다.

다카라즈카 가게키(宝塚歌劇) 공연 포스터

# 両手に花

## 양손에 꽃

Flowers in both hands

　꽃에 관한 말은 일본여성이 처녀와 동의어인 「쓰보미(蕾, 꽃봉오리)」로부터 여성을 표현할 때 사용된다. 영어를 쓰는 사람이 그와 같은 연상을 하는 일례는 남자가 어떻게 처녀를 「우바우(奪う, deflower 꽃을 꺾다」 즉, 훔칠까라는 말 속에 나온다. 그렇지만 일본에서는 여성이 처녀성을 잃을 때, 그 꽃의 이미지는 만개가 된다.

　두 여자 사이에 한 남자가 앉으면 「양손에 꽃」이라고 불린다. 원래는 「이중으로 혜택 받고 있다」라는 의미로, 학식과 능력을 가진 남자, 또는 얼마간의 가치가 있는 것을 두 가지 다 가진 남성에게 사용되었다. 특히, 용모가 뛰어난 여자는 「일어서면 함박꽃, 앉으면 모란, 걷는 자태는 백합꽃(立てば芍薬、座れば牡丹、歩く姿は百合の花)」이라는 격언으로 찬양되었다. 함박꽃은, 사람의 눈을 끄는 아름다움과 밝은 색으로 일본에서는 인기가 높다. 한편, 백합은 정숙한 행동거지와 정숙한 모습

을 나타낸다. 여자가 전성기를 지나도 아름다움을 지니는 경우는 「우바자쿠라(姥櫻, 한창인 시기가 지나서도 피는 벚꽃)」라고 불렸다. 소극적이고 얌전해서 남자가 원하는 것을 채워주는 전통적인 이상형에 들어맞는 여성은 「야마토나데시코(大和撫子, 요조숙녀)」라고 칭송받는다. 하지만 만약 파티에서 너무 부끄러워하면 무시되어 「벽(壁)의 꽃」이 되어 버린다. 이것은, 다른 사람들은 나름대로 재미있게 하고 있는데도, 벽에서 떨어지지 않고 머뭇거리고 있는 여자를 말한다.

일하는 여성은 종종 「직장의 꽃」이라고 불린다. 어두운 셔츠를 입은 남자 간부사원에게 둘러싸인 그녀들은, 채색이 없는 들판의 매력적인 「홍일점」을 더한 한 송이의 꽃에 비유된 것이다. 꽃을 나타내는 한자를 이름으로 가진 여자는 많다. 예를 들면, 「하나코(花子)」, 문자 그대로는 「꽃의 아이」이다. 한편, 출생 순서에 기초하는 이름은 전통적으로 남자 몫이다. 게이샤 수업중의 십대 여자아이는 데뷔해서부터 약 1년은 「아라타바나(新花)」라고 불린다. 이 호칭은, 게이샤와 매춘부의 세계에서 많이 쓰이고, 꽃에 관련된 이미지의 출발점이다. 이러한 환락가는 이전부터 「하나마치(花街)」라고 불렸다. 게이샤들의 서비스에 대해 남자는 「화대」를 지불한다. 또 이 접대문화 전체가 「화류계」(꽃과 버드나무의 세계)라고 하는 말로 불리고 있다. 즐거움을 산 남자에겐 허브의 이미지는 전혀 없다. 화류계의 게이샤에게는 기예(技芸)가 있지만, 고급매춘부는 정원의

꽃들과 같은 다양한 성적 취향을 가진 「꽃」이라 여겨졌다. 하
지만 「화류병(花柳病)」, 즉 영어로 "venereal disease"(성병)이
라는 용어로 잘 알려진 병은 남녀 양쪽 모두 걸릴 위험이 있다.

〈일어서면 함박꽃, 앉으면 모란〉의
수려한 용모를 표현하고 있는 게이샤

# 소녀에서 신부로

Girlhood to Wedding

**2**

少女から嫁さんへ

25살에 모든 것을 걸다 (Christmas Cake Sweepstakes)

# 소녀에서 신부로 Girlhood to Wedding
## 少女から嫁さんへ

나



일본에서는 여자아이가 사용하는 "I"와 남자아이가 사용하는 "I"가 다른 것을 어릴 때부터 배운다. 남녀를 불문하고, 취학 전의 아이들은 영어의 "dear"에 해당되는 "짱(ちゃん)"이라는 접미어를 이름에 붙여 자신을 부르는 것이 보통이다. 하지만 학교에 갈 때쯤이 되면, 남자아이는 「보쿠(僕)」라고 하고, 여자아이는 「아타시(あたし)」라고 말한다. 「보쿠」의 글자 뜻은 「시모베(しもべ, 하인)」로 오로지 남성이 사용하는 것으로, 아이들도 어른들도 즐겨 사용하는 스스럼없는 표현의 "I"이다. 하지만 적어도 최근 20년 사이에 12살부터 25세의 일부 여성이 자신을 남자아이처럼 「보쿠」라고 하게 되었다. 귀엽게 보이려고 「보쿠」라고 하는 사람도 있지만, 전혀 다른 의도로 「보쿠」라고 하는 사람도 있다. 1980년대가 되자 이 경향은 히로인이 자신을 「보쿠」라고 부르는 만화나 소설이 등장한 것을 계기로 더욱 강해졌다. 일본어를 말한다는 것은 정체성 위기[1]

를 불러일으키는 것처럼 여겨진다. 이러한 이유로 "I"를 나타 내는 말이 많이 있다. 그 중에서 하나만 고르는 것은 성별, 연령, 청자에게 대하는 존경의 정도에 따라 자아를 규정하기 때문이다. 오직 여성만이 사용하는 말에 「아타시(あたし)」, 「아타쿠시(あたくし)」, 「아타이(あたい)」 등이 있고, 남성은 일반적으로 「보쿠(僕)」, 「오레(おれ)」, 「와시(わし)」라고 한다. 남성, 여성 모두 전화상의 대화나 공식적인 발언을 할 때, 손윗사람이나 초면인 사람을 상대로 「와타쿠시(わたくし)」라고 한다. 또 남녀 모두 「와타쿠시」의 스스럼없는 표현인 「와타시(わたし)」도 사용한다. "I"의 선택은 중성적 또는 남성적인 일본어의 말에서 여성적인 말을 구별해 가는 인증 각인인 것이다. 여성의 말투는 어휘나 억양에 있어서도 특색이 있는데, 정중어를 문말에 많이 사용한다든지, 부드러운 음향의 접미어를 사용하는 점에서도 남성의 말투와는 다르다.

자신을 「보쿠(僕)」라고 말하는 여자의 출현은 이러한 고집스러운 언어체계가 무너져 가고 있다는 것을 나타내는 아주 작은 하나의 예다. 1970년대 및 1980년대에, 여자들은 남자 동급생의 난폭한 말씨까지 흉내 내어, 사람들의 빈축을 사왔다. 일본인은 이 현상을 여러 가지로 설명하고 있다. 흔히 말하길 「아마 여자아이는 부드러운 말씨의 룰을 무시하고 재미있어 할 것이다」, 「부모가 제대로 된 말씨를 안 가르친 게 아닌가?」, 「아마 그녀들은 잠재의식적으로, 남자가 되고 싶어 한다」 또는 「그녀들의 동기는 남자와도 친구사이로서 꾸밈없이 솔직하게 만나고 싶기 때문일 것이다」. 어쨌든 남자아이는 난폭한 표현을 부드럽게 하려는 기색은 보이지 않기 때문에 등등. 대학 공학부와 같이, 옛날부터 남성들의 전유물로 여겨진 곳에서는 여자도 자신을 「보쿠(僕)」라고 하는 경우가 있다. 이것은 일본어를 말할 때 중요한 것은 여자인가 남자인가가 아니라, 집 안의 이야기인지 공적인 이야기인지, 또는 동조를 요구하는 표현인지, 아니면 확실히 단정 짓는 표현인지의 차이가 중요하다는 설명을 뒷받침하고 있다.

---

1) アイデンティティ クライシス(identity crisis) : 심리학 용어의 하나. 「자기란 무엇인가」를 정의하는 데 있어서 위기에 빠지는 일.

# 부릿코

The pretenders

남자아이의 관심을 끌 때 미국의 여자아이는 어른스러운 척하는데, 일본의 여자아이는 소녀인 척한다. 가슴이 커다란 바비 인형을 가지고 놀면서 자라는 미국의 여자아이는 빨리 브래지어를 입고 화장을 하고 하이힐을 신고 싶어서 안달하는 것이 보통이다. 반대로 일본인의 이상은 때 묻지 않은 10대이기 때문에, 여성은 처녀가 아니더라도 수년간은 잠자코 있는 경향이 있다. 이러한 귀여운 척하는 타입을 「부릿코(ぶりっ子, 어린아이인 척한다)」라고 부른다.

절정의 부릿코(ぶりっ子)는 마쓰다 세이코(松田聖子)다. 1980년대, 그녀는 일본에서 최고로 인기가 있는 가수였다. 납작한 가슴과 O형 다리로, 약 300만 장의 싱글판과 100만 장의 LP판을 일 년 만에 팔아서, 방년 22세에 300억 엔의 레코드와 테이프를 팔았다. 팝뮤직의 아이돌은, 일본에서는 15살의 젊은 나이로 데뷔하는 것이 보통이다. 이것은 일본남성의 소위 "로리

타 콤플렉스"에 어필하기 위해서라고 프로모터(promoter) 역시 인정을 하고 있다. 가수뿐만 아니라, 영화 스타나 모델도, 마쓰다 세이코 같은 귀여운 아이가 되려고 한다. 일본인은 이웃집 여자아이 같은, 친근감을 가질 수 있는 타입의 여성에게 매력을 느끼는 것 같다. 「부릿코(ぶりっ子)」라는 말은, 이러한 어린 탤런트 중의 한 사람인, 야마다 구니코(山田邦子)가 1980년에 텔레비전 방송에서 사용한 신조어였다.

「카와이코짱(かわい子ちゃん)」도 「부릿코(ぶりっこ)」와 같은 의미이다. 일본에서 「부릿코」는 지극히 일반적이기 때문에, 그것을 나타내는 어휘도 많이 있다. 아무것도 모르는 체하는 여자아이의 태도에서 나왔다고 여겨지는 동의어도 있다. 그런 여성은 어묵을 보면 「어묵은 나무판을 배에 붙이고 있는 생선(아기들의 말로는 「토토(とと)」)을 말하는 것이야?」라고 바보스러운 질문을 하는 것 같다. 여기에서 「카마토토(かまとと)」라는 말이 생겼다.

이러한 배경이 있기 때문에, 바비 인형이 처음으로 팔리기 시작했을 때, 판매량이 안 좋았던 유일한 나라가 일본이었다는 것도 놀랄 일은 아니다. 인형 회사가 바비 인형의 가슴을 작게, 키를 작게 해서 어리게 보이는 「카와이코짱(かわい子ちゃん)」으로 바꿔 만들고 나서야 처음으로 팔리기 시작했다.

# 데이트를 하다

To do a date

　근대화 이전의 일본에서는, 「데토스루(デートする, 데이트하다)」라는 것은 말도 행동도 존재하지 않았다. 선을 보는 것이 서양 데이트의 구실을 했던 것이다. 학생 때는 주입식 공부로, 사회인이 되면서부터는 잔업으로 너무 바빠서, 데이트를 하는 가장 손쉬운 방법으로서 선을 본다. 그러한 사람을 「이쿠지나시(いくじなし, 패기가 없는 사람)」라고 하며 농담을 하거나 한다. 한편, 나이가 좀 든 일본인의 기억에 옛날 「아이비키(逢い引き, 서로 끌어당김)」라는 남녀의 아슬아슬한 행위가 있었다. 이러한 말은 연인들이 몰래 만나는 경우에 쓰였다. 연인들은 누구 하나 거리낌 없이 만나도 된다는 사고방식은, 일본인의 전통에는 없었기 때문에 외국어를 빌려서 「데토스루」라고 하는 말이 생겨난 것이다.

　산와은행(三和銀行)의 조사에 의하면, 1984년에 결혼한 커플 중에, 다섯 쌍에 한 쌍 이상이 선을 봐서 결혼했다고 한다. 연애결혼률은 해마다 높아지고 있지만, 중매결혼을 하는 절차도 꽤 간략화 되었기 때문에, 개중에는 중매결혼인지, 연애결혼인지 분간하기 어려운 커플도 있다. 옛날에 선을 보는 자리에서는 두 사람이 말하는 것조차 허락되지 않았다. 이야기를 할 수 있는 사람은 아버지뿐이었다. 부끄러워서 바닥에서부터 시선을 올리지도 못하는 처녀도 있었다. 때문에, 실제로 찬찬히 볼 수가 있었던 것은 남자 쪽이었다.

선이 끝난 후에도, 두 사람은 자신들이 결혼을 하게 될지, 말게 될지 어떤 참견도 할 수가 없었다. 결혼이란 양가의 가장에 의해 정해지는 것이 당연한 집안의 문제였던 것이다.

오늘날 연인들은 반드시 부모를 동반해서 선을 보지는 않는다. 현대풍의 「오미아이(お見合い, 맞선)」는 야구장에서 갑자기 두 사람을 소개하는 방식도 생겨났다. 제일 보편적으로 만나는 장소는 일류호텔의 로비이고, 두 사람은 커피숍에 가서 이야기를 하게 된다. 상대방의 수입이나 건강에 대해서는 중매인에게 사전에 물어 보았기 때문에, 이 현대풍의 중매시스템은 서로의 성격을 확인하기 위한 것이다.

서로의 취미나 인생목표를 말하고, 장래성을 확실히 확인하면, 결혼을 할 것인가 하지 않을 것인가는 오늘날 본인이 결정한다. 남성 쪽은 대개 제일 처음 선을 본 사람을 결혼상대로 정하는 것에 반해 선택이 까다로운 여성 중에는 30번도 넘게 선을 보는 사람도 있다.

선을 보는 사람은, 두 사람 사이에 애정을 키워나갈 가능성을 포기한 것인가, 라면 그렇지도 않다. 일본인은 서로 잘 앎으로써 애정도 자연히 생긴다고 생각한다. 중매는 결혼상대를 찾는 간편한 방법일 뿐만 아니라, 안전한 방법이라고 생각한다. 성장배경이 다른 사람과의 결혼은 비극을 불러일으키기 쉽다. 그렇지만 중매자에게 맡겨두면, 그러한 사람과 만나는 일은 없을 것이라고 믿고 있는 것이다. 컴퓨터를 이용한 결혼정보서비스업의 광고에 의하면「이 방법은 로미오와 줄리엣과 같은 비극을 막는다」라고 한다.

중매이건 자신이 발견한 연인이건, 다음 데이트를 신청하는 것은 남성 쪽이라고 여겨지고 있다.「영화를 보거나 커피숍에 갑시다」라고 하는 것이 전형적인 권유법이다. 그 외에 피크닉, 관광, 쇼핑, 드라이브, 레스토랑, 콘서트나 디스코 장에 가는 것이 일반적인 데이트다. 남자아이는 커피숍이나 디스코 장에 모여서 일시적인 섹스를 위해 여자아이를 유혹하거나 한다. 이것을 표현하기를 일본어로「난파스루(軟派する, 헌팅한다)」라고하고, 반대로 가라테나 유도 등으로 너무 바빠서 여자아이에게 신경 쓸 여유가 없는 남자아이는「코우하(硬派)」라고 일컬어진다. 피동적인 역할은 여자아이의 몫이므로, 그녀들은「난파사레루(ナンパされる, 헌팅당한다)」라고 말한다.

매년 2월 14일의 밸런타인데이는 여성이 소박하지만 사랑의 주도권을 잡는 날이고, 이날 초등학교 이상의 일본의 여성은 가까운 남성에게 초콜릿을 주고 애정을 표시한다. 그렇지만 연인에게 밸런타인 선물을 하려고 생각하는 세련된 일본 남성은 없다. 구미[1]의 밸런타인데이의 의미는 일본의 제과회사에 의해 뒤바뀌게 된 것이다.

원래 이 관습은 제과회사가 초콜릿의 매상을 올리려고 1960년대에 도입한 것이다. 이 계획은 대성공해서 1986년의 벌런타인 과자의 매상은 400억 엔 이상이 되었다. 그 대다수는 직장여성이 상사나 동료에게 마지못해 주는 「기리초코(義理チョコ, 의리상 주는 초콜릿)」인 것이다. 보험 방문판매를 하고 있는 여성들은 밸런타인 초콜릿을 남녀를 불문하고, 손님에 대한 세일즈의 도구로서 사용하고 있다. 여성들의 호의에 대한 보답을 남성에게 시키고자 하는 시도는 잘 안 되고 있는 것 같다. 제과회사는 3월 14일을 화이트데이라고 이름 붙여, 화이트초콜릿이나 머쉬멜로우나 쿠키를 사랑하는 사람에게 가득 선물합시다, 라고 남성이나 남자아이를 향해 캠페인을 하고 있지만 그다지 성공하지 않았다.

---

1) 구미에서는 여성뿐만 아니라 연인들 서로가 카드와 선물을 주고받는다.

# 하코이리 무스메 
Daughters-in-a-box

고가의 인형, 족자, 찻잔 등은 흠집이 생기지 않도록 나무상
자에 넣어 간수한다. 일본인은 애지중지하는 물건을 소중히
다루는 것과, 딸을 소중히 대하는 것을 같다고 생각해,「하코
이리 무스메(箱入り娘, 규중처녀)」라고 표현한다. 그것은 문자 그
대로 영어번역을 하면, "Daughters-in-a-box"가 되고, 보존
되어 있는 딸이라는 뜻이다. 대개의 사람은 그런 말을, 부모가
딸을 공들여 기른 것을 뜻하는 칭찬의 말이라고 생각한다.

그러나「하코이리 무스메」는 상자와 같은 일본가옥이나 가
치체계 속에서 예절바르게 앉아있는 것 외에는 아무것도 할 수
없을 것 같은, 애처롭기까지 할 정도로 부끄러움을 타는 딸이
라는 부정적 이미지를 갖게 되었다. 이런 말의 남성판은 없다.

1883년(메이지16년)에 일어난 사건은「하코이리 무스메」사
고가 어떤 방법으로 사람들을 묶어두고 있는가를 명시하는데
있어, 인상적인 사건이었다. 일본 최초의 여성기자 기시다 도

시코(岸田俊子, 후의 中島俊子, 中島しょういん)는 연설중에, 이것이 여성의 자유를 속박하고 있다는 주장을 했다. 그녀는 "「하코이리 무스메」를 내가 정의하자면, 행동하거나 말하는 것은 말할 것도 없이, 자신의 몸을 움직이는 것조차 허락되지 않은 여자를 말한다. 마치 상자라고 하는 덫에 걸려있는 것처럼 말이다. 부모는 딸의 자유를 제한하려고 이렇게 하는 것이 아니라, 소중한 딸이기 때문에, 딸에게 좋은 도덕교육을 제공하려는 것이라고 말할지도 모른다. 그렇지만 부모는 자신들의 행위가 결국 딸의 자유를 구속해서 고통을 겪게 하는 것임을 모른다"라고 말했다. 이 이의에 화가 난 관헌은, 그녀가 연설하고 있던 오쓰(大津)에서, "위험좌익분자"에 의한 선동이라는 이유로 그녀를 체포해, 1개월의 급여에 해당하는 액수의 벌금형에 처했다.

오늘날에는 결혼 전에 직장에 나가는 여성이 많지만, 고용자는 미혼여성을 고용하는 경우, 그 사람이 아직 가족과 같이 살고 있는가 확인하는 「하코이리 무스메」 정신을 계속 가지고 있다. 여성의 신변의 안전을 지키기 위해서라고 말을 하지만, 그것은 고용하는 동기에 불과하다. 자택통근을 하는 사람을 고용하면 회사가 지급하는 급료가 적어지기 때문이다. 그리고 일 때문에 피곤에 지친 딸을 위해서 어머니가 요리를 한다든지 세탁을 해주기 때문에 기업은 그녀들에게 더욱 많은 일을 요구할 수 있기 때문이다.

상자 밖에 숨어있는 위험의 하나는 성에 대한 지식이다. 만약 이것이 여자아이의 귀에 들어간다면 그녀는 행위에 의한 것이 아니라, 귀로 들은 정보만으로도 「미미도시마(耳年增, 성에 관한 지식이 풍부한 젊은 여자)」라고 비방 당할지 모른다. 이 악평은 마치 그녀가 성체험을 해 본 것처럼 잘난 체하고 있다고 여기게끔 한다. 「미미도시마」라고 하는 글자 그 자체는 성별을 특정 짓고 있지 않지만, 여자아이에게 있어서는 「미미도시마」로 취급되는 것은 싫은 일인 데 비해 남자아이는 결코 「미미도시마」라고 해서 비난받거나 하진 않는다. 덧붙여서 「토시마(年增)」란 중년의 여성을 가리키는 말로서 그다지 민망하지 않은 말이다.

「하코이리 무스메」는 호위가 엄한 난공불락의 환경 속에서 자라지만, 그렇다고 해서 그녀들이 상자 밖의 생활에 흥미를 갖지 않는 것은 아니다. "하코이리 무스메에게 벌레가 달라붙는다(箱入り娘に虫がつく)"라는 말은, 딸이 바람직하지 않은 남자에게 구애받는 것을 주변의 사람이 비판하는 것이다. 원래는 그 비위에 거슬리는 벌레란 모두 남자를 가리키는 것이었지만, 최근에는 이런 말은 바람직하지 않은 여성으로 인해 괴로워하고 있는 남성에게도 사용된다.

# 신부수업

Bridal Training

여유 있는 동작의 차도나, 꽃을 자연 그대로의 모습보다 더 생동감 있게 보여주는 꽃꽂이는, 일본에서는 신부수업의 하나로 여겨진다. 20살쯤이 되면, 16세기에 기원을 둔 이 비전적(秘伝的)인 예술을 배워서 결혼준비를 시작하는 여성이 많다. 만약 이러한 습관이 없었다면, 문화적 전통은 지금과 같은 실리주의의 세상에서 쇠퇴했음에 틀림없다고 생각하는 사람도 있다. 그러나 우습게도, 다도가 처음 고안되었을 때는 여성이 차를 마시는 행사가 금지되어 있었다. 오늘날에는 남성이 다도, 꽃꽂이를 배우는 일은 거의 없지만, 남성의 영향은 다도나 화도를 배우는 학생을 가리키는 말 속에 살아있다. 학생은 「데시(弟子)」라고 한다.

1986년 닛케이(日経) 유통신문의 조사에 의하면, 신부수업에서 제일 일반적인 것은 꽃꽂이라고 한다. 그러나 많은 여성들은, 자기 자신을 더욱 더 계발하기 위해 현대적인 것을 요구하고 있는 것 같다. 제일 배우고 싶은 과목은 요리다. 두 번째가 꽃꽂이, 다도를 제외하면 영어회화이며, 이것은 에어로빅 이상으로 인기 있다. 현대 여성들 신부수업의 3대 과목은 영어회화, 워드프로세서, 자동차면허라고도 한다.

차나 꽃을 배우는 것은 지루할 것 같이 보이지만, 결혼생활에는 도움이 된다. 다만 그것을 제대로는 알지 못하는 것 같다. 이것을 이해하는 열쇠는 수업(修業)[1]이라고 하는 말 속에 있다. 수업이란, 승려가 규율을 참고, 금욕적 고행을 통해서 단련한다는 뜻이다. 유럽의 숙녀들은 엔터테이너로서의 역할을 다하기 위해, 피아노를 칠 수 있도록 한다든지, 또는 그 외의 여성스러운 행실을 몸에 익혀 온 역사를 가지고 있다. 그러나 신부수업은 그것 이상의 것이다. 이처럼 괴로운 예술을 배움으로써 일본여성은 부인으로서 빼놓을 수 없는 것이라고 여기는 인내와 반성하는 마음을 익힐 수 있는 것이다. 그 여성이나 가족이 수업료를 지불할 만한 경제적 여유가 있다고 하는 것도 결혼하는 데 적당한 조건이 된다고 한다.

「카지테쓰다이(家事手伝い, 집안일을 돕는 사람)」가 되는 것도 신부수업의 또 하나의 방법이다. 통상 대화나 공적 서류에서, 자신을 「카지테쓰다이」라고 자칭하는 사람은 누군가에게 고용되어 도우미로서 일하고 있다는 의미가 아니다. 고용된 도우미라면 「오테쓰다이상(お手伝いさん)」이라고 불린다. 「카지테쓰다이」는 학교를 졸업해서부터 결혼하기 전까지, 부모의 밑에

서 집안일을 돕는다. 만약 그녀가 결혼을 하지 않는다면, 평생 그대로 있어도 좋다. 고학력의 젊은 여성이 몇 날 며칠 혹은 몇 년이나 집에서 지내는 것을 가족 전원이 인정하는 것이다. 이것은 대부분의 부모들이 그것을 전업주부가 되기 위한 최고의 훈련법이라고 생각하고 있기 때문이다. 모든 가정이 「카지테쓰다이」를 그냥 둘 수는 없기 때문에 이런 말은 부자의 이미지를 만들어내고, 패션잡지는 「카지테쓰다이」(homebodies 가정제일주의자)를 가지고 있는 디자이너 브랜드의 옷을 특집기사로 내기도 한다.

그러나 「카지테쓰다이」로서 집에 있는 습관은 일하는 젊은 직장 여성이 늘어남에 따라 자연스럽게 줄어들고 있다.

수입기준과는 관계없이 모든 여성에게 있어서 가정은 꽃이나 차를 배우는 것과 같이 요리나 청소 등의 실용적 기술을 배우는 곳이었다. 그러나 요즘은 어머니의 가사를 돕는 딸은 적다. 적어도 고교를 졸업할 때까지는 남녀모두 공부만 하면 돕지 않아도 된다고 하며 내버려둔다. 언젠가 부모는 딸이 집 밖에서 신부수업을 하기 위한 수업료를 지불하는 것이 보통이다. 꽃꽂이나 다도의 졸업 증서를 가지고 있는 여성이 자택을 방문해서 가르치기도 하고 문화센터나 민간학교, 혹은 일류호텔에서도 미래의 신부들을 위한 강좌를 한다. 이런 화도, 차도는 집에서 개인지도로 가르칠 수도 있기 때문에 워드프로세서 등의 현대판 신부수업처럼 실용적이라고 생각된다. 신부수업을 받고자 하는 신세대에게 다도, 영어회화, 피아노 등을 가르침으로써, 다수의 여성이 수입, 그것도 때로는 상당한 수입을 벌게 된다.

다도(茶道) 견습의 한 장면

---

1) 승려가 행하는 「수행(修行)」과 학업이나 기예를 익힌다는 의미인 「수업(修業)」을 혼동하고 있다고 여겨진다.

# 히나마쓰리

Doll Festival

일본에서는 여자아이를 축하하는 날과 어린이날을 축하하는 날이 따로 있다. 옛날에는 여자아이를 축하하는 날은 3월 3일, 남자아이를 축하하는 날은 5월 5일로 공평하게 행해졌다. 하지만 1948년에 개혁론자들이 남자아이의 절구를 승격시켜, 어린이날을 하나로 합쳐서, 여자아이 남자아이 양쪽을 위한 국민휴일로 정한 것이다. 하지만 예로부터 내려오는 풍습은 그렇게 쉽게 바뀌지 않는다. 어떤 가정은 어린이날로 된 5월 5일에는 예전부터 해 오던 「단고노셋쿠(端午の節句)」라는 축하를 하고, 「모모노셋쿠(桃の節句)」도 국민휴일로는 되지 않았지만 여전히 지켜지고 있다.

여자아이의 날은 「여자의 절구(女の節句)」라고도 하는데, 보통은 히나마쓰리, 글자 그대로 영역하면 "Doll Festival"(인형의 축제)라고 부른다. 요즘 어머니는 고대의 복장을 입은 오비나(男雛)와 메비나(女雛) 등의 인형을 장식해서 히나마쓰리의 전

통을 딸 이상으로 기뻐하고 있는 것 같이 보인다. 나이가 어린 사람이나 마음만은 아직 어린 사람들도, 핑크와 그린의 히시모치(菱餅)와 시로자케(白酒)로 축소한 공주님을 기리는 것이다. 인형은 히나마쓰리 약 1주일 전부터 장식되어진다. 그것은 종이접기로 만든 간단한 한 쌍의 오비나와 메비나도 있고, 점토로 만든 얼굴에 색칠한 천의 기모노를 입힌 인형으로 오단과 칠단에 장식한 것까지 있다. 오비나와 메비나 두 명이 최상단에 놓여지고, 아랫단에는 3명의 관녀(官女), 고닌바야시(五人囃子), 즈이진(隨身), 시테이(侍丁), 궁정에서 평소에 사용하는 물건과 축소한 혼수 세트가 있다. 인형과 부속품은 여자아이가 자라도 계속 소중히 남겨두어, 때로는 귀중한 집안의 재산이 되어 다음 세대에 계승된다.

옛날의 의식으로는 오늘날의 히나마쓰리의 전조인 듯한 외관만을 뽐내는 것은 없었다. 이 마쓰리의 기원은 천년 이상 옛날의, 중국에서 음력 3월의 뱀의 날에 열린 부정함을 없애는 의식으로 거슬러 올라간다. 뱀은 다산과 죽음 양쪽을 받드는 수호자로 여겨지고 있었다. 그 날 사람들은 종이로 인형을 만들고, 거기에 자신의 이름과 연령을 써 넣는다. 그리고 바다와 강으로 가서 그들의 대리역인 인형을 띄어 보내, 악운을 쫓아 보내는 것이다.

인형은 액막이의 힘이 있는 것과 동시에, 아이들을 즐겁게 해주는 강한 힘을 가지고 있다. 인형을 「히나(새끼 새)」로 처음에 불렀던 것은, 헤이안시대의 어린 아가씨들이었다. 아마 인형이 새끼 새와 같이 작고 귀여운 것이었기 때문일 것이다. 이러한 풍습의 전부가 오늘날 히나마쓰리와 같이 축제일로 진전되었던 것은 에도 시대부터이다. 그 때쯤 히나 인형의 크기를 규제하는 명령이 내려졌지만, 그것은 예전에도 지금과 마찬가지로 부모가 딸을 매우 응석받이로 키웠던 것을 나타내고 있는 것은 아닐까?

하지만 마쓰리 소동이 있었다고 해서, 딸의 결혼장래성에 대한 걱정이 없어지는 것도 아니다. 아주 먼 옛날에는 기념일특제의 대합국은 조개 맞추기 놀이의 도구가 되었다. 조개의 한쪽과 그것에 맞는 다른 한쪽을 조립하는 전통적인 히나마쓰리의 놀이는 여자아이에게 장래의 남편을 충실히 섬기라고 가르치기 위한 방법 중 하나였다. 또한 지금도 인형은 모모노 셋쿠(桃の節句) 다음날이 되면 바로 서랍 속에 넣어 간수한다. 3월 3일이 지나서도 히나 인형을 그대로 두고 그 기간이 길면 길수록, 딸은 결혼할 인연이 멀어지게 된다는 미신이 있기 때문이다.

히나마쓰리(雛祭)단

# 여대생

Coeds

　「여대생」이라는 비교적 새롭고 또 어딘가 색다른 데가 있는 사람에 대해, 잘 알려진 신화가 있다. 그것은 일본의 여대생은 패션과 오락을 전공하고 있다는 것이다. 남녀공학이 법령화된 1947년까지 2, 3가지의 예외를 빼면 이와 같은 생물(여대생)은 대학에 기록되어 있지 않았다. 남녀공학이 되기 이전 남녀는 중학교 이후 따로 진학을 하게 되어, 남자는 대학에 진학 가능한 것에 반해, 여자는 여자사범대학 밖에 갈 수 없었다. 「여대생」이란, 대학생을 나타내는 총칭어에 젊은 여성의 뜻인 일반적인 말(여자)을 앞에 붙여서 생략한 것이다. 그것은 여자대학의 학생에게도, 남녀공학대학의 여자학생에게도 사용된다. 「여대생」에 대응시켜, 「남자」를 앞에 붙인 「남자대학생」이라는 말을 만들었다고 해도, 쓸데없는 중복이라고 크게 웃음거리가 될 뿐이다.

　전후의 교육개혁의 향상 중, 지식의 보루에 들어간 여자들은 진지한 학생이었다. 그 후 1950년대 중반 이후가 되자 대학졸업증서는 취직할 때의 여권처럼 여겨졌다. 하지만 요즘 여대생은 급선회했다. 대부분은 풀타임의 일을 하고 싶지 않다든가, 혹은 적어도 그것을 연기하기 위해 대학에 오고 있다. 독서에 몰두 하는 일 따위는 하지 않는 것이다. 여대생은 스키여행이나 관광, 디자이너브랜드의 패션을 걸친 교육을 추진해 나가는 「전선기지(前線基地)」라는 비난을 받고 있다. 이 같은 사치에는 돈이 들지만 또 그것이 여대생의 또 하나의 표시라고도 한다. 실질적으로는 여대생 전원이 부모에게 부양받고 있고, 또 집에서 받은 용돈으로는 부족해서 아르바이트를 하는 사람도 많다. 남자대학생도 수업료는 가족에게서 받는 것이 보통이고, 남자도 여자도 대학생활을 힘든 입학시험을 통과한 뒤의 4년간의 휴가라고 생각한다. 이와 같이 남녀 둘 다 생활 태도는 비슷한 것 같은데도, 남자 대학생은 여대생보다 관심을 모으지 못하고 있다.

일본의 매스컴은 여자대학생을 심하게 공격하거나, 성적인 대상으로 그려왔다. 그것은 정확히 1960년대의 미국 팝문화의 매스컴이 만들어낸 여자대학생 상과 매우 비슷하다. 예를 들면 1980년대 중반에는 새내기 여대생이 남성 시청자 대상의 섹스를 취급하는 심야 프로그램에서 사회자의 보조를 하고 있었다. 외설적인 이미지를 심어버린 점에 대해서는 전혀 근거가 없는 것은 아니다. 「엿보는 방(覗き部屋)」에서 누드를 하거

나, 매춘을 해서, 고액의 용돈을 번 여대생도 있기 때문이다. 하지만 1986년의 정부의 조사에 의하면, 조사대상이 된 매춘부 중에 학생은 4%뿐이었다.

놀이도 끝나고 졸업장을 받을 때 쯤 되면, 여대생은 어두운 취업전선에 직면하게 된다. 남자는 고학력일수록 취직률이 높지만, 일본여성에 있어 고학력은 지금에 와서는 불리한 조건이다. 1981년의 정부의 조사에 의하면, 일본의 회사 중 78%는 여자의 4년제 대학 졸업생을 전혀 채용하고 있지 않았던 것을 알 수 있다. 전문대졸의 여자가 오히려 취직을 하기 쉽다. 그것은 4년제 대학에 비하면, 전문대 졸업은 보다 낮은 임금, 하찮은 일이라도 쾌히 승낙하기 때문이고, 또 4년제 대학 졸업생보다 젊다. 게다가 전문대 졸업이면, 회사는 남자사원과 같이 승진을 시키거나, 연수를 시키거나, 급여를 동액으로 지급해야 한다고 법률로 정해져 있지 않기 때문이다. 상사의 대부분이 여성은 결혼하면 전부 퇴직하는 것으로 생각하고, 4년제 여성은 고졸과 전문대졸의「여자아이」보다 근속년수가 짧다고 인식하고 있다.

# 오조사마

Debutantes

스스로를 중류라고 굳게 믿어 의심치 않는 일본인은 서로의 딸을 「아가씨」, 영어로 하면 "young lady"에 해당하는 귀족적인 뉘앙스를 가진 말로써 부른다. 접미어가 「사마(さま, 님)」로 바뀌면, 이 말은 페티코트를 입은 공주님 같은 고상함이 한층 더해진다. 그렇지만 돈을 많이 들인다고 아가씨가 되는 것은 아니다. 이 말은 「좋은 집안」에서 태어나서 자란 여자아이를 가리키고 좋은 집안이란 고귀한 혈통이거나, 대기업의 톱클래스의 가문이라는 뜻이다. 아가씨는 정확히 영어로 "debutantes"(사교계에 데뷔하는 여성, 아가씨)와 같이, 상류 사회의 곱게 자란 여성을 가리킨다. 중류계급이 압도적으로 많은 일본에서는 이들처럼 거의 없는, 또 최근 눈에 띄게 사라진 젊은 아가씨에 대한 열광이 1980년대 중반에 「아가씨 붐」으로 발전했다.

10대 남자 전문 잡지는 아가씨에 대한 접근법이라는 기사로 가득 차 있고, 또 여성 전문 잡지는 「오늘부터, 당신도 아가씨」 등의 기사가 넘쳤다. 어디에서나 있을 법한 평범한 여자가 공주님으로 변신하기 위해서는 모든 면에서 취미가 아주 얌전하고, 게다가 클래식한 패션이 요구된다. 아가씨는 「전형적인 인상의 베이직한 디자인에 컬러코디네이터 한」 옷을 입는다. 그렇지만 아가씨라는 진짜 증거는 그 꾸미지 않은 청초함과 조신함, 때 묻지 않고 곱게 자란 것이다. 그러나 보통여자애들은 그것을 살 수도 바랄 수도 없다. 그렇기 때문에 잡지는 겉모양만 말하는 것이다. 아가씨는 지성적이지만, 속된 잔머리는 굴리지 않는다.

아가씨의 자연스러움은 아가씨 학교에서 한층 세련되어 진다. 결국 여자대학은 서양의 신부학교(finishing school)와 같은 사교계에 데뷔하는 여성이 결혼 전에 가꾸기 위한 학교 같은 것이다. 이런 학교에는 부지런히 공부해서 졸업하거나, 남녀공학 대학교의 학생과 같이 취직자리를 필사적으로 찾거나 하는 것과는 아주 동떨어진 학생도 존재한다. 그렇다고 해도 그녀들이 좋은 취직자리를 발견하는 것은 꽤나 어려운 것 같다. 출신학교가 학문적 명성이 결여되어 있거나 또 「아가씨」는 세상물정을 모른다고 하는 악평도 그 이유인 것 같다.

일본인 자신도 왜 「아가씨」가 갑자기 중류계급의 마음을 사로잡은 것일까 하는 의문이 있었다. 여성의 자립경향이 강해져 가고 있기 때문에, 남녀 모두 「전의 것이 좋았던 시절」

즉 아가씨가 아닌 여성이라도, 지금보다 더 조신했던 때를 이상화 한 것이라는 이론을 내세운 사람도 있다. 또 어떤 사람은 번영이 그 원인이라고 보고 있다. 일본이 풍요롭게 되어, 대부분의 일본인이 자신은 중류계층이라고 믿고 있는 지금, 아가씨가 가지고 있는 무구한 분위기라는 돈으로는 살 수 없는 가치가 있는 것을 자신만 특별하게 가지고 있고 싶다는 이유이다.

여성을 대상으로 한 패션잡지

# 현모양처
Good Wives and Wise Mothers

일본의 명문 여자고등학교와 여자대학교에는 같은 교훈을 내걸고 있는 곳이 몇 군데 있다. 여자교육의 선구자(pioneer)에 의해 선택되었지만, 용기 있고 새로운 표어인 현모양처란 좋은 아내, 현명한 어머니를 말한다. 여자에게 처음 교육의 문호가 개방된 19세기 말경(메이지 시대)에는 현모양처가 일본의 여자 교육의 제1의 목표였고, 지금도 그 영향은 이어져 오고 있다. 여자에게 무엇을 가르쳐야 하는가는 오랫동안 논의되어 왔지만, 그 초점이 된 것은 이「현모양처」라는 말이다. 나카무라 마사나오(中村正直)[1]는 1875년『메로쿠(明六)』잡지에 게재된 소논문에서 처음 이 말을 사용했었다. 거기에서 마사나오는 고전적인 서구풍 여성의 이상형을 나타내었지만, 그는 이것을 유럽 여행중에 시찰했던 것은 아니었을까. '여성은 살아있는 동안 강한 도덕관과 종교관을 가지고 있고, 따라서 남성 이상으로 아이를 키우는 것에 어울리는 자격을 갖추고 있

다’라고 마사나오는 평하고 있다. 또 남녀의 교육 평등도 주장
했다. 당시에 이 같은 제안은 혁신적인 것이었다. 왜냐하면 아
이들의 양육에 관한 모든 공적 권위는 아버지와 큰 형의 수중
에 있었기 때문이다. 출발점은 희망적이었지만, 곧 현모양처
는 유교에 바탕을 둔 가부장제를 뒷받침하는 지주로서 변모되
었다. 일본정부는 각 현에 여학교를 적어도 한 학교는 만들
것, 그 표준 커리큘럼은 현모양처를 양성하기 위해, 실용적인
육아술이라는 폭이 좁은 교육을 행할 것을 요청하는 법안을
1899년에 제정했던 것이다.

그 후의 개혁에 있어 커리큘럼은 남녀 모두 같게 되었다. 정
부자문위원회가 1980년대 중반에 만들었던 것은 아직 남아있
는 남녀 커리큘럼의 차이를 검증하기 위해서였다. 특히, 여자
고등학생은 가정과[2] 4학점(1회 50분, 140회분)을 취득하지 않으
면 안 되었고, 한편 남자는 그 시간에 체육으로 힘과 경쟁심을
양성한다는 지도요강이 검증의 대상이 되었다.

여자는 지금은 남자와 같이 9년의 의무교육 종료 후에 고등
학교에 진학이 가능하다. 하지만 현모양처를 닮은 정신이 어
딘가에 남아있고, 여자가 ‘남자를 위한 과목’이라고 생각하는
과목을 공부하는 것을 방해하고 있는 것은 아닐까 하고 여겨진
다. 고등학교 졸업 후 진학을 희망하는 여자의 다수는 「비서
실무」라고 하는 실용적인 지식을 익히기 위해 전문대에 간다.
일본의 전문대 시스템은 미국의 Junior College와는 달라서

전문대 졸업자가 4년제 대학에 도중에 들어갈 수는 없다.

한편, 진학하는 남자의 대부분은 4년제 대학에 간다. 대학에 진학하는 여자도 인문학부와 교육학부라는 여자의 전유물이라고 생각되어지는 학부를 선택하는 경향이 강하다. 1983년에는 진학하는 남자의 4분의 1이 들어가는 공학부에 감히 도전한 여자는 단지 2%였다. 대부분의 여자는 여성용에게 적합한 과목을 전공한다. 하지만 「여성학」 강좌는 아직 매우 새롭고 그 말조차 나이든 사람에게는 잘 알려져 있지 않다. 국립 부인교육 회관의 조사에 의하면 여성학 강좌를 개강하고 있는 대학의 수[3]는 1970년대 말에는 19개교였지만, 1984년에는 94개교로 증가했다. 대부분이 여자 교사인데 그 과목에는 남자도 여자도 흥미를 갖고 있다. 이전의 조사에 의하면 여성학 수업을 등록한 학생은 남자 쪽이 절반보다 좀 더 많다고 한다.

---

1) 1832(天保 3)~1891(明治 24), 계몽사상가. 신정부의 교육정책에도 협력했다.
2) 1994년, 남녀 가정과 필수의 완전실시를 위해 현재 각 학교에서 실시중.
3) 『부인백서(婦人白書) 1988』에 의하면 1987년, 여성학 관련 강좌는 개강 대학 수 128개교, 과목수 261개.

# 성인의 날

Coming-of-Age Day

1월 15일에 맞선 사진을 찍으러 온 젊은 여성들이 많다. 이 날은 그 해에 20세가 되는 여성의 대부분이 성인식을 위해 예쁘게 기모노 차림을 하기 때문에 사진 찍기에 마침 좋은 날이다. 일본에서는 20세에 법적 성인이 된다. 그래서 일본 어느 도시에서건, 공동 집회를 하는 장소에서 시 대표가 축사를 하는 간소한 식 예절을 하고, 성인을 맞은 사람을 축하한다. 성인식 후에, 여성은 기모노 차림을 카메라에 남기기 위해, 경치 좋은 신사나 절을 찾는다. 시 주최의 성인식은 물론 남자아이들도 대상으로 한다. 그러나 현대 남자들은 연령을 불문하고, 대부분 기모노를 입지 않으므로, 그 날에 특별히 사진을 찍을 필요도 없다. 일본인은 결혼할 때까지 한 사람 몫을 하는 어른으로 보지 않는 사람이 많다. 그래서 맞선 사진을 찍는 것으로 결혼 준비를 하는 것은 성인의 날[1]이야말로 잘 어울린다.

1월 15일은 1948년에 명칭이 바뀌어서 국민의 축제일이 될 때까지 몇 백년간, 전혀 다른 이유에서의 축일이었다. 「온나쇼가쓰(女正月)」라든지 「고쇼가쓰(小正月)」라고 불렸었다. 1년 중에, 단지 이 하루만, 여자들은 일본의 제일 큰 명절인 설날에 극에 달한 요리와 청소 등으로 바빴던 일에서 해방되었다. 「온나쇼가쓰」에는, 그저 간단한 식사를 하거나, 친구들과 서로 인사를 하거나, 정월 장식을 태우는 등의 이외의 일은 하지 않았다. 옛날, 소녀들은 오늘날 성인의 날보다 훨씬 공을 들여 처녀에서 어른이 되는 통과의례를 치렀다. 예를 들어, 어느 지방에서는 일정한 연령에 달한 소녀는 산 정상에 참배등산을 해야만 했다. 일단 어른이 되면 어른용 머리모양, 머리장식, 신발, 액세서리를 교체하여 사람들에게 자신들의 지위를 알린 것이다.

12세기(헤이안 시대쯤)까지, 소녀들은 치아를 까맣게 물들여 성인이 된 것을 나타냈다. 이것은 고철을 차와 술, 또는 식초와 조합한 액체에 절여서 만든 것이었다. 이 배합액을 거의 매일 치아에 발랐다. 검게 하면, 치아가 보호되고, 더 아름다워진다고 배웠다. 왜냐하면 치아는 드러나 있는 뼈의 일부로, 혐오감을 불러일으키는 것으로 생각되었기 때문이다. 그 습관은 차례로 귀족이나 무사계급의 남자들에게도 널리 퍼졌다. 그러나 18세기쯤(에도 중기)에는 오로지 여성이 하는 것으로 여겼다. 이때는 결혼한 여성들은 모두 기혼이라는 것을 나타내기 위해 행했다. 치아를 검게 칠하는 것은 1868년(메이지 원년)에 국가의 근대화 정책의 하나로서 금지되었다. 그것은 결혼이나 성인의 일본적 지표인 치아를 검게 칠하는 것에 강한 혐오감을 나타낸 기혼의 서양인이 일본에 오고 나서부터였다.

시 주최의 성인식

---

1) 일본에서 성인의 날은 1948년에 「1월 15일은 어른이 된 것을 자각하고, 스스로 독립하려 하는 청년을 축하, 격려하는 날」이라고 법률로 정했으나, 현재는 2000년에 제정된 해피먼데이법에 근거해 1월 둘째 월요일로 개정되었다.

# 소녀불량서클의 두목

Boss Girls


　일본에도 눈에 띄고 싶어 하는 여자애들이 있다. 이 여자애들은 폭주족 남자애들과 오토바이를 타든, 도시의 정글에서 모이든, 결국에 별난 복장과 일곱 색깔 무지갯빛으로 물들인 머리모양으로 사람들의 주목을 끈다. 영어로는 이런 여자애를 'delinquents'(非行者)라고 부르지만, 일본의 속어로는 「스케반(スケ番, 소녀 불량서클 두목)」이라고 부른다. 이것은 깡패가 자신의 정부에게 사용하는 「스케」라는 단어와, 깡패 보스의 의미인 「반초(番長)」라는 단어로 만든 단축어다. 반사회적 행동 또는 범죄행위를 하고 잡히는 소녀가 늘고 있는데, 「스케반」은 이 같은 소녀들을 통솔한다.

　일본인은, 서구인이라면 '자기표현이다'라고 생각할 만한 극히 사소한 반항적 행동을 근거로 스케반이 될 것 같은 아이를 선별한다. 예를 들어, 1980년대에 일본의 경찰이 발행한 팸플릿에는 색깔 있는 양말, 걷어붙인 소매, 파마머리, 긴 치마 따위의 「비행의 징후」가 보이는 교복차림의 소녀 그림이 있다. 일본이라는 대단히 균질적인 사회에서는 이러한 세밀한 복장 규칙에 조금만 위반해도 중대한 문제가 된다. 학교, 특히 사립 학교에서는 복장이라든지 행동을 학교 내외에 걸쳐 관리하는 세밀한 규칙이 있어, 교직원을 다방이나 영화관에 보내서, 규칙 위반자를 체크하거나 했다. 스케반은 학교와 마찬가지로 엄격한 규칙으로 요란스런 복장을 하라고 강요한다. 그러기 위해서 그룹 친구들 사이의 압력을 이용하는 것이다.

일본의 비행소녀는 먼저 눈에 띄고 싶어 하는 것을 비롯해서, 시너(thinner)놀이, 각성제 사용, 매춘, 소매치기, 공갈, 절도, 폭력 순으로 차례차례 비행을 상승시켜 간다. 일본 청소년 범죄 중 여자가 차지하는 비율은 1965년에 10% 이상이었던 것이, 1981년에는 19%까지 올랐고, 특히 폭력행위는 급증하고 있다. 또, 일본 소년의 공상세계에서도 비행소녀가 늘고 있다. 최근에는 세상을 비뚤게 사는 소년과, 경박하고 사나운 스케반과의 자신들의 비행행동 얘기를 미화시키고 있는 소년만화가 많다. 소녀만화에는 그러한 이야기는 없다.

소녀가 체포된 경우, 대부분은 우범으로서 고소된다. 「우범」이란 범죄라는 뜻의 '犯' 글자 앞에, 경찰당국에 있어서 걱정거리를 나타내는 우려라는 의미의 '虞'를 붙인 것이다. 소녀들의 대부분은 이 일본 특유의 법이념 아래에서 감별된다. 법률에서는 우범자(虞犯者)란 '범죄를 저지를 우려가 있는 자'라고 정의하고 있다. 그러한 아이는 부모가 정한 규칙에는 따르지 않고, 이유도 없이 집을 뛰쳐나가거나, 범죄자와 함께 다니거나, 이상한 곳에 출입하거나, 또는 반윤리적인 행동을 하는 버릇이 있다고 하는 것이 그 이유다. 결국 '우범'이란, 이상하다고 생각되는 어린이라면 어느 어린이라도 체포할 수 있는 자격을 경찰에게 주고 있다고 받아들여진다. 그렇지만 당국은 보통, 이것과는 반대 의미로 쓰고 있다. 즉, 매춘과 같은 중대한 죄를 범한 미성년자에게 오명을 씌우지 않고, 보다 가벼운 혐의로 하기 위해, '우범' 취급을 한다.

# 적령기

The Right Age

　"She is the right Age"(그녀는 적령기다)라는 영어의 표현은 "peacock's tail"(공작의 꼬리)과 같이 무지개처럼 크고 화려하게 될 가능성이 열려있다는 뜻이지만, 일본어의 '적령기'는 거의 언제나 한 가지를 의미하고 있다. 결국 결혼할 수 있는 연령이 되었다는 것이다. '적령기'를 문자 그대로 영어로 표현하면, 'suitable age'(적당한 연령)이고, 결혼하기에 적당한 남성게에도 사용된다. 이 개념은 대단히 중요하므로 다른 표현도 여러 가지 있다. "연경(年頃)" 또는 그 말 그대로 혼기(婚期) 등이다. 결혼에 적당한 연령은 남녀에 따라 다르다. 생물학적으로, 여성의 출산에 적당한 시기는 남성보다 짧다. 그러나 적령기의 개념은 이 생물학적 적령기보다 더 짧다.

　오늘날에도 여성의 '적령기'는 23세부터 25세까지라고 생각하는 사람이 많고, 반면 남성은 어느 정도 나이를 더해, 저축 가능한 25세부터 28세까지 기다려야 한다고 한다. 실제 일본인의 결혼은 이 연령대에서 높은 수치를 보이고 있다. 다만 여성은 예전보다 만혼(晚婚)이 늘어가는 추세다. 신랑의 연령은 변하지 않았지만, 신부(花嫁)의 평균연령은 1930년에 23.2세였던 것이 1982년에는 25.3세가 되었다. '적령기'의 개념은 일본의 학교에서 사용되고 있는 보건 교과서—다만 교과서가 사회 일반적으로 말해지고 있는 것보다는 아직 느슨함—에 의해서도 한층 강화되어 있다. '우리나라에서 결혼 적령기는 일반적으로 남성이 20세부터 34세, 여성이 20세부터 29세라고 합니다.' 라고, 어느 보건 교과서에 쓰여 있다. 일본의 법률도 신부와 신랑은 다른 선을 긋고 있고, 여자는 16세 이상, 남자는 18세 이상의 경우만 결혼을 인정하고 있다.

'적령기'인데도 결혼하지 않은 여성은, '팔다 남은 크리스마스 케이크'라는 말로 바보취급을 당할 위험에 처한다. 크리스마스 전의 몇 주일 또는 크리스마스 당일에, 일본인은 산타클로스로 꾸며놓은 푹신푹신한 딸기장식 케이크를 먹는다. 일본 여성은 속어로 이 크리스마스 케이크에 비유된다. 여성이나 케이크나 25를 넘으면 아무도 원하지 않기 때문이다.

'적령기'라는 말은 보통은 결혼을 가리키는 말로 사용되었지만 일본의 전통에서는 모든 일에 적당한 시기가 있다는 뜻이다. 예를 들면, 갓 난 여자아이는 생후 30일째가 참배하러 가기 제일 적당한 날이라고 한다(남자아이는 31일째). 3세가 되면 여자아이와 남자아이는 다시 정장을 입고 참배한다. 이것은

갓난아이에서 유아가 된 것을 표하는 풍습이었다. 에도 시대
에는 5세의 남자아이, 7세의 여자아이도 처음으로 정식 기모
노를 입는 것을 허락 받는 해가 된 기념으로 참배했기 때문에,
이 어린이를 위한 축하 풍습은 「시치고산(七五三)」이라고 부른
다. 여자아이에게 있어서 이것은 헐렁한 삼척 오비(다른 이름으
로 헤코오비[兵児帯])에서 딱딱하고 폭넓은 오비로 바꾸는 날이기
도 하였다.

적령기가 있으면 또 '비적령기'도 있다. 여성이 액년(19세, 더
무섭게 여기는 것이 33세)이 되면 결혼에서 해외여행에 이르기까
지 큰 계획은 모두 피하는 편이 좋다고 여기는(남자의 액년은 25
세, 42세, 60세) 이 연령이 되면 액막이를 하거나 부적을 받으러
신사에 참배하러 가서 액을 미연에 막는 사람도 있다.

시치고산(七五三) 기념촬영

# 결혼생활 3

Married Life

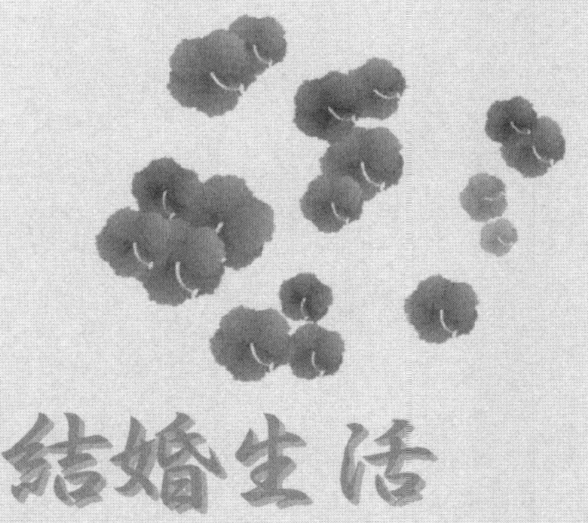

結婚生活

부인이라고 불리어 (Hey, Mrs. Interior)

# 결혼생활 Married Life
## 結婚生活

## 소박데기

Returness

‘소박데기(이혼하고 친정으로 돌아감)’는 실제로는 옛날 자리로 돌아갈 수 없다. ‘소박데기’라고 불리는 여성은 지금도 관례에 따라 친부모에게 돌아가기는 하지만 이혼을 했기 때문에 이전처럼 존경받지는 못한다. 남녀를 불문하고, 이혼자에게는 고용기회도 줄어들고, 세상의 편견과 맞서야 한다. 1984년 정부의 조사에 따르면 일본인의 3분의 2는 이혼이 불행한 결혼생활의 해결법이라고 생각하지 않는다고 한다.

이혼이라고 하는 말은 남성에게도 여성에게도 사용되지만 남성에게는 결코 ‘소박데기’라고 말하지 않는다. 남성은 표면적으로나 본질적으로나 ‘집’을 떠나지 않기 때문이다. 일본에서의 이혼은 근대화 이전의 시대와 지금은 상당히 변화해 왔음에도 불구하고 ‘소박데기’라는 약간 비난기가 있는 말을 사용할 때는 옛날 사고방식으로 되돌아가고 만다. 예전부터 이혼이란 남편의 호적에서 부인의 이름을 삭제하고 부인을 내쫓는

일이었다. 그 때문에 '소박데기'라는 단어가 나타내고 있는 것
처럼 여성은 친정 이외에는 어디에도 돌아갈 곳이 없었던 것이
다. 중국에서 전용된 일본의 속담에 '여자는 세 가지 세계에 집
이 없다'라는 말이 있다. 불교사상에 따르면 모든 중생들이 생
사윤회 하는 세 가지 세계란 욕망, 색계(色界), 무(無)색계의 영
역이라고 한다. 그렇지만 대개의 일본인은 좀 더 현세적 해석
을 하고 있다. 즉 여자[1]는 어디에도 자신이 안주할 집을 가지
지 못하고 아버지 집, 남편 집, 아들의 집에 산다는 것이다.

13세기(무로마치 시대)에서 19세기말(에도 시대 말기)까지는 남편
에게 어떤 결점이 있든지 부인 측에서 이혼을 주장할 수 없었다.
유일하게 되는 게 있다면, 「가케코미데라(駆け込み寺)」나 「엔키
리데라(縁切り寺)」(에도 시대에 바람난 남편이나 강제결혼에 시달린 끝
에 도망 온 여자를 도와 안전하게 숨겨주는 특권을 가졌다)라고 불리는
곳으로 도망치는 것이었다. 도망쳐 숨어있으면 남편으로부터
몸을 지킬 수는 있었지만 그곳에서 3년간 지내거나, 남편이 이
혼을 승낙하지 않는 한, 여자는 재혼도, 아이도 만나지 못했
다. 대개의 남편은 집을 나간 부인과의 이혼에 동의했지만, 스
님으로서 정진생활도 대단히 엄했기 때문에 그 중에는 맘을 고
쳐먹고 집으로 돌아가는 사람도 있었다. 오랜 시간 기다려서
다시 남편의 승낙을 받은 뒤에 겨우 여성은 새로운 상대와 함
께 할 수 있었다. 전에 결혼했을 때의 자식은 대개 남편 쪽에
서 맡아서 키웠다.

　　일본의 여성이 이혼 소송권을 획득한 것은 1873년이 되어서다. 1898년에 시행된 민법에 따라 여성은 학대, 유기 등 결혼생활을 계속 유지하기 어려운 중대한 사유 등을 이유로 이혼을 주장할 수 있게 되었다. 다만 남편의 부정행위는 이혼 사유에 들어가지 않았다. 한편 그 민법은 여성의 간통은 이혼 및 2년의 징역형으로 벌한다고 되어 있다. 에도 시대에는 불의의 밀통을 범한 부인에 대해 집행된 형은 '사형'이었기 때문에 이것보다는 차라리 나았다.

　　에도 시대에 남자가 이혼하려고 하면, 부인 혹은 부인의 후견인에게 이혼하고 싶다는 뜻의 편지를 건네기만 하면 되었다. 그 이혼장(離緣將)은 3줄 반가량의 대단히 짧은 내용이었기 때문에 「삼행반(三行半, 미쿠다리한)」이라고 불리게 되었다. 이 불길한 편지를 본 여성은 가령 그녀가 문맹이라 할지라도 바로 그것이 무엇인지를 깨달았다. 에도 시대에 여자의 도덕에 대해 쓰여져 광범한 층에서 읽힌 수신서 「온나다이가쿠(女大學)」는 절연당한 부인의 이유로서 7가지를 들고 있다. 불순종, 불임, 음란, 질투, 나병, 말 많음, 도둑질이다.

　　이혼은 간단하게 할 수 있었기 때문에 드문 일이 아니었다. 1980년 중반에 사회분석을 한 학자는 현대의 이혼율에 위기감을 느꼈지만 메이지부터 다이쇼에 걸친 이혼율은 더 높았었다. 정부의 통계에 따르면 1,000명당 이혼 수는 1963년부터 1983년까지는 계속 상승했는데 그 후에는 하강하기 시작한다. 제2

차 세계대전 때 절정인 1.5명도 메이지 말기의 수준과 비교하면 훨씬 낮다. 1882년부터 1897년에 걸쳐서는 1,000명에 평균 2.8명이었다.

최근의 이혼자는 미쿠다리한의 이혼서를 볼 때마다 무서워 부르르 떨던 옛날의 '소박데기'와는 전혀 다르다. 현대의 이혼의 4건 중 3건은 부인 측에서 주장하는 것으로, 아이를 감독하고 보호하는 권리도 부인이 가지는 것이 보통이다. 이혼의 90%는 남편과 아내가 합의한 후에 동의하고 관공서에 신고한 뒤 인정받는 경우이고, 그 외[2]에는 가정재판소의 조정에 따른다. 여성은 위자료라고 불리는 일시금을 받는 경우도 있다. 그러나 아이의 양육비를 받는 사람은 이혼한 여성 10명 중 1명 내지 2명에 불과하다. 남성은 바로 재혼할 수 있지만 여성은 태어나는 아이의 부모가 누구인지를 법적으로 결정할 필요가 있기 때문에 6개월은 재혼을 보류하도록 법으로 의무화되어 있다.

'소박데기'의 정신은 이름에도 영향을 미치고 있다. 서구의 여성은 이혼 후에 결혼하기 전의 예전 성으로 돌아갈 수 있는 권리를 요구하며 싸워왔지만, 일본인은 반대로, 남편의 성을 이혼 후에도 계속 쓸 수 있도록 하는 권리를 요구해 왔다. 1976년까지는 결혼할 때에 배우자의 성을 사용한 부인(혹은 남편)은 이혼하면 예전 성으로 돌아가야 한다고 법으로 정해져 있었다. 그러나 이름이 바뀌면 모두에게 불미스러운 사정을 알리게 되는 것이고, 또 아이들은 부모의 성이 다르다고 차별을 받기도 했다. 지금은 이혼[3] 후 3개월 이내에 관공서에 신고하면, '소박데기'라는 낙인을 찍히고 싶지 않은 사람은 적어도 예전 성으로 돌아가지 않아도 되게 되었다.

---

1) 3종(三從)과 같이 여자에게는 세 가지 따라야만 하는 속박이 있어서 세상은 자유로운 장소가 아니고, 어릴 때는 아버지를, 시집가서는 남편을, 늙어서는 자식을 따르라는 유교적 여성관을 가리킨다.
2) 정확히는 이 외에 심판이혼, 재판이혼이 있다.
3) 혼씨속칭규정(婚氏続称規定). 1976년 민법 개정에 의함.

# 바퀴벌레 남편

cockroach husbands

　부엌의 바퀴벌레만큼 도움이 안 되고 성가시고 미움 받는 것이 또 있을까. 어디에나 있을 듯한 지극히 평범한 일본여성이, 부엌을 서성거리는 남편을 칭해서 '바퀴벌레 남편'이라고 하는 새로운 단어를 만들었다. 그녀들의 영역에 침입해 오는 남자를 내쫓기 위해서다. 식사 준비를 할 때 요리에 익숙하지 않은 사람이 있으면 정말이지 도움이 되지 않는다는 것이 그 이유이다. 예전부터 부엌은 여자가 남자가 하라는 대로 하지 않아도 되는 유일한 장소였다. 그것을 부인들의 아성이라고 생각하고 있는 사람이 많다. 최근까지, 남자는 요리하는 권리를 스스로 포기해 왔다. 속담에서 말하기를 '남자는 부엌에 들어가는 것이 아니다(男子厨房に入らず)'라고 한다.

　현대에도, 남자가 밖에 일하러 나가고, 여자는 안에서 집안일을 한다는 체제에 불평을 하지 않는 부인들이 많다. 1983년 정부조사에 따르면, 여성의 71%가 남자는 밖에서, 여자는 안에서라는 성별분업 체제를 지지하고 있다. 이 숫자는 필리핀의 56%, 미국의 34%보다 많다. 그러나 남성이 부엌에 들어가는 것을 막지 않는 여성의 수도 늘어가고 있다. 예를 들면 1972년까지는 전통적 성별분업을 지지하는 사람은 83%나 되었다. 정부의 통계를 보면, 현실보다 이념이 급속하게 변화하고 있는 것을 확실히 알 수 있다. 즉 1981년에는, 평균적으로 일본여성이 가사나 육아에 소비하는 시간은 평균 3시간 23분인데, 남성은 전형적인 사람이 단지 8분이었다.

그렇지만 바퀴벌레 남편은 특별히 부엌에 한정된 것만은 아니다. 부인은 남편이 귀찮아지면, 항상 모멸적인 말을 남편에게 내뱉는다. 남성은 이와 같은 말로 말대꾸 할 수 없다. '바퀴벌레 부인'이라는 말은 존재하지 않기 때문이다. '바퀴벌레 남편'은 일반적인 말이기 때문에, 최근에는 부엌일을 도와주지 않는 남편을 일컬어 바퀴벌레라고 부르는 사람조차 있다. 가사를 서로 분담하고, 대등한 지위를 목표로 하고 있는 부부도 많다. 그리고 일본인은 최근 들어, 이러한 가사를 분담하는 남편을 가리켜 농담 섞인 표현의 일본어를 발명했다. 그것은 영어에서 말하는 'house husband'에 해당하는 'housewife'의 번역어 '주부(主婦)'와 같은 발음이지만, '주부(主夫)'라고 쓴다.

'주부(主婦)'라고 하는 말은, 일반적인 부인을 표현하는 많은 단어들과 같이, 옛날에는 하나의 계층을 나타내는 말이었다. 근대화가 시작된 1868년(메이지 원년)까지, 가사에 전념할 수 있

는 것은 여성에게 있어 사치였다. 그 후 일본역사상 처음으로, 가정은 생산 중심으로서의 위치에서, 소비와 육아의 기반으로 변화했다. 이 변화에 동반해서, 가정부인이라는 새로운 계층 사람들의 지극히 한정된 일상의 일을 과장해서 말하는 단어가 생겼다. 그것이 바로 가사, 육아, 요리다. 많은 인구를 점유하고 있는 가정부인 층을 가리키는 말도 생겨났다. 그녀들은 '주부'라고 불렸다. 제2차 세계대전이 끝날 때까지, '주부'라고 하는 말은 가족제도 안에서 가사를 관리하는 대표적 여성만을 가리켰다. 지금 영어에서 말하는 'housewife'의 전부를 의미하고 있었다. 일반 여성잡지 '주부의 친구(主婦の友)'가 다이쇼 6년에 창간되었지만, 그 서명은 미국 잡지 'mis.'와 같은 형태로, 혁신적인 것이었다.

주부(主夫)들 중에는 전자레인지와 개수대의 세계에 빠져들기 시작한 사람도 있었다. 남성을 위한 요리책이 여러 가지 일본 남성 잡지사와 신문사에서 출판되고, 그 중에는 일본의 신문에서 가장 월 스트리트 저널(WSJ)과 흡사하다고 생각되는 성실한 일본경제신문사도 포함되어 있다. 동경의 대형 서점에는 남성을 위한 요리 교본 코너가 마련되어 있는 곳도 있었다. 남자는 학교에서 가정을 배우지 않아도 된다고 하지만, 이에 대해 남자에게도 가정을 필수과목으로 하자는 운동을 벌이는 여성[1] 그룹도 있었다. 요리의 재미를 알게 된 남자들이 모여서, 1977년에 '남자가 주방에 들어가는 모임'을 만들었다. 창립 8

년 만에 동경만 해도 500명의 회원을 자랑하고 있다. 성차별에 반대하는 취지로, 그 모임은 남녀 모두 입회를 인정하고 있다. 여성회원은 1980년대 중반까지는 20%였지만 지금은 늘어나고 있다. 매사에 얽매이지 않는 사고를 하는 젊은 여성 중에는 '부엌일을 처음부터 분담할 생각이다'라든지, '적극적으로 분담하고 싶다'든지, 또는 '분담할 수 있다'라는 남성을 찾고자, 이 모임에 들어오는 사람도 적지 않다.

만약 부엌이라는 고립된 장소에서 수군거리던 속담인 '남자들은 부엌에 들어가는 것이 아니다'가, 사실로서도 그렇다면, 최근의 이러한 경향은 여성이나 남성에게는 실용적인 데다가 서로에게 좋은 것이다. 부인보다 오래 살면, 남자는 요리법도 통조림 따는 방법도 모르고, 재료가 있는 곳도 몰라서 굶게 될 뿐이다, 라는 여러 가지 이야기를 과장해서 주부들은 몇 번이고 이야기하고 싶어 한다. 적어도 바퀴벌레는 부엌 근처의 상황을 알고 있기 때문에 '바퀴벌레 남편 환영!'이라고도 할 만하다.

---

1) 「가정과(家庭科)」의 남자 필수를 권장하는 모임.

# 가풍에 물들다

To Become Dyed in Family Ways

　일본의 신부는 결혼식 의상 중 한 벌은 흰색으로 한다. 어떤 사람은 그것을 신부의 순결을 상징할 뿐만 아니라, 한 장의 백지와 무색의 천과 같이 여백이 있는 것을 나타내기 위함이라고 한다. 그래서 언제든지 남편 측의 가풍에 물들 수 있다는 것이다. '물들다'는 것은, 먼저 요리 방법 같은 단순한 것에 적응하는 것부터 시작된다. 간을 더 달게, 더 짜게, 더 서양식으로, 향토음식으로 등등 가족의 취향에 맞게 만들어야 한다. 요리 이외의 것에 익숙해지는 것은 더욱 더 어렵다. 새 신부는 시댁의 방식에 따라서, 사귀는 친구—또는 사귀어서는 안 되는 친구—가 정해진다. 만약 그 집 여성들이 밖에 일하러 나가지 않는다면, 신부는 일을 그만두라는 소리를 듣는다. 반대로 만약 가족 모두가 가업을 하고 있다고 한다면, 그들은 신부도 그 일을 함께 하는 것이 당연하다고 생각한다. 이와 같이 신부를 가르치는 것은 시어머니의 역할이었다.

이러한 적응 과정을 나타내는 또 한 가지의 표현으로 '이에(家)에 물들다'가 있다. 이에(家)란 '가풍(家風)'이라는 단어의 맨 앞에 오는 한자로, 가족, 집(家), 가정, 가계 등을 의미하고 있다. 집은 봉건시대부터 제2차 세계대전 종결에 이르기까지, 일본사회 구조상의 공적인 의미로서의 기초였다. 가족제도하에, 신부는 자신의 집을 떠나서 새로운 가풍에 물들도록 강요되었다. 대부분의 경우, 집은 장남이 가장이 되고, 그 부인과 아이들로 구성되어졌다. 둘째 셋째 아들은 분가할 수 있게 방임 상태로 키워졌다.

보수적인 가정에서는 만일에 하나라도 며느리가 가풍을 따르지 않고 '제 식으로 하겠습니다' 따위의 행동을 보이거나, 남편의 가풍에 불명예를 끼치기라도 하면 즉각 이혼 당했던 것이다. 가풍이라는 것이 얼마나 중요했던가는 20세기 초반 이혼서류 중에도 반영되었다. "며느리는 가풍에 맞지 않다"라는 것과 같이, 정말이지 이해하기 어려운 애매모호한 비난의 말이 그 곳에는 적혀있다. 아직까지도 여자의 임무는 집을 지키는 것이라고 타이르는 사람도 있다. 이 경우의 「집을 지킨다」[1]라는 것은 집에 그대로 남아 있는 것과 가풍을 유지해 가는 것, 두 가지를 의미한다.

---

1) 그 이상으로 중요시되는 것은 가계(家系)를 유지하기 위해 적자(嫡子)를 낳는 일이었다.

# 부부찻잔

His-and-Hers Teacups

 

일본에서는 부부의 관계가, 보거나 만지거나 할 수 있는 실재(實在)의 것으로 굳어지고 있다. 그것은 「메오토자완(夫婦茶碗)」이다. 두 개의 찻잔은 크기를 제외하고는 다 같고, 큰 것이 남자용이다. 메오토자완은 에도 시대말 상인 계급 사이에서 시작되어 20세기 초에 크게 유행했다. 처음은 같은 크기였는데 문화적 풍토에 어울려 남자 찻잔이 점점 커졌다고 한다. 문화적 풍토와 크기에는 상관관계가 있기 때문에 일본인은 수출용 메오토자완의 일부는 외국의 사회규범에 맞추어서 같은 사이즈로 해야 했다. 또 일본인 자신이 서양풍의 찻잔을 살 때는 같은 사이즈의 커플 찻잔을 기꺼이 산다. 여기에는 아시아 타입의 찻잔과 달리 손잡이가 달려 있다. 그 밖에 전통식기류도 부부용인 것은 크기가 다르다. 예를 들면 찻잔과 같이 메오토자완이라고 불리는 밥공기나 부부 젓가락 등이다.

봉건시대에는 실제로 남편 쪽이 아내 쪽보다 많이, 그리고 더 좋은 것을 먹는 것이 당연했다. 한 집의 주부는 처음에 최상의 음식을 조금씩 접시에 나눠 담아 제일 웃어른에게 드리고, 그 다음 신분이 낮은 사람에게 주는 것이 식사의 관습이었다. 아이들은 성장을 해야 되기 때문에 배 불리 먹어도 괜찮았다. 며느리는 제일 마지막으로 그것도 때로는 제일 조금밖에 먹을 수 없었다.

메오토자완은 부부, 특히 신혼커플에게 주는 선물로 많이 이용된다. 이런 선물이 암시하는 것은 남성이 많이 먹는다는 것만은 아니다. 결혼한 두 사람은 동일한 취향을 가지고 있는 유일의 영원한 결합체라는 것을 나타낸다. 메오토자완을 다로 팔거나 다른 메오토자완과 짝을 맞추거나 한 개씩 선물하는 사람은 없다. 단 메오토자완의 한 쪽을 잃어버렸을 때에는 남은 찻잔으로 마시는 경우는 있다.

두 개로 나눌 수 없는 것과 사이즈의 대소가 결부되어 사람들에게 「부부다」라는 표시를 고수하는 듯한 기분이 들게 한다. 부부란 말 그대로 「남편과 아내」를 뜻하고, 여러 자연 현상에도 이 표시가 되어 있다. 바위가 두 개 나란히 있으면 「부부 바위(夫婦岩)」라고 하고, 두 그루의 소나무가 서로 꼬여 있으면 「부부 소나무(夫婦松)」라고 부른다. 좋은 인연을 빌면서 부부 소나무에 합장하여 절하는 경우도 있다.

부부용의 조합이 없는 것은 기모노다. 서양 옷이 일반화된 지금에는 젊은 연인들은 커플 트레이닝복이나 테니스복 등을 입거나 한다. 데이트하는 연인들도 결혼한 부부도 입는다. 커플룩은 서구의 사상이지만 몇 백 년 동안 부부용 물건을 사용해 온 문화 속에 금세 받아들여진 것이었다.

크기가 다른 부부찻잔(夫婦茶碗)

# 밥！목욕！자자！

Food! Bath! Bed!

　일본에서는 밤마다 부부 사이에서 주고받는 짧은 세 단어가 있다. 전형적인 도쿄 샐러리맨이 귀가하는 것은 9시나 10시경이다. 한 시간은 걸리는 통근전철에서 완전히 지친데다 퇴근 후의 회식으로 적당히 얼큰하게 취해서 집에 돌아오면「식사」를 의미하는 말로「밥!」이라고 명령한다. 그러면 아내는 몹시 서두르며 식사를 준비한다. 배가 부르면 남편은「목욕!」이라고 말하고 아내는 고개를 끄덕인다. 아내는 벌써 욕조에 물을 받아 두었다. 남편은 김이 나는 욕조에서 나오면「자자!」라고 말한다. 아내가 이불을 깔 시간이다. 남편은 일븐경제의 기적에 공헌하는 데 너무 바쁘기 때문에「밥, 목욕, 자자」라는 단지 세 마디 말 밖에 하지 않는다고, 아내들은 느상한숨지으며 농담 섞인 말로 불평하고 있다.「밥, 목욕, 자자」는 샐러리맨과 그 부인과의 정해진 문구이다. 그런데 일본의 부부는 서구의 부부가 아주 중요시하고 있는 "I love you"의 짧은 세 단어를 말하지 않는다. 대부분의 부부는 "당신을 사랑해"라고 전혀 말하지 않는 것이다. 왜 말하지 않는가에 대해서 일본이나 서구의 평론가들은 여러 가지 해석을 해왔다. 결혼은 무엇보다도 먼저 가계를 유지해 가기 위한 경제적 약속이며, 거기에 애정이 더해지면 해가 되는 경우가 많다는 것이 일본의 전통이라고 그들은 지적한다. 이 사고방식은 아직까지도 사람들에게 영향을 끼치고 있어 애정이 식었는데도 아이들 때문에 헤어지지 않는 부부도 있다. 그러나 요즘은 결혼하는 일본인의 대부분은 "사랑하니까 결혼한다"라고 말한다. 그럼에도 불구하고 역시 "사랑해"라고 표현하는 것은 매우 멋쩍기도 하고 또 불필요하기도 한 것이다. 왜 부끄러워하는 것인가. 그것은 결혼한 부부는 일심동체이고, 별개의 인간이 아니라는 관념에서 온 듯하다. 이것은 또 일본인인 부모가 아이들에게 왜 "좋아해"라고 말하지 않는지에 대한 설명이 되기도 한다. 남편과 아내가 매우 친밀한 유대를 느끼고 있는 경우 일일이 애정을 표현하는 것은 자화자찬하는 것 같아 일본문화에 있어서는 금기시된다. 말을 많이 하는 것은 불필요하다고 생각해 오히려 자기가 표현하고 싶은 감정을 한정하거나 가치를 얕보거나 할지도 모른다. 일본에서는 하이쿠와 같이 "함축하면 할수록 아름답다"라는 미학이 스며들어있기 때문에 애정은 무수히 미묘한 행동이나 말로 전해진다. 그래서 「밥, 목욕, 자자」라고 말하는 것만으로도 충분히 애정이 전해진다는 것이다.

# 데릴사위

Adopted Sons-in-Low

　일본인은 결혼할 때 어느 쪽이 한 쪽 배우자의 성을 골라서 부부가 같은 성을 대는 것이 법률로 정해져있다. 결혼해서도 성을 바꾸지 않아도 된다고 생각하는 사람은 "부부별 성을 권장하는 단체"를 만들었다. 이 단체가 행한 1985년의 조사에서 남편의 성을 따라간 여성 중 40%는 마지못해 그렇게 했다는 것을 알았다. 하지만 서구사회와는 달리 일본은 자동적으르 아내가 자기의 이름을 버려야만 하는 것은 아니다. 소수라고는 하지만, 아득한 옛날부터 아내의 성을 따르던 남성도 있었다.

　이러한 소수의 남자를 「데릴사위」 또는 단순히 「양자-」라고 한다. 결혼하는 커플 중에서 데릴사위가 되는 것은 2% 이하인데 그들은 옛날부터 내려오는 관례를 따른 사람으로 약간의 동정심으로 공인 받고 있다. 가족 중에 아들이 없는 경우, 장녀의 남편은 아내의 성을 따라 가계를 잇기 위해 양자로 들어가는 것이 관례다. 때로는 가족이 다른 사정으로 인해 데릴

사위를 들이는 경우도 있다. 예를 들면 집안을 계승하려는데, 친 아들이 너무 어리거나 방탕자이거나, 딸이 너무 예뻐서 차마 시집을 보낼 수 없을 경우다. 자영업자는 특히 자신의 재산이나 이름을 이어 줄 데릴사위를 원한다. 손님이나 종업원은 경영자의 성과 회사명이 같다고 안심하는 경향이 있기 때문이다. 당연한 일이지만 대를 잇는데 가장 관심을 두는 것은 이어야 할 가업, 재산, 또는 적어도 유서 깊은 이름 등 가치가 높은 것을 가지고 있는 사람이다. 그렇다고 하면 데릴사위는 돈을 노리고 결혼하는 기회주의자라고 놀리는 경우도 있다. 하지만 여성이 이와 같은 경우이면 「옥가마를 타다(玉の輿の乘る)」라고 하고, 위업으로 칭찬을 받는다. 애정만이 결혼을 결정하는 열쇠라고 생각하는 영어권 사람이라면 결혼 사기나, 재산을 노린 것이라고 업신여길 테지만, 일본에서는 「옥가마」를 탄 여성은 옛날부터 여자가 기대할 수 있는 최고 목표 중의 하나를 달성했다는 식으로 주위에서 생각한다.

결혼 후 데릴사위는 아내의 가족원이 되어야만 한다. 대부분의 일본인 남성은 자기의 가문 양식을 밀어붙이지만 데릴사위는 흡사 전형적인 일본의 새 신부가 하듯이 새로운 집의 가풍에 맞춘다. 아내의 성을 따르고 있는 남성은 아내를 부르는데 공손한 말을 사용하기 때문에 남자동료가 놀라는 경우도 있다.

현대의 결혼정보 서비스업의 정보은행에는 데릴사위를 찾고 있는 사람에 대한 중요한 데이터가 있다. 예를 들어 일본에서 제일 오래되고 최대의 결혼중개업 알트만 시스템사의 데이터 자료에 따르면 여성의 10%가 데릴사위를 찾고 있다고 한다. 다행히도 파일에 기재된 남성 중에 데릴사위가 되는 것은 "할 수 없다"라고 대답한 사람은 65%뿐이다. 컴퓨터에 등록하고 데릴사위를 찾고 있는 사람의 비율은 전체 인구를 차지하는 데릴사위 희망자의 비율보다 높을 것이다, 라는 것은 이와 같은 여성이 자기의 성을 이어주는 남성을 찾기 위해서는 결혼정보 서비스업에 부탁해서라도 상대를 찾고 싶어 하기 때문에 당연히 그 비율은 높아진다. 전통으로 공인되었다곤 하지만 데릴사위는 자기의 성을 상실할 때 아직까지도 체면이 안 서는 기분을 맛보는 것이다.

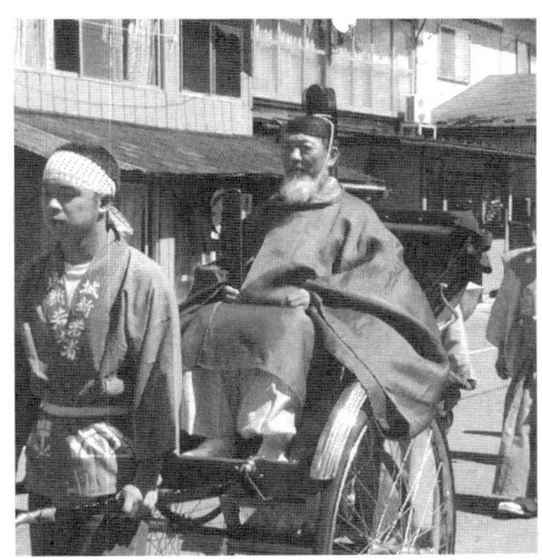

쇼와(昭和) 52년, 신메이샤(神明社)의 미야지(宮司)는 데릴사위인 이오카 마사오(井岡政雄) 씨가 계승했다.

# 내조의 공　內助の功

Success from Inside Help

　일본이 경제발전을 이룰 수 있었던 중요한 원인의 하나를, 대부분의 서구 경제분석가는 간과해 버린다. 그것은 「내조의 공」이다. 기업의 경영수완에 관한 용어는 자상하고 친절하게 해설되지만 그것을 가능하게 한 숨은 요인은 무시되어 버릴 때가 많다. 일본에서 공로자는 항상 내조하는 아내이다. 「내조의 공」이란 남성이 아내의 원조나 희생에 의해 성공한다는 뜻이다.

　가족의 식사나 의복이나 가계를 도맡아 관리하는 아내가 없으면 일본의 기혼남성은 경제성장 유지를 위해 장기간에 걸쳐, 그리고 필사적으로 계속 일을 할 수 없었을 것이다(회사의 기숙사는 독신남성이나 때로는 여성에게도 이러한 서비스를 제공하고 있다). 또 일본어에서는, 남편이 업적을 이루는 데에 아내가 중요한 역할을 완수하는 것을 가리켜 「뇨보야쿠(女房役, 보좌역)」라는 말로 표현한다. 언제든지 바로 친구나 동료를 지원하거나 조언할 마음의 준비가 된 사람을 영어로 "right-hand man"(으른 팔)로 부른다. 이렇게 신뢰를 할 수 있는 이유를 일본에서는 보좌역이라고 하며 칭찬한다. 국가레벨에 있어서도 일본여성은 한결같이 구조자의 역할을 한다. 일본의 기업 및 정부의 표면상의 대표자는 대부분이 남성이다. 그러나 사무나 컴퓨터의 실리콘 조각 검사와 같이 두드러지진 않지만 중요한 일은 내조하는 여성의 어깨에 달려 있다. 이것은 근래에 시작된 것은 아니다. 공업화가 진행된 시기, 그 중에서도 특히 1894년에서 1912년 사이는 열악한 노동 조건의 시절이었지만 그 시기 공장 노동력의 평균 60%는 여성이 차지했다.

일본인이라면 누구라도 상관없다. 「내조의 공」에 대해서 물어보면 된다. 그 사람이 여자든 남자든 대개는 야마노우치라는 시코쿠의 유명한 무가의 이야기를 꺼내어 대답할 것이다. 역사서에 따르면 야마노우치가가 번영한 것은 야마노우치 가즈토요(山內一豊, 1546~1605)와 그의 아내 겐쇼인(見性院, 1557~1617)으로 거슬러 올라간다고 하며 야마노우치 부인을 칭송하고 있다. 그 이야기는 번주 오다 노부나가(織田信長)가 가신단(家臣団)의 사열을 거행하려 했을 때부터 시작된다. 가즈토요(一豊)는 말 도매업자가 명마를 팔려고 내놓은 것을 알고 사려고 했지만 터무니없는 가격이었다. 가즈토요는 번주에게 자기의 존재를 각인시키기 위해 그 말을 사고 싶었지만 가난해서 그렇게 할 수 없는 것을 탄식하고 있었다. 그러자 그 때, 가즈토요의 부인이 거울 상자에서 정확히 말을 살 수 있는 액수의 돈을 꺼내어 그에게 넘겨주었다. 가즈토요는 어안이 벙벙하여 목소리도 나오지 않았다. 가족은 먹을 것도 입을 것도 반드시 필요한 것만 사서 절약하며 생활하고 있었기 때문이다. 가즈토요의 검소한 아내는 결혼을 할 때 말을 사지 않으면 안 될 것 같은 긴급한 상황 때 쓰라고 부친으로부터 받은 돈이라며 가즈토요에게 설명했다. 아내의 그 돈 덕분에 말 도매업자에게 명마를 구입해서 참전한 가즈토요는 번주에게 다른 사람들보다 우월하다고 인정받아 많은 싸움에서 승리를 거두고 마침내 야마노우치가 일족을 위해서 부와 권력을 획득한 것이었다.

고치현(高知県)에 있는 겐쇼인(見性院) 동상

蚤の夫婦
## 벼룩부부
Flea Couples

「벼룩부부」란 작은 벌레인 부부를 말하는 것이 아니라 아내가 남편보다 키가 큰 부부라는 의미이다. 일본에서 여성은 상대방보다 키가 작은 편이 바람직하다고 여겨서 대부분 고든 면에서 적당한 정도의 균형이라는 강고한 기준이 존재한다. 어떤 것이든 크기에서 남녀가 뒤바뀌면 일본인은 동물세계에서는 통상 수컷이 암컷보다 크지만 벼룩만은 암컷이 크다는 것을 신경질적으로 상기하는 것이다.

여성은 남성 이상으로 키에 신경을 쓴다. 일본 최대의 컴퓨터 결혼정보 서비스업이 1980년대 중반에 내어놓은 통계에 따르면 배우자가 될 남성에게 바라는 이상은 자기보다 20센티미터 키가 큰 사람이라고 한다. 한편 남성은 상대가 10센티기터 정도 키가 작은 것을 원하고 있다. 그 차는 여성이 하이힐을 신는 것을 고려했다고 해석하면 설명이 된다.

여성은 연령 면에서도 자기보다 연상인 남성을 원하고 있다.

18살에서 34살까지의 독신자를 대상으로 조사한 1983년의 정부조사에 의하면 회답자의 대부분은 남편이 아내보다 3살 연상이 좋다고 답하고 있다. 또 남성의 약 30%, 또 여성의 20%가 이상적인 연령차는 5살 내지 그 이상이라고 한다. "한 살 연상의 아내는 금으로 된 짚신을 신고서라도 찾아라(ひとつ年上の女房は金のわらじで捜しても持て)"라고 권하는 격언을 지지하고, 여성은 연하의 남성과 결혼하는 것이 이상적이라고 대답한 것은 극히 소수였다. 이 격언은 한 살 연상의 여성은 남편의 어머니 역이 되어서 그의 일을 돌보는 것부터 가사 전반을 잘 하기 때문에, 확실히 마음을 정하고 그러한 여성을 찾아야만 한다는 의미이다. 그러나 그다지 일반적이지 않은 결합이 되면 남편보다 연상의 여성은 평상시 수다를 떨 때 「누나아내」라는 등의 로맨틱하지 않은 호칭을 듣게 된다.

 부인

Mrs. Inter or

전업주부로 집에 있거나 직업여성으로서 바깥일을 하거나 일본에서는 기혼여성은 「오쿠산(奧さん, 좀 더 격식을 차린 말은 오쿠사마[奧様])」라고 부른다. 타인의 아내에게 말을 걸거나 그 사람을 말할 경우의 표현법은 보통 「오쿠산」이다. 그것은 아내를 표현하는 여러 가지 일본어 중의 하나이다. 「오쿠(奧)」는 실내라는 의미가 아니고 건물의 안쪽이라는 뜻이다. 「산(さん)」이나 「사마(さま)」의 접미어는 남성에게도 여성에게도 쓰이고, 기혼, 미혼을 불문하고 널리 쓰인다. 그러나 설령 남성이 아무리 많은 시간을 집의 가장 깊은 곳에서 지내도 「오쿠산(奧さん)」이라고 하는 일은 없다. 「오쿠(奧)」라는 한자가 의미하는 부분에 의하면 그것은 원래 전통적으로 여성의 장소라고 생각되어지는 것이다.

「오쿠상」이라는 말은 일본의 근대화 이전에 만들어진 것으로 그 당시 다이묘의 아내들은 「오쿠사마」로서 받들어지고 있었다. 봉건시대 대부분의 여자들은 농지에서 어떻게든 생활비를 짜내어 보려고 가족과 함께 땀을 흘리며 일했었다. 하지만 상급무사들의 부인들은 안방이 있는 큰 저택에 살고, 그 곳에서 여유로운 시간을 보내고 있었던 것이다. 원래 오쿠사마란 집안에 가두어진 사람이라는 의미뿐만 아니라 에도 시대 200년 이상에 걸쳐 이어진 막번체제하 사회통제의 교묘한 제도 중 하나로서 에도에 잡혀있는 인질이었다는 것이다. 「삼근교대」의 제도에 의해 다이묘는 가신단을 거느리고 1년 걸러 아내가 사는 영토의 대저택과 다른 아내가 있는 에도 대저택을 왔다 갔다 해야 했다.

근대화가 되면서 이 제도는 무너져, 샐러리맨은 아내를 부양할 수 있게 되었다. 그러자 그러한 여성이 봉건다이묘의 아내로 비유되어 「오쿠사마」라는 말은 서민이 동경했던 매력을 잃어버렸다. 마침 영어의 「레이디」와 같이 「오쿠사마」는 모든 여성을 의미하는 말로 되어 버렸다. 「오쿠산」에 대응하는 말이 「고슈진(ご主人)」(또는 단나상[旦那さん])이다. 남편을 의미하는 이런 말들은 지금도 노예[1]에 대해서 토론할 때 사용된다.

일본인은 배우자를 이야기 할 때 여러 가지 말을 사용한다. 다만 그 핵심에 있는 의미는 같다. 통상적으로 남성은 자기의 아내를 「가나이(家內)」 또는 더 낮은 말로 표현 할 때에는 궁중의 궁녀의 방이라는 뜻의 「뇨보(女房)」라고 한다. 반대로 아내는 남편을 존경어의 「오, 고(お, ご)」를 붙이지 않고 「슈진

(主人)」(또는 단나[旦那]), 또는 더 낮은 말로「데이슈(亭主)」라고 말한다. 여관이나 찻집의 주인을 가리켜 슈진 또는 단나라고 하는 경우도 있다. 하지만 그것들과는 또 다른 말이 회화 이외에, 예를 들면 서류, 법률용어, 공문서 등에 사용된다. 영어의 "wife"에 해당하는 단어는 쓰마(ツマ)이고, 여자[2]라는 글자에「호우키(ホウキ, 쓰레받이 帚)」를 붙인 문자로 쓴다. 마찬가지로 "husband"의 대응어는 남편이고, 남성이 성인이 되었다는 표시로써 사용된 비녀를 꽂은 사람을 나타내는 상형문자이다.

자기와 관련된 일을 말할 때는 모두 겸손표현을 사용한다. 이것과 다름없이 아내를 나타내는 가장 정중한 표현은 깎아 내리는 표현을 한다.「구사이(愚妻)」나「사이쿤(細君)」같은 우습게 여기는 표현은 그 좋은 예이다. 예전의「구사이(ぐさい)」라는 단어는 깔볼 때에 사용되지만 지금은 주로 나이든 사람이 아내를 말하거나 특히 결혼식에서 스피치를 할 때 등에 사용한다. 여기에 가장 가까운, 약간 경멸감을 담아 남편을 가리키는 말이「야도로쿠(宿六)」다. 이것은 남편이 게으름뱅이라는 뜻이다.「오쿠사마(奧樣)와 고슈진(ご主人)이 결혼하다」라는 결혼관에 대해서 마음속으로 불편함을 느끼는 일본인도 있다. 최근 페미니스트가 성차별이 없는 하나의 선택지로서, 어느 고어(古語)를 부활시켰다. 그 말은 남녀를 불문하고, 또 자신의 배우자나 타인의 배우자를 불문하고, 모든 배우자에게 같이 쓸 수 있다. 그녀들은 「동반」이라는 말을 제안하고 있는데, 그것은 글자대로 「쓰레아우(連れ合う, 동반하다)」를 뜻하는 말이고, 옛날부터 「결혼하다」의 뜻이었던 동사에서 유래한다. 이 같은 한자는 「연합국」이라고 할 때도 쓰인다. 일본인은 배우자를 나타내는 적정한 말을 같은 뜻의 아주 다양한 말 중에서 때에 따라 아주 자연스럽게 선택할 수 있다. 영어권 사람이 다른 사람에게 자신의 남편을 「夫」라고 부르는 것과, 남편에게 직접 「아나타(あなた, 당신)」라는 식으로 부르는 것을 구별할 수 있는 것이다. 요즘의 대등한 부부 중에는 서로 개인의 이름을 부르는 사람도 있는데, 이러한 호칭은 예부터 남성이 아내에게 말하는 경우는 많았지만 그 반대의 경우는 좋지 않다고 여겨졌다. 남성은 아내가 화를 내진 않을까? 걱정할 필요도 없이 이름으로 부른다. 하지만 그 중에는 「오이(オイ, 어이)」라고 부르는 남성도 있다. 이 「오이」란 영어의 "hey"에 해당하는 말이다. 또 아내를 「오마에(おまえ)」나 「기미(君)」라고 부르는데, 이 말은 영어의 "darling"에 가까운 뉘앙스를 지닌 "you"를 의미하는 말이다. 여성도 또한 애정이 담긴 표현으로 「아나타(あなた)」라고 남편을 부르는데, 이 말은 본래는 「아노히토(あの人, 그 사람)」라든가 「아치라노 호(あちらの方, 저쪽)」를 뜻하는 것이었다고 한다. 그러나 남편과 아내 사이의 가장 일반적인 표현은 「오카아상(お母さん, 어머니, 또는 마마[ママ])」와 「오토오상(お父さん, 아버지, 또는 파파[パパ])」이다. 이 말은 부부관계가

부부 역할에 의해 크게 영향을 받고 있는 것을 암시하고 있다. 전통적인 3대가 같이 사는 가족에서는 전원이 각 가족원, 제각각의 호칭을 하나로 정해서 부르는 경향이 있다. 일단 손자가 태어나면, 할머니는 「오카아상」이라는 명칭을 아기 엄마에게 물려주는 것이다.

---

1) 주종관계를 의미하는 말이 남편의 호칭으로 사용되는 것을 시사하고 있다.
2) 「女」와 「帚」가 합해져 「婦」인데, 「妻」는 「帚」의 의미를 포함한다고 해석하는 사전도 있다.

# 원앙새 부부 おしどり夫婦

Mandarin-Duck Couples

일본 토종의 색이 아름다운 원앙새는 언제나 한 쌍으로 헤엄치고 있다. 그것은 마치 '꺄꺄' 울면서 서로에게 힘을 돋구어주는 듯이 보인다. 원앙새가 나란히 헤엄치듯이 부부가 서로에게 힘을 기울이며 서로 받쳐주는 것과 같은 경우 일본인은 그것을 「오시도리 후후(おしどり夫婦)」라고 부른다. 이 이미지는 700년 이상이나 옛날에 일본 이외의 원앙 서식지인 중국에서 전해진 시(詩)에서 영향을 받아 만들어진 일본의 설화에서 시작되었다. 13세기(가마쿠라 시대)의 '고콘초몬쥬(古今著聞集)' 안에 「사냥꾼이 한 마리의 수컷 원앙을 쏘았더니 아내 원앙이 너무나도 슬픈 나머지 죽어 버렸다. 이것에 감동을 받은 사냥꾼은 무기를 놓고 두 마리의 명복을 빌었다」는 이야기가 있다. 동물학자의 냉정한 관찰에 따르면 원앙부부의 생활은 일 년 밖에 이어지지 않고 그 후에는 상대를 바꾼다고 알고 있다. 그렇지만 일본인의 일반적인 심정은 매정한 과학적 사실에 의해 변하거나 하지는 않는다.

이 행복한 부부는 영어에서 말하는 "love bird"(사이가 좋은 부부, 연인)과 같지는 않다. 러브버드란 연인끼리 서로에게 매우 열중하게 되어 함께 있지 않으면 행복을 느끼지 않는다는 뜻이다. 그 좋은 예가 새장 안에서 애완용으로 키우고 있는 앵무새 한 쌍이다. 원앙부부는 흡사 원앙이 늪이나 강, 연못 등 일본의 대자연 속에서 자유롭게 움직이며 돌아다니고 있는 것처럼, 세상을 자유로이 또한 넓게 눈을 돌려 조심스럽게 헤엄치며 사는 것이다. 「원앙부부」라고 불리는 부부와 「러브버드」라고 불리는 커플을 비교해 보면 구애나 결혼의 행위에 있어서의 문화차이를 지적할 수 있다. 서구의 커플은 데이트할 때부터 신혼기가 끝날 때까지는 「러브버드」와 같이 행동하기를 바란다. 거기에 비해서 「원앙부부」는 이미 결혼한 사람들에게만 쓰인다고 하는 것은 「부부」라는 글자대로 「남편」과 「부인」을 말하고 영어의 「커플」이라는 말과는 달리 결혼하지 않은 커플은 포함하지 않기 때문이다. 일본인의 대부분은 「원앙부부」라는 말을 들으면 중년의 부부를 마음속에 그린다. 결혼이란 부모가 전혀 모르는 타인끼리를 연결시키는 약속이고 어떻게 하면 사이좋게 살아갈 수 있을지는 두 사람이 결혼 후 여러 해에 걸쳐서 경험을 쌓아가는 것이라는 전통적인 사고방식을 반영하고 있기 때문이다. 이러한 부부는 「일심동체」라고 하며 칭찬받는다. 그러나 원앙부부의 이미지를 원하는 커플에게는 두 사람 각자의 아이덴티티와 라이프스타일을 지키고 싶다고 생각하는 사람도 있기 때문에「일심동체」라고 들으면 걱정하는 사람도 있다.

사이좋은 부부를 바로 원앙에 비유하는 것도 시간의 흐름과 함께 변하고 있다. 최근에는 소문을 좋아하는 일본의 매스컴이「원앙부부」의 젊은이 판을 이것저것 화제로 들고 있다. 노래와 연기를 하는 일본의 스타끼리의 결혼은 아내 쪽이 인기를 유지해 가고 있을 때에는「원앙부부」라고 듣는다. 주간지는 이 눈부신 두 사람이 함께 파티에 참석하는 사진—일본사회에서는 파티에 부부가 함께 하는 일은 거의 없다—을 큼직큼직하게 게재하는 것이다.

# 오시카케 뇨보



Intruder Wives

 

일본에서는 여성이 프러포즈를 기다리는 것이 보통이지만 여성 쪽에서 주도권을 잡는 일도 많아 이런 여성을 나타내는 특별한 말이 있다. 그것은 「오시카케 뇨보(押しかけ女房)」라고도 불린다. 보통 초대 받지 않은 손님(쳐들어오는 손님)을 의미할 때에 쓰는 「오시카케(押しかけ)」에 근거한 말이다. 이러한 여성은 우유부단한 남자에게 자기의 마음을 전하고 그 의지를 계속 이어가면서 결혼 후에도 남아돌 정도의 애정으로 몸을 아끼지 않고 충실하게 보살피는 정력적인 사람이 많다. 오시카케 뇨보는 작전을 수행할 때에는 용감해야 되기 때문에 적어도 여성 사이에서의 이 말은 비난이기보다는 오히려 칭찬하는 기분이 담겨있다.

양해도 구하지 않고 연인의 집에 들어가서 그곳에서 생활을 시작한다는 것이 전형적인 패턴이다. 그녀는 매일 밤 맛있는 음식을 만들고, 푸념도 늘어놓지 않고 뒷정리를 잘 하고, 그의 방을 깨끗하게 청소한 다음 의복을 말끔하게 정리하는 등 그의 응석을 받아준다. 그는 점차 그녀를 의지하게 되어 마침내는 그녀 없이는 살아갈 수 없다고 생각하게 된다. 머지않아 두 사람은 결혼하는 것이다. 옛날 딸들은 지금보다 얌전하였기 때문에 들어가서 동거에 이르지는 않았다. 그렇지만 요리나 청소를 해주고 그에게 최선을 다해 그것으로 남편을 획득하는 테크닉은 일본에서는 오래된 전통을 가지고 있는 것이다.

남자를 응석받이로 내버려두는 오시카케 뇨보는 남성에게 결혼을 강요한다는 것이지만 그렇다고 해서 반드시 남성이 프러포즈를 하는 것을 바라지 않는 것은 아니다. 그렇지만 프러포즈를 자기 쪽에서 하는 일본여성도 있다. 정부의 조사에 따르면 지금은 벌써 할머니가 되는 정도의 연령층의 여성은 자기 쪽에서 결혼을 신청한 경향이 강했다. 일본의 지방이나 교외에 사는 여성에 관한 조사에서는 1940년대 말경은 여성 쪽에서 남성에게 프러포즈를 한 것은 10% 이상이었지만 그 후에는 착실히 계속 감소하여 1960년대에는 3%까지 떨어진 것을 알 수 있다.

오시카케 뇨보라는 말은 일본어에는 없다. 결혼상대의 선택은 남성이 주도권을 잡는 것이 당연하다고 여겨지고 있기 때문이다. 프러포즈를 처음 하는 것은 보통 남성 쪽이지만 그들은 강요하는 듯한 말은 거의 쓰지 않는다. "날 따라와 주지 않겠습니까?"라는 것이 전통적인 표현이다. 1980년대 중반 '주간 포스트'가 행한 조사에 따르면 대부분의 남성은 "매일 아침 함께 아침밥을 먹자"라든가 "언제 퇴직할 계획이야?"라는 애매한 표현의 프러포즈를 한다고 한다.

# 남편을 엉덩이에 깔고 앉다
To Sit on a Husband

자기가 튀김을 먹고 싶기 때문에 남편이 스키야키를 해달라고 부탁해도 거절해 버리는 여성을 일본인은 「남편을 엉덩이에 깔고 앉다(夫を尻に敷く)」라고 한다. 영어의 "henpecked husband"(암탉에 쪼이고 있는 남편)를 일본어 표현으로 하면 「아내의 커다란 엉덩이에 깔려 있는 남편(女房のでかい尻に敷かれでいる夫)」이라는 뜻이 된다. 남편을 위압하는 아내가 꼭 쿠션이나 방석으 위에 떡 하니 앉아있는 것 같이 남편을 「엉덩이에 깔고 앉다」라고 표현하는 것이다. 이러한 문맥에서는 앉는 것을 의미하는데 「시쿠(敷く, 깔다)」라는 동사가 자주 쓰인다. 사람들은 대개 그 달을 피동형으로 바꿔서 「남편이 엉덩이에 깔려있다」라고 말하고 눌려져 으깨지는 남편에게 동정을 보낸다. 남편 자신들은 이러니저러니 말하지 않는다. 왜냐하면 부정적인 표현은 항상 브스같이 뽐내고 있는 아내를 힐책하는 말이기 때문이다. 여성이나 남성 상사가 부하를 자기 마음대로 움직인다든지 앞치마의 끈에

아들을 매어두고 지휘하고 있는 엄마를 가리켜서 「시리니시쿠
(尻に敷く, 엉덩이에 깐다)」라는 표현은 하지 않는 것이다.

　「시리니시쿠(尻に敷く)」란 글자 그대로 엉덩이[1]로 꼼짝 못하
게 한다는 의미다. 앉는 자리가 쿠션이나 방석인 경우에는 다
소 생생한 해부학적인 육체의 부위 명칭은 대개 생략되어 버린
다. 「남편을 엉덩이에 깔고 앉다」라는 말에는 여성의 엉덩이
는 너무 포동포동하다는 야유가 있다. 아내의 엉덩이가 크지
않으면 남편은 아내의 권위 따위는 뒤엎어 버릴 수 있다는 것
이다. 그러나 뼈와 가죽뿐인 엉덩이도 절대로 좋지 않은 것이
다. 「엉덩이가 가볍다(尻が軽い)」라는 말은 침착하지 않다든지
조심성이 떨어진다든지 또는―여성의 경우뿐이지만―품행이
난잡하다는 비난이 된다. 이런 말은 일본에서 쓰이고 있는 엉
덩이에 관한 여러 가지 표현 중에 겨우 일부에 불과하다.

　「엉덩이에 깔린 남편」이란 말의 의미를 넓혀 가면 「가카아
덴카(かかあ殿下, 엄처시하)」라는 말에 해당된다. 「가카아(かか
あ)」란 아내(모, 부인)를 의미하는 상스러운 표현이고, 중국에서
차용한 한자가 아니라 일본인이 만든 몇 개 없는 한자(国字) 중
의 하나다. 그것은 "여(女)"라는 자에 "비(鼻)"라는 글자를 조합
해서 품위 없고 화가 치밀어 오르는 듯한 문자 "여편네 비(嬶)"
가 되었다. 이것과 정반대에 있는 것이 「데이슈칸파쿠(亭主関
白, 폭군남편)」라는 말이다. 남편을 의미하는 스스럼없는 표현
인 「데이슈(亭主)」에 천황을 보좌하는 최고직에 속하는 「간파

쿠(関白)」의 단어를 붙인 것이다. 영어를 사용하는 사람이 「남권주의자의 돼지들(male chauvinist pigs)」이라고 하는 것과 비슷한 분노를 담아서 「데이슈칸파쿠」라는 말을 쓰는 일본여성도 있다. 그러나 일본의 남편은 전통적으로 일국일성(一国一城)의 주인과 같이 행동하는 것으로 여겨져 왔기 때문에 「데이슈칸파쿠」에는 긍정적인 이유가 포함되어 있다. 그 반면 아녀의 엉덩이에 깔리다라는 말은 뭔가 부정적인 의미가 담겨 있다.

정부의 공무원에게는 「가카아덴카(かかあ殿下)」가 점점 감당할 수 없다고 생각하는 사람도 있는 것 같다. 후생성이 간행한 1985년도 판의 「3세 아이의 부모에게」라는 입문서에서는 엉덩이에 깔린다고 한 비유를 사용해서 아버지들에게 좀 더 육아를 적극적으로 합시다, 라든가 아이들에게 남자다움이란 어떠한 것인가를 보여 줍시다, 라고 장려하고 있다. 그 입문서안의 만화에는 어머니의 커다란 엉덩이 밑에서 빠져 나오려고 버둥거리고 있는 아버지를 보고 당혹해 하고 있는 아들이 그려져 있다. 소년은 용감히 도전하여 죽어가고 있던 일본병사를 칭송하고 있는 오래된 군가의 가사 "아버지여! 당신은 강했다(父よ! あなたは強かった)"를 떠올리고 있다.

---

1) buttocks나 hip도 엉덩이(尻)지만 hip은 일본어의 허리(腰)의 의미도 포함한다.

# 천엔짜리 남편

Thousand-Yen Husbands

　인플레이션은 온순한 남편을 나타내는 속어에도 영향을 끼치고 있다. 일본 남성은 옛날에 「햐쿠엔테이슈(百円亭主, 백엔짜리 남편)」라 했지만 최근 20년에 「센엔테이슈(千円亭主, 천엔짜리 남편)」로 가치가 올랐다. 그러나 「햐쿠엔테이슈」와 「센엔테이슈」의 성격은 바뀌지 않았다. 남자들은 월급을 그대로 아내에게 건네주고 거기에서 매일 최저한의 용돈을 조금씩 나눠 받는다. 1960년대에는 백 엔, 지금은 천 엔이다. 어떤 경우든 점심 식대와 담뱃값을 조달할 수 있는 금액에 불과하다. 이 말은 남편이 아내에게 돈 관리를 맡기고 있기 때문이 아니라 남편이 째째한 금액 밖에 얻어낼 수 없다는 사실을 비웃고 있다.

　「센엔쓰마(千円妻, 천엔짜리 아내)」라는 말은 없다. 가계를 도맡아 관리하는 것은 옛날부터 여자의 일로 여겨져 오기도 하고 또 1982년의 정부 조사에 의하면 일본가정의 83%는 아직도 그렇다. 같은 조사에 의하면 구입하는 물건이 고가일수록 아내가 결정하는 비율이 저하되고 있다. 대형 전기제품을 살 때는 부부의 48%가 "함께 결정한다"이지만, 한편 남편의 30%, 아내의 17%는 "혼자서 정한다"라고 대답했다. "둘이서 정한다"라고 한 사람의 비율은 토지를 구입할 때와 집을 구입할 때는 전적으로 같지만 남성은 자기의 재산이 되는 물건을 구입하는 결정권을 가지는 경향이 강하여 38%나 되는 것에 반해, 아내가 스스로 결정하는 것은 2%에 불과하다. 냉장고를 산다, 아니면 집을 살 때에도 여성은 결정권을 가지고 있다. 그렇지만 여성이 자기의 인생을 어떻게 살아갈 것인가를 자기가 정할 수 있다는 의미가 아니라고, 여성들은 지적한다. 예를 들면 아내는 자기의 유희를 위해서 테니스 교실에 돈을 쓴다든지, 또 월급을 건네주는 남편이 불쾌감을 느낄 만한 곳에 돈을 쓰는 것에 망설임을 느낀다고 한다. 그러나 일본여성은 심리적인 의디에서는 자립한 것으로 판단된다. 그렇기 때문에야말로 일본여성은 설령 전면적으로 경제적인 면은 남편에게 의존하고 있을 때라도 서구의 여성이라면 결코 꿈에서라도 그릴 수가 없는 흐칭으로 남편을 부르는 것이다. 「월급운반인(給料運搬人)」이라는 대담한 말이 그것이다.

　무직의 남편에게 아내가 생활비를 벌어오는 케이스도 있다. 미용기술이 여성에게 열린 가장 좋은 직업이었던 시대에 여성으로부터 경제적으로 부양받았던 남자는 「유이노테이수(結いの亭主)」라고 하여 경멸을 받았다. 오늘날에도 이 말은 살아

있다.

일본여성은 지갑 끈을 쥐고 있기 때문에 소비재를 파는 회사나 돈을 벌고 싶은 금융기관은 그녀들의 비위를 맞춘다. 일본은행에서 융자나 장기예금 코너에 모여 있는 사람의 대부분은 백발머리에 수수한 전통복을 입은 무시무시한 형상의 여성들이다. 가족 모두의 것을 살 때에도 여성은 개인적 기호로 산다. 그것을 일본의 광고맨은 잘 알고 있기 때문에 식품이나 유행하는 옷을 팔 때는 물론이고 차나 컴퓨터를 팔 때에도 여성을 타깃으로 하는 경우가 많다. 애교를 떨어가면서 집집마다 방문하는 세일즈우먼 중에는 지금은 화장품뿐만이 아니라 증권회사의 새로운 전략법에 따라 주식이나 채권을 팔고 있는 사람도 있다.

여성을 대상으로 한 방문판매

# 시집가다



"Here comes the bride"(새신부가 온다)가 결혼을 의미하는 서구의 전통적인 정해진 문구이지만 일본에서는 다른 표현을 한다. 새 신부(결혼식 때는 花嫁, 그 이후는 嫁)는 일단 남편집의 사람이 되었으면 격식을 차린 방문 이외는 어지간한 일이 아닌 이상 친정에 갈 수 없다고 여겨졌다. 지금도 결혼하는 것을 「요메니이쿠(嫁に行く, 시집가다)」든지 며느리가 된다는 말을 쓰는 여성이 많다. 새 신부 측의 가족이 본다면 결혼이란 딸을 "정리 한다(片づける)"이지만 그 말은 아들에게는 절대 쓰이지 않는다. 새 신랑 측의 가족은 아들을 잃지 않고 「요메오토투(嫁を取る, 며느리를 들인다)」여서 결국은 양딸을 얻는 것이 된다.

며느리는 "bride"(嫁)보다도 "daughter-in-law"(양딸)라고 영역되는 쪽이 많다고 하는 것도 막 결혼한 여성이 남편과 두 명이서 지낼 수 있는 시간은 적고, 자기는 남편의 모든 친족과 결혼한 것이라고 실감하기 때문이다. 지금도 시아버지 시어머

니가 병상에 누워 있거나 치매에 걸려버렸을 때는 며느리가 뒷바라지해야 하는 책임이 있다고 생각한다. 며느리라는 한자 그 자체가 「여(女)」와 가옥(house) 및 가족(family) 쌍방을 의미하는 「가(家)」라는 글자를 조합한 문자여서 놀랄 정도로 이 며느리라는 말의 모든 개념을 표현하고 있다. 「가(嫁)」라는 한자는 「토쓰구(嫁[とつ]ぐ)」라고 읽고 동사로서도 자주 쓰이지만 그것은 여성이 결혼해서 남편 쪽의 집에 들어간다는 의미이다. 이 동사의 목적어는 결코 남편이 아니라, 오히려 남편의 가족인 것이다.

부부가 결혼을 계기로 새로운 호적을 만드는 것이 확정되어진 것은 1947년의 법 개정 이후로, 그때까지 결혼이란 양가 집안간의 결연이었다. 그 이전에 결혼의 과정으로 소중하게 다룬 것은 새 신부의 이름을 친정의 호적에서 말소하고 남편 집의 호적에 넣는 것이었다. 특히 상대가 장남인 경우 며느리는 물리적인 의미에서도 남편의 「집안(家)」에 들어간 것이기 때문에 그곳에서 동거하면서 시부모의 가문의 양식이나 변덕에 따라야 하는 것이라고 여겼다.

결혼은 자연스럽게 「요메이리(ヨメ入り, 며느리 들이기)」라고 하는데, 고대 모계제도의 시대에 있어서는 결혼은 「무코이리(ムコ入り, 사위 들이기)」였다. 역사연구에 따르면 "며느리"라는 말은 "사위"에 비해서 새로운 것이라고 한다. 「무코이리(むこ取り)」의 개념은 결혼 50쌍 중 한 쌍에게 지금도 생존하고 있다.

그 한 쌍에서 새 신랑은 데릴사위로서 아내의 집에 들어가 그 성을 따른다. 「성(姓)」이라는 한자(세이[セイ] 또는 쇼우[ショウ]로 읽는다)가 「여(女)」와 「생(生)」의 글자를 조합한 것이라는 것도 이 「무코토리(婿取)」의 개념을 반영하고 있는 것이다.

「아시이레콘(足入れ婚)」란 역사상에 존재한 결혼의 한 형식이지만 이것은 정식으로 결혼하기 전에 어느 일정한 기간 남편이 처가에 들어가는 것을 말한다. 임신하고 나서 결혼식을 올리고 신부가 신랑 쪽으로 옮기는 민속관행이다. 학자는 이 시험혼은 모계에서 부계적 혼인제도로 가는 과도기적 형태라고 추측하고 있다. 일찍이 일본의 서민층에 널리 보급된 다리이레 무코의 풍습은 현세기까지 존속하고 있었다. 요즈음은 자유로운 사고방식을 가진 젊은 커플 중에는 결혼할지 안 할지 모르지만 그 전에 가족친족과 관계없이 두 사람이 동거하는 사람들도 소수 있다.

지금은 모든 부부가 결혼할 때 새롭게 호적을 만들기 때문에 여성이 결혼해서 남편 쪽 집으로 들어가는 것을 표현하는 말은 모두 조금 진부하게 들린다. 새로운 말로는 "결혼하다"나 영어의 스포츠 용어에서 나온 속어 "골인하다" 등이 있다. "골인하다"는 오로지 "결혼하다"라는 의미로서 이것은 영어를 사용하는 남자가 "score"(득점한다는 뜻에서 여자를 손에 넣는다는 속어)라고 말해 여자를 설득해 꼬드긴 것을 자랑할 경우에 쓰는 것과는 대조적이다.

게다가, 일본인의 결혼관의 근본에 있는 사고방식은 이 외에도 한쪽 성(性)에 대해서만 사용되어지는 "결혼하다"의 동의어가 있다는 것에서도 이해할 수 있지 않을까? 즉, 신부는 결혼을 "영구 취직"으로 여기고 있다. 결혼에서 중요한 것은 경제적 기반이라는 사실은 누구나 잘 알고 있기 때문에 신부들은 결혼상대를 고르는 일과 일을 고르는 일에는 공통점이 있다고 생각한다. 단지 남편과는 달리 일본의 아내들은 결코 가정이나 가족을 돌보는 일을 그만둘 수 없을 뿐이다. 또, "결혼하다"의 의미를 가진 다른 동사인 "몸을 굳히다(身を固める)"라는 말의 주어는 보통 남성이다.

---

1) 「女」와 「生」이 합쳐 「姓」이 되는 것은 오랜 모계친족법(母系親族法)의 흔적이라는 견해도 있다.

# 엄마로서

Motherhood

**4**

母として－お「袋」さん

어머니(お袋) (Honor That Bag)

# 엄마로서 Motherhood
## 母として－お「袋」さん

父兄 **부형**

Guardians

일본의 "부형회(父兄會)"는 거의 여성으로 이루어져 있다. 엄마들의 관심의 표적인 이 활동은 오랜 시간 계속 이 가부장적인 명칭으로 불려왔다. 아이의 교육을 보다 좋게 하기 위해 부모들은 학부형회—문자 그대로 영어로 번역하면 "fathers and big brothers club"(아버지와 형의 모임)—라고 불리는 학교 모임에 참가한다. "학부형회"라고 부르는 것은 너무나 고루하다고 해서 "부모회"라든지 "보호자회"라는 명칭으로 바꾸는 곳도 많다. 하지만 "부형"이라는 말은 지금도 부모 내지는 보호자를 나타내는 말로서 아무렇지도 않게 쓰이고 있다. 이것보다 더 일반적으로 쓰이고 있는 말은 중성적인 "부모"이다. 법적 보호책임을 가지고 있지 않은 생물학적 의미라면 동물에게도 부모는 있을 테지만 "부형"을 가지고 있는 것은 인간뿐이다.

최근까지 법적 보호자를 나타낼 때 "부형"을 쓰는 것이 딱 어울리는 말이었다. 원래부터 일본여성은 외가 쪽 집에서 머물면서 아이를 기르고, 남편들이 그곳으로 다녔던 것이다. 고대의 엄마들이 아이를 관리 감독했던 것은 근친상간을 금지하는 법에 명확히 나타나 있다. 아버지가 같은 아이끼리는 결혼을 인정받을 수 있었지만 같은 어머니에게서 태어난 아이끼리는 근친상간의 금기를 저지르는 일이었다. 모계적인 사회구조는 7세기에 쇠퇴하기 시작해 그 이후 20세기 법률개정까지 여성에게는 자신의 아이를 양육하는데 있어서의 법적 권한은 없었다. 1984년까지 여성의 친권은 아이의 국적을 결정하는 힘을 가지고 있지 않았던 것이다. 그 이전에는 일본인 남성과 외국인 처와의 사이에 태어난 아이는 일본인으로서 인정받았지만 일본인 여성과 외국인 남편과의 사이에서 태어난 아이는 일본 시민권을 취득할 수 없었다. "부형"이라고 하는 말로 여자의 성(gender)이 은폐되어 버리는 것은 엄마뿐만이 아니다. 여성이라도 자신의 가족을 말할 때에는 자신을 "형제"의 한 사람으로서 말한다. 형제자매를 나타내는 말인 "형제"는 문자 그대로는 형과 남동생인 것이다. 형제가 몇 명이냐고 질문 받았을 때에도—이 질문은 가족의식이 강한 일본에서는 자주 받는 질문이다—남성은 자동적으로 자신의 여동생이나 누나를 합하여 세고, 여성은 "형제" 속에 자신이나 자매도 넣어서 세는 것이다.

# 공주 하나 동자 둘

One Princess, Two Fat Fellows

"공주 하나 동자 둘(一姫二太郎)"이라는 말은 아이의 탄생에 대해서 옛부터 일컬어져 온 이상(理想)을 구체적으로 표현한 것이라고 일본인은 생각하고 있다. 하지만 옛 사람들이 이 격언을 통해 무엇을 조언하려고 했던 것인가를 정확히 묻고 싶다. 그럼 혼란이 해결될 것이다.

가장 일반적인 것은 출생 순서라고 하는 해석이다. 첫 아이는 딸(시적인 말로는 "공주"라고 한다)이 이상적이라고 말한다. 둘째 아이는 아들이 좋다. 동자(太郎)라는 말은 문자 그대로 영어로 번역하면 "살찐 아이(fat fellow)"이지만 남자아이, 특히 장남에게 붙여지는 흔한 이름 중 하나이므로 동자라는 말은 즉, 아들을 의미하는 말이다. 첫 아이는 "공주"가 좋다고 하는 것은 여자아이는 남자아이보다 건강해서 병에도 잘 걸리지 않는 생물학적인 사실에 근거하고 있다. 건강한 여자아이는 남동생인 동자가 태어나면 덤으로 보너스를 얻게 된다. 딸들은 가사나

아이를 돌보는 등 일본인이라면 거의 아들에게는 시키지 않는 잡다한 용무를 도와주기 때문이다.

일본여성은 제2차 세계대전이 일어나기 전에는 평균 5명이나 아이를 낳았지만 지금은 두 명 밖에 낳지 않는다. 그래서 이 격언을 이상적 출산 순서라고 해석하는 것은 지금도 일반적이다. 또 하나의 해석에 의하면 이 격언은 딸 한 명 아들 두 명의 가족이 좋다고 추천하는 것이라고 한다. 옛날, 이 격언을 만든 무명 작자는 여러 가지 이유에서 남자가 많은 것을 선호했던 것이 아닐까. 그러한 이유 중 하나는 대부분 아들은 농업이나 전쟁, 혹은 부모가 나이 들었을 때 도움이 되는 것에 비해, 딸은 돈을 들여 키워도 다른 집에 시집가면 없어지는 것과 다름없다고 하는 사실이다. 현대의 일본인은 아직도 아들을 선호한다.

현실이 그 격언대로 되지 않았을 때에 일본의 부모는 자기 자신의 손으로 아이를 처치했다고 한다. 가난한 농가에서는 가장 최근인 19세기 후반까지 살아남기 위해서는 영아를 죽일 수밖에 없는 상황에 처했던 가족도 있었다. 이것은 「마비키(間引き, 솎아내기)」라고 일컬어졌다. "솎아내기"는 원래 볏모를 몇 개 뽑아서 남은 모가 자라날 수 있는 여지를 만들어, 충분히 영양을 취해 무성히 자랄 수 있는 상태로 만드는 것을 나타내는 말이었다. 좀 더 큰 아이는 「스테고(捨て子, 버려진 아이)」로 방치하는 일도 있었다. 그리고 그 희생자의 대부분은 여자아이였다.

영아 살해와 선물용으로 잘 팔리고 있는 어린 소녀 얼굴의 목각인형이 관련 있다는 것을 대부분의 일본인은 모른다. 하지만 일본인 중에는, 「고케시(こけし, 목각인형」란 "아이(こ)"를 "없앤다(けす)"라는 말에서 유래하는 것으로서 오늘날 사용되고 있는 문자인 "목각인형(小芥子)"은 틀린 말이라고 하는 민속 어원설을 주장하는 사람도 있다. 이 해석에 의하면 최초의 목각인형은 죽은 딸의 영혼을 위로하기 위해 부모가 조각한 것이라고 한다.

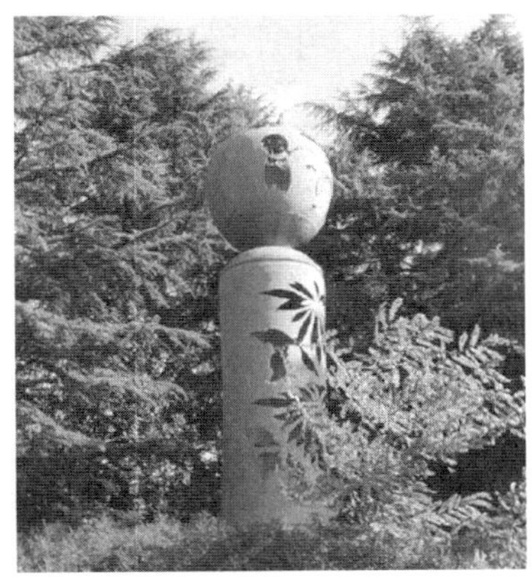

센다이시(仙台市)에 있는 커다란 고케시(こけし) 탑

# 마마곤

The Dreaded Mama-saurus


일본에서는 교내폭력이나 사회에 대한 무관심, 무감동의 문제는 모두 어머니 탓이라고 비난받는 경우가 많다. 아이들을 너무 간섭하지 말아야 한다든지 어머니들이 밖에 일하러 나가지 말고 아이에게만 전념하면 좋을 텐데, 라고 말한다.

사회평론가가 기탄없는 논의를 주고받는 사이에 현대의 아이들은 나쁜 어머니를 가리키는 간단한 말인 "마마곤(엄마공룡)"을 만들었다. 그것은 공룡(디노사우루스)처럼 무서운 엄마라는 의미이다. 즉, 영어로는 디노사우루스의 어미(語尾)를 빌려서 "마마 사우루스"라고도 말할 수 있다. 이것과 비슷하게 일본인은 괴수의 어미(語尾)를 빌려서 말을 만들었다. 예를 들면 「라(ら)」라는 말을 써서 「구지라(くじら, 돌고래」와 「고리라(ゴリラ, 고릴라)」의 합성어인 「고지라(ゴジラ)」라든가 「곤(ゴン)」을 사용해서 돈에 집착하는 사람을 가리키는 「돈 괴물(金ゴン)」 등이 있다. 「돈 괴물」의 어미 「곤(ゴン)」은 영어의 「드래곤(ドラ

ゴン)」에서 나온 말이라고 한다. 어른들은 「마마곤」이라고 하는 말을 사용하지 않아도 알고 있다. 그리고 어른들은 「베이비곤」, 「베이비라」와 같은 말로 바꿔 말하기도 한다. 「파파곤」이라는 말도 가능하지만 일반적이지는 않다. 젊은이들이 계속해서 만드는 유행어의 대부분이 그런 것처럼 어른이 그 유행어를 쓸 즈음에는 이미 「곤」이라는 말이 붙는 말은 낡은 것이 되어 버린다.

「마마곤」 중에 가장 악명 높은 것은 아마 빈번히 매스컴에 오르는 「교육엄마(教育ママ)」일 것이다. 여성이라는 이유로 대부분 사회적 활약을 할 수 있는 곳에서 쫓겨났기 때문에 교육엄마들은 아이가 좋은 성적을 거둘 수 있도록 질타와 격려를 해서 자신이 이루지 못한 성공을 이룰 수 있도록 필사적인 노력을 하는 것이다. 유치원 입학시험을 위한 학원을 대기업에 주문해서 만든 것은 교육엄마들이다. 물론 이 시스템은 교육계의 권위자와 일류대학을 나온 사람만 인재로 고용하는 엘리트 기업 등의 후원이 없었더라면 존재하기 어려웠을 것이다. 「교육엄마」의 남편들은 아이의 교육에 너무 무관심하다는 점에서 이 문제의 공범자가 된다. 아이의 교육에 관해서는 그 대부분이 오로지 여성의 손에 달려있다는 것은 1984년에 있었던 정부의 조사에서도 밝혀진 바 있다. 이 조사에 의하면 어머니의 반 이상이 아이의 교육이나 예의범절에 관한 것들을 전부 결정하지만 어머니에게 상담하지 않고 결정하는 아버지는 4%뿐이라고 한다. 일본의 많은 부모들은 아이의 교육에 관한 책임을 지고 있으면서 아이의 시험 성적이 나쁘면 아내의 탓으로 돌린다. 이런 관계인 부부는 공통된 것을 거의 갖고 있지 않은 듯하다. "아이는 부부간의 연결고리(子はかすがい)"라는 격언은 왜 이러한 부부가 헤어지지 않고 있는가를 말해 주고 있다. 「연결고리」라는 것은 부채의 밑 부분을 채우는 쇠이며 혹은 셔터를 잠그는 걸쇠를 말한다. 부모의 결혼생활을 유지해 주는 역할을 하는 것이 아이에게 있어서 부담이 되는 것은 명백한 사실이다. 그 부담에서 벗어나려고 교내폭력, 가정내 폭력으로 치닫는 경우가 증대하고 있지만 그러한 경우 그 희생자가 되는 것은 대부분이 어머니다. 일본의 어머니는 높은 식자율(識字率)과 이에 따른 여러 가지 이점을 자랑스러워해도 좋지만 국제적인 조사에 의하면 그 자랑스러워야 할 현상에 안주하지 않는 것을 알 수 있다. 그뿐 아니라 반대하기까지 한다. 일본 청소년 조사 연구소는 1985년에 일본 및 미국의 수천 명의 어머니에게 앙케트를 행했는데, 그 앙케트에 의하면 자신이 좋은 어머니인가 어떠한가를 의심하고 있는 사람은 불과 8%에 지나지 않은 것에 반해, 일본에서는 세간의 어머니에 대한 비판으로 자신감을 상실했는지 자신은 「마마곤」일지도 모른다고 느끼는 어머니의 수가 57%나 달했다.

# 낙태아



Unseeing Water-Babies

　매년 몇 천 명이나 되는 일본여성이 갓난아기에게 바칠 아기옷, 과자, 장난감 등을 들고 사원에 참배하러 간다. 낙태아라는 것은 「물의 아이(water-baby)」 혹은 「아직 보지 않은 아이(unseeing baby)」를 의미하는 말이다. 두 가지 말 모두 태아는 자궁의 따뜻한 양수에서 자연유산 혹은 낙태에 의해 태어나기도 전에 밖으로 나오게 된 태아를 말한다. "낙태아로 만들다" 라는 말은 중절한다는 의미이다. 수 백 년 전에는 「낙태아」라고 하는 말은 태어나서 2, 3개월 이내에 죽어버린 아이도 포함되었다.

　에도 시대, 사람들은 낙태아를 집 밑에 묻고 그 혼이 다시 자신들의 집에 태어날 수 있도록 기도했다. 또, 아이를 수호하는 지장보살을 들판이나 산기슭에 만들어 두거나 했다. 도쿄에 있는 정수원(正受院) 등의 절은 수 백 년 전부터 낙태아의 공양(供養)을 하고 있다. 정수원(正受院)은 불과 300엔에 나무패와 향을 주지만 최근에는 2천 개 이상이나 되는 사원이나 가짜 사원이 부모가 되기를 거부하는 사람, 특히, 여성의 죄악감을 기회로 삼아 돈벌이를 시작하고 있다. 이들 사원은 태아의 혼령을 위로하기 위해 공양한 수많은 진분홍색의 바람개비가 땅에 꽂혀 있는 것이 특징으로 마치 분홍색의 작은 숲 같다. 땅에는 태아의 재가 있다고 여겨진다. 악랄한 사원(寺院)들은 많은 지장보살 무리 속에 손바닥에 올릴 수 있을 정도의 작은 지장보살을 하나 추가시키는데 15만 엔이나 되는 돈을 받고 있다.

여성은 때때로 자신이 선택해 합법적으로 중절하는 것은 필요악이라 느끼는 경우가 있다. 이것은 일본여성이든 외국여성이든 다르지 않다. 일본인은 「태아」와 「아기」와의 명확한 구별을 짓지 않기 때문에 그녀들의 슬픔은 더욱 강해지는 것이다. "태아를 없애다(胎児を堕ろす)"라고는 말하지 않는다. "중절한다(中絶する)"라고 하는 동사의 일반적인 대상은 아기, 혹은 아이인 것이다. 이러한 죄악감은 낙태아 공양(供養)에 의해 없앨 수 있다―혹은 한 층 악화 된다―고 말한다. 일본의 불교는 거의 중절반대의 입장을 취하고 있고, 신도(神道)는 중절한 태아의 혼이 어머니에게 인과응보의 저주를 가져온다고 가르친다. 사원에 돈을 내고 「낙태아」의 공양을 하지 않는 사람에게는 온갖 재난이 닥칠 것이라고 쓰인, 사람들의 눈길을 끄는 간판을 내걸고 있는 사원도 있다. 협박 중에서도 비열한 것은

다음에 태어날 아이는 장애아라고 하는 것이다. 마이니치 신문사가 행한 1986년의 가족계획에 관한 국민여론 조사에서는 중절에 대한 일반인들의 반감이 반영되어 있다. 그것에 의하면 조사대상이 되었던 여성 중, 무조건 중절에 찬의를 표명한 것은 단지 16%로, 66%의 사람은 일정한 조건을 붙여 찬성, 13%의 사람은 반대였다. 일본인은 중절을 시인하는 것에 주저함을 느끼고 있음에도 불구하고 너무 간단히 중절수술을 받는 경향이 있다. 사실 일본의 합법적인 중절 비율은 세계에서 가장 높은 부류에 속한다. 뉴욕에 본거를 둔 조사기관인 인구문제위원회에 의하면 1980년, 일본에서는 15~44세의 여성 천 명 당 84.2명이 중절한다는 비율이 나왔는데 이것은 28개국 중, 소비에트, 루마니아에 이어 3위에 해당한다. 이것은 정부가 공식발표한 숫자의 약 4배나 된다. 그 한 원인은 많은 의사들이 세금기피를 위해 수술한 횟수를 낮추어 보고했기 때문이다. 조사에 의하면 일본 평균적 여성은 평생 동안 두 번, 그것도 대부분은 결혼 후에 중절한다고 추정되어지고 있다.

중절이라고 하는 방법이 자신에게도 좋다고 생각하고 있는 것은 아니다. 하지만 이렇게나 많은 일본인이 중절을 계속 선택하는 것은 그것을 아주 간단하게 할 수 있기 때문에 효과적인 피임약을 사용하는 경우는 적다. 대부분의 사람은 콘돔이나 리듬법(오기노 식이라고 일컬어지는 이른바 기초체온법)으로 피임하고 있으며, 꽤 빈번히 일어나는 피임의 실패로 이어지는 뒤

처리는 중절에 의존하는 것이다. 이 방법에 많은 의사들도 반대하지 않는다. 피임약을 처방하거나 페서리(pessary)의 크기를 맞추거나 혹은 다른 현대적 방법을 행하는 것보다도 중절하는 편이 돈을 벌 수 있기 때문이다.

"우생보호법지정의(優生保護法指定医)"라는 이름으로 불리는 낙태 의사는 정부 공인의사로서 비꼬는 것은 아니지만 "모성보호협회(母性保護協会)"라고 불리는 모임의 멤버다. 그 그룹의 이름은 일본의 우생보호법 속에 있는 "모체"에 대한 내용과 관련된 것이다. 또, 예를 들면 적어도 아이가 한 명 있고, 가족의 수입이 낮은 경우에 모체의 건강을 위해 하는 것을 중절의 첫 번째 이유로 꼽는 것이 일반적인 일본인의 자세라는 것을 나타내고 있다. 일본의 우생보호법에 있는 "신체적" 혹은 "경제적" 이유에 관한 조항에 의해 중절하는 것이 오늘날의 중절하는 이유 중 99%를 차지했다. 현행법은 1940년(쇼와15년)의 국가우생법으로 거슬러 올라 갈 수 있는데 그것은 나치의 우생법을 모방한 것이었다. 이것은 유전적인 질환을 가진 경우 및, 모체의 생명을 지키는 경우에만 중절을 인정한 것이었다. 제2차 세계대전 후, 일본에서는 임신 수가 급격히 올라가 영아 살해나 불법 중절이 증대했는데 당시에는 그 불법 중절을 타태(墮胎)라고 했다. 이러한 상황하에서 우생보호법이라는 새로운 법률이 1948년에 시행되어 정식으로는 "인공임신중절(人工姙娠中絶)"이라고 하는 합법적인 낙태의 이론적 근거를 확대한 것이다. 그

법은 몇 번이나 개정되었지만 지금도 효력을 가지고 있다. 누구나 좋아서 바라지도 않는 아이를 임신하거나 양자로 보내거나 하는 것은 아니다. 매년 9만 명의 일본인이 양자가 되지만 그 3분의 2는 어른으로, 대개는 결혼해서 아내의 집에 들어가는 데릴사위이다. 나머지 3분의 1 중 대부분은 과부나 이혼한 사람이 재혼했을 때, 새로운 부모에 의해서 양자가 되는 아이들이다. 태어나서 바로 양자가 되는 것은 극히 소수에 불과하다. 이 현상이 일어나는 이유 중 하나는 중절이 손쉽게 행해지기 때문이지만 "미혼모"가 되면 자신 호적에 "비적출자"로 기재해야 하기 때문에 그것을 피하기 위해서이기도 하다. 또한, 호적이라는 것은 근무처나 장래의 배우자로부터 보여 달라고 요구 받을 수도 있는 중요한 서류이다. 전 출생아 중에 차지하는 비적출자의 비율은 아마 세계 어느 나라보다 낮을 것이다. 1987년 법이 개정될 때까지, 낳은 어머니의 이름도 아이가 양자로서 들어간 가족의 호적에 기재되었다.

# 오비이와이

Bellyband Celebrations

　오늘날에는 일본의 임산부는 현대적인 임신복을 입는 것이 보통이지만 그것은 튀어나온 배 때문만이 아니라 예부터 전해 져 오던 사고방식이나 풍습이 그 속에 숨어 있는 것일지도 모른다. 특히 시골에서는 어머니가 될 사람의 대부분이 붉은 글씨로 직접 쓴 축하 문자를 예부터 복대에 둘렀다. 복대는 배를 지탱해, 따뜻하게 해주고 뱃속에서 성장하고 있는 태아를 지켜주는 민중의 지혜이기도 하기에 이 복대에 대해서는 의사도 찬성하고 있다. 늦어도 무로마치 시대 무렵부터 나이 많은 친척 여성이나 친구가 「오비이와이(帶祝い)」라고 하는 축하 자리에 긴 무명으로 만든 복대를 임산부에게 보내게 된 것 같다. 홍백, 혹은 백색의 복대는 「이와타(岩田)띠」라고 하며, 기모노 위에 매는 가지각색의 짧은 대와는 구별된다. 오늘날에는 아이가 바위처럼 강하게 자랄 것을 기원하며 「이와타(岩田)」라고 쓴다.

하지만 그 말은 원래 「이와다(斎肌)」에서 나왔다. 띠는 종교의식 속에서 부정한 것을 없앨 수 있는 것이기 때문이다. 옛날에는 친척 여성이나 산파가 포대처럼 복부에 몇 겹이나 두르는 이와타 띠 매는 법을 임산부에게 가르쳤다. 그 후에 임산부는 친척이나 이웃 사람들과 축하하며 잔치를 벌인 것이다.

현대에 「오비이와이(帶祝い)」는 병원에서 행해지는 것이 보통이다. 어머니가 될 사람의 모친이 띠를 준비하는 것이 관례였지만 최근에는 이 습관도 없어지고 있어, 남편과 함께 디를 사러 사찰이나 가게에 가는 여성이 많다. 띠를 병원에 가지고 가면 의사가 "축(祝)" "안산(安産)" "술(戌)" 등의 글자를 써 준다. 개(戌)는 순산하기 때문에 그 덕을 보기 위해서다. 「오비이와이(帶祝い)」는 일본식으로 헤아리면 임신 5개월째, 구미식으로 헤아리면 임신 4개월째의 12지중 개의 날에 행해지는 것이 보통이다. 「오비이와이(帶祝い)」는 여성이 임신하고 있다는 것을 확인하는 의미도 있고, 또 유산은 임신 초기인 3개월 이너에 가장 많이 일어나기 때문에 임신경과가 순조로운가를 확인하는 의미도 가지고 있다.

일본여성은 복대를 매는 것뿐만 아니라 부디 건강하고 예쁜 아이가 태어나기를 바라며 민간에 전승되어온 것들을 조심한다. 다음과 같은 격언에는 잘 알려져 있는 금기사항이 표현되어 있다. "임산부가 화재를 보면 태어날 아이에게 반점이 생긴다" "임산부가 토끼를 먹으면 토끼 입술을 한 아이가 태어난다”“임산부가 문어나 뼈가 없는 해산물을 먹으면 태아는 뼈가 없어진다”. 그 한편, “임부가 매일 화장실을 싹싹 청소하면 예쁜 아이가 태어난다” 등등, 예를 들자면 끝이 없다. 오늘날 많은 젊은 여성은 이러한 미신 따위는 들어본 적도 없을 것이다. 하지만 임신중인 여성의 행동이 아기의 정신발달을 재촉한다고 믿는 신념은 “태교”라고 하는 잘 알려진 말 속에 계속 존재하고 있다. 그것은 “어머니의 자궁 속에 있는 동안에 아이가 흡수하는 교육”이라고 정의 내릴 수 있다. 아기가 태어나기 전부터 어머니가 좋은 음악을 듣거나, 멋진 예술작품을 보거나, 뛰어난 문학작품을 읽거나, 혹은 영어회화를 배우거나 하는 것에 의해 아기의 교육을 시작하는 것이 가능하다고 생각하는 사고방식이다.

어머니가 될 사람을 나타내는 일반적인 말은 “임산부”, 문자 그대로 영어로 번역하자면 “pregnant lady”(임신하고 있는 부인)이다. 여자라고 하는 문자와 “임신하다”라는 것을 의미하는 문자를 조합한 “임(妊)”“신(娠)”은 명사의 “임신”이나 “임신하다”“임신시키다”라는 동사의 기간어(基幹語)가 된다. 그 이외의 동사는 수태해서 생명이 시작되는 것을 암시하는 것이다. 예를 들면, 호텔서비스를 의미하는 말을 차용해서 「이노치가 야도루(命が宿る, 생명이 머물다)」 혹은 「고도모가 데키루(子供ができる, 아이가 생기다)」라는 말에서 수태의 의미를 전달한다. 임신, 수태를 가리키는 말의 대부분은 아이를 배어 커져버린 여성의 육체에 초점을 맞추고 있다. 예를 들면, "몸이 무거워지다"라는 고전적인 완곡 표현이나 그것을 좀 스스럼없이 표현한 「오나카가 오키쿠나루(お腹が大きくなる, 배가 불룩해지다)」 등이 있다. 임산부나 그녀를 둘러싼 사람들의 정신 상태는 「오메데타니나루(おめでたになる, 경사스러워지다)」라는 말로 강조된다. 또한 이 말은 결혼, 임신, 출산할 때도 쓰인다.

# 오후쿠로

Honorable Bags

 

영어권 여성을 향해 "bag(袋)"라고 말하면 그 사람은 크게 화
낼 것이다. 영어의 "bag"은 못생긴 소녀라든가 소문을 좋아하
는 딱딱거리는 나이든 여자를 의미하는 말이기 때문이다. 하
지만 일본여성이 문자상 이것과 같은 「후쿠로(袋)」라는 말을
듣는다면 대부분은 방긋 웃을 것이다. 「오후쿠로(お袋)」라는
것은 아들이 자신의 어머니를 말할 경우에 쓰는 애정이 담긴
호칭이다. 「오후쿠로(お袋)」는 가마쿠라 시대에서 에도 시대
까지는 신분이 높은 사람이 모친을 부를 때 쓰는 존칭이었지
만, 지금은 겸양어다. 오늘날, 일본인 아들은 자신의 어머니를
직접 부를 때, 정중어의 접미어 「상(さん)」을 더해 「오후쿠로
상(お袋さん)」이라고 부른다. 남자의 심정 속에서 전통적으로
아내보다 높은 지위를 차지하고 있는 어머니에 대한 존경의 마
음을 나타내기 위해서다. 이 말은 여자아이가 사용하면 거친
말로 들리기 때문에 좀처럼 사용하지 않는다. 단지, 예외가 있

다. "어머니의 맛(お袋の味)"이라고 칭해지는 직접 만든 가정의 맛에 반했을 때이다. 레스토랑 경영자는 손님의 식욕을 돋우려고 이 효과적인 말을 즐겨 쓴다.

왜, 어머니가 「후쿠로(袋)」라고 불리고 있는지 잘 알지는 못하지만 학자들은 독창적인 이론을 제기했다. 그 기본은 해부학적인 것이다. 아이를 낳는 것이 어머니의 중요한 일이라고 생각한다면 어머니와 자궁의 「주머니(袋)」를 동일화 하는 것은 매우 자연스럽다. 또 한 가지의 가설은 전통적인 일본에서 여성이 완수해내는 제2의 역할, 즉 가정관리의 역할에서 유래한다. 그녀들은 의복이나 도구들을 정리해 두는 「주머니_의 관리를 맡았을 뿐만 아니라, 지갑의 끈을 단단히 묶어 관리했다. 현대 일본에서도 여성은 이 책임을 가지고 있기 때문에 지금도 「오후쿠로(お袋)」라고 하는 것이다.

현재 어머니를 가리키는 가장 일반적인 말은 지금은 「오카아상(お母さん)」이다. 이것은 에도 시대 말기에 상층계급의 아이들에 의해 사용되었던 말이었다. 정부검정 교과서에서 그 말이 사용되기 시작한 20세기 초반 이후에는 「오카아상_이 통용어가 되었다. 전후 수입된 「마마(mama)」는 한 때 크게 유행했지만 최근에 와서는 어머니가 될 사람의 대부분이 아이에게 전통적인 호칭을 쓰게 하고 있다. 「마마」라고 옛날에 사용했던 사람도 대부분 그 말을 아이일 때 장난감과 함께 떨쳐버리는 것이다. 일본인 어른은 대부분 어머니와 이야기할 때는「오카아상(お母さん)」혹은, 좀 더 친근함을 담아「오카아찬(お母ちゃん)」이라고 한다. 어른이 되어감에 따라 타인에 대해서는 아이라도 자신의 어머니를 겸손하게「하하(はは)」라고 하지 않으면 안 된다고 생각하게 된다.「하하(はは)」라는 것은「오카아상(お母さん)」에서 정중의 접두어「오(お)」와 접미어「상(さん)」을 떼어냈을 때 남는 한자를 다르게 읽은 것(훈독)이다. 일본어는 이렇게 모든 친족호칭에서 꾸밈을 없애고 자신의 가족원을 가리키는 것이다.

 "母"라는 한자는 "女"라는 한자를 변형시킨 것에 유방을 의미하는 두 가지 점을 덧붙여서 만들어졌다. 일본문화에서 어머니의 중요한 역할은 그 글자가 "every"(모든 것의)라는 의미의 "毎"나 "海" "무(拇)" 등의 한자의 형태를 만드는 일부가 되어있는 사실로부터도 알 수 있다. 또 "모(母)"라는 한자는 다른 한자와 조합해서 "모음"이나 "모국어" "분모"라는 말을 만든다.

 이런 말은 가장 강한 심리적인 유대가 "부부간"에 있는 것이 아니라 "모자간"에 있다고 하는 일본문화를 반영하고 있다. 결혼이란 무엇보다도 "경제적인 관계"로 간주되어 왔기 때문이다. 아버지는 보통 아이를 돌보는 일이 적기 때문에 자기 자신이 어머니에 대해서 가지고 있을 법한 강한 상호관계를 자신의 아이에게 대해서는 가지고 있지 않다. 전통적으로 장남은 어머니와의 사이에 "죽음이 우리들을 갈라놓을 때까지"라는 상황을 유지해 가면서 동거하고, 가문을 이어나가는 것이다. 최근 주간지에서는 "진상고백"이라는 테마로 어머니와 사춘기의 아들과의 근친상간을 과장해서 언급하고 있다.

현재에도 아주 뿌리 깊게 남아있는 어머니와 자식의 정신적으로 서로 의지하는 것을 눈앞에서 본 부인은 남편을 「마더콤플렉스(mother complex)」, 줄여서 「마더콤(マザコン)」이라고 불만을 말한다. 마더콤 타입의 남자와는 아무도 결혼하려고 하지 않는다. 얌전하고 기가 약한 남성은 데이트할 때 어머니에 대한 것을 말하지 않고는 못 배긴다고 한다. 결혼 후에도 마일 식단부터 부인의 뱃속에 있는 태아를 없앨까 어쩔까 하는 문제까지 온갖 것들에 대해 아내에게 반대하며, 어머니의 편을 드는 것이다. 마더콤인 남편을 둔 부인은 자신의 결혼생활에 희망을 체념하고 아이에게 꿈을 맡긴다. 어머니가 아이에게만 매달려 있으면 "어머니"에게 끊임없이 요구하며 응석부리는 어린아이 중에 「마더콤」소년을 재생산해 버리는 악순환을 반복하는 일이 된다.

# 사토가에리
Homecoming

　처음 아이를 낳을 때는 귀향하는 것이 일본의 풍습이다. 일본의 전통에서는 새 신부가 되면 자기 가족이 있는 곳을 떠나 남편 집의 일족이 되는 것이 좋다고 여겨졌다. 신부가 자신의 친정(고향)에 돌아가는 것은 「사토가에리(里歸り, 귀향)」라고 불리는 특별한 경우였다. 고용살이나 출가한 사람 등 예외를 제외하면 남성이나 미혼여성이 「귀향」하는 일은 있을 수 없다. 왜냐하면 적어도 심리적으로는 고용살이나 출가한 사람은 자신의 고향을 떠날 수 없기 때문이다. 「귀향」이라는 의례적인 방문은 자신이 다른 집에 일한 것을 확인하기 위한 것으로, 많은 신부는 결혼식 3일 후 내지는 5일 후에 처음으로 짧은 「귀향」을 한다. 후일, 첫아이를 임신하면 남편을 두고 다시 고향으로 돌아간다. 친정에서 출산하고, 어머니의 곁에서 육아를 배우는 것이다.

　현대 일본에서도 역시 어머니나 아버지가 될 많은 사람은 아기를 출산할 때, 장모님에게 지도를 받고 싶어 한다. 지금도 옛날과 마찬가지로 친정의 부모님 밑에 있으면 신참 엄마는 남편을 돌보아야 하는 책임에서 해방되어, 평온하게 쉴 수 있는 것이다. 신참 아빠도 따돌림 받았다고 생각하기는커녕, 아내와 아이가 경험 많은 사람에게 보살핌을 받는 것을 기뻐하는 것이 보통이다. 출산과 산후 한 달의 회복기간 중, 여성이「귀향」하는 습관은 지금도 자주 행해지고 있다. 두 번째 출산 때, 임산부는 자신의 집에 있는 경우가 많은데, 그 사이에 친정어머니가 임신중인 딸과 손자를 돌보아 주러 오기 때문이다.

아기는 옛날「우부고야(産小屋)」라고 불리는, 아이를 낳기 위한 목적만으로 만들어진 작은 건물에서 태어났다. 후쿠이현에서는 1965년경까지 이러한 임시건물 속에서 출산이 행해져온 마을이 몇 개나 있었다. 진통이 시작되면 어머니나「산파」라고 불리는 시중드는 사람뿐만이 아니라 친척 여자나 이웃의 여성도 돕는 경우가 많았다. 출산 경험이 있는 여자들의 친밀한 운명공동체는 "진통"이라고 불리는 출산시의 고통을 맛보고 있는 여성에게 격려와 조언과 정보를 제공했기 때문이 아닐까. 덧붙여, "진통"의 "진(陳)"은 보통은 군사적인 맥락 속에서 사용되는 한자이다. 여성은 이 고통을 참을 수밖에 없다고 여겼다. 출산 후에는 도와주는 사람들이 탯줄을 자르고 아기를 목욕시켰다. 남성은 절대 출입금지였다. 단지 순산을 기원하며「우부고야(産小屋)」에서 기쁘게 맞이한 남성이 한 명 있다. 바로 「산신(産神)」이다. 「산신(産神)」은 출산에 엉겨 붙은 핏자국에 대해서 면역이 있다고 믿고 있던 유일한 신이다. 일본의 전통에서는 출산은 월경과 같이 부정(不淨)한 것으로 그것과 관련된 사람을 더럽힌다고 여겨왔다. 그래서 새로 어머니가 된 여성은 2주에서 4주간 「우부고야(産小屋)」에 있는 것이 보통이었다. 그 동안 임산부가 체력을 회복할 수 있도록 가족이나 친구들이 맛있는 음식을 가지고 온다. 출산 후의 첫 음식은 먼저 산신에게 바쳐졌다. 산신은 갓 태어난 아이를 지키기 위해 그 자리에서 머물고 있기 때문이다.

요즘 출산 장소는 병원으로 옮겨져, 대부분의 아이는 여기서 태어나지만 옛부터 내려져 온 풍습을 느끼게 하는 측면도 남아있다. 분만대기실은 공동실로, 여성은 마취 없이 분만하는 동안 조용히 있어야 한다고 여겨졌다. 당연히 누구나 가만히 고통을 견뎌낼 수 있는 것은 아니다. 고통을 견뎌낼 수 있게 하기 위해서는 "아기를 위해(赤ちゃんのため)"라는 말을 반복하는 것이 좋다고 추천하는 병원도 개중에 있다.

진통중의 여성을 둘러싼 의료 전문가는 옛날처럼 여성이 많다. 1980년 국정조사에 의하면 일본의 산파 100%가 여성이다 (덧붙여 산파의 그 정식 직업명은 「조산부(助産婦)」로 바뀌었다). 산부인과를 전문으로 하는 여자 의사(산과의)도 많다. 남자 산부인과의가 생겨나 지금까지 남자의 개입을 거부하는 금기를 깨버린 오늘날에는 소수이긴 하지만 아버지를 분만하는 곳에 있도록 하고 있다. 라마즈법은 아내가 호흡법을 실행하는 것을 남편이 돕고, 진통의 고통을 완화시키는 방법으로 일본에서는 인기를 얻고 있다.

남성도 여성처럼 비유적인 의미로 출산을 할 수 있다. 출산은 일본어에서는 생산과 창조를 의미하는 중심적인 비유이다. "낳는다(産む)"에는 두 가지 의미가 있다. 즉, 정말로 아기를 출산하는 의미의 "출산하다(お産をする)"라는 표현과, 아기를 낳는다는 말에서 이자를 낳는다고 하는 표현에 이르기까지 어쨌든 무언가를 만들어낸다고 하는 의미의 "낳는다"라는 두 가지 표현이다. Industry는 산업(産業)이라고 쓰여지고, Product는 산물(産物), 그리고 일본제 자동차는 일본산(日本産)이라고 일컬어진다.

현대식 우부고야(産小屋)

# 자궁

Children's Palaces

일본에는 여러 곳에 아이의 궁전이 있다. 그 "궁전(宮殿)"이란 유원지도 아니고, 무사의 자제를 위한 옛날의 번(番)에 세워진 학교도 아니라, 일본의 여성이라면 누구나 항상 가지고 있는 몸의 일부분이다. 문자 그대로 영어로 번역하면 "child palace"(아이의 궁전)인 자궁은 영어의 "uterus(자궁)"를 의미하는 가장 일반적인 일본어이다. 약간 특이한 이 말에는 자궁이 여자 자신의 것도 아니라 현실이건 가능성이건 아이의 것이라고 하는 그 기저에 포함된 의미가 은폐되어 있다. 자궁은 그 사람이 아이를 낳은 적이 있건 없건 「아이의 궁전(子供の宮殿)」이라고 말한다. 이 말은 또한 여자는 감정적으로 본능에 지배 받고 있다는 의미의, 잘 알려진 말인 "여자는 자궁으로 생각한다(女は子宮で考える)"는 말에서도 나타난다.

"배는 빌린 물건(腹は借り物)"이라는 말에는 여자는 자신의 몸을 컨트롤 할 수 없다는 사상이 잘 표현되어 있다. "배"라는 것

은 때때로 "배짱"만을 의미하는 막연한 말이다. "배는 빌린 물건"이란 말은 단지 능숙한 표현일 뿐만 아니라, 사실을 표현한 것이었다. 봉건시대에는 가계는 아들이 잇는 것이라고 법으로 정해져 있었다. 그 아들의 어머니는 본처든, 혹은 그 서비스에 대해 돈을 받는 첩이든 상관없었다. 일족은 단지 어머니의 배를 빌린 것이기 때문에 어머니의 사회적 지위가 아이의 지위에 영향을 끼치는 것이 아니라, 아이의 지위는 아버지에 의해서만 결정되었다. 현대 일본인은 여성을 자궁을 대출하는 도서관이라고는 더 이상 생각하지 않는다. 하지만 지금도 아이를 낳는 것이 여자로서 가장 중요한 일이라고 생각되어진다. 여자의 존재가치는 오늘날에도 자궁 속을 이리저리 돌아다니고 있는 태아에 의해 그림자가 옅어지고 있다. 그렇기 때문에 백화점에서는 임부복은 아동복코너 가까이에 있지, 미국과 같이 부인복 매장 옆에 있지 않다.

아이의 지위는 옛날에는 아버지에 의해서 결정되었지만 남성은 태어난 아이가 어떤 아이든 그 존재만으로 칭찬받지도 비난받지도 않았다. 이것은 여성의 자궁에 관한 명사는 많이 있는데 남성의 그것에 대응하는 말은 없다는 사실에서도 알 수 있다. 예를 들면 여자아이만을 낳은 어머니는 "여자 배", 남자아이만을 낳은 어머니는 "남자 배"라고 하는 것이다. 여자아이와 남자아이 양쪽 모두를 낳은 어머니는 여자 배라고도 남자 배라고도 말하지 않는다. 쌍둥이를 낳은 것은 재앙으로 여겨

져, 그 책임은 어머니에게만 있다고 옛날에는 일컬어졌었다. 다타미의 마루에 걸터앉아 성교하거나 양성순무를 먹거나 냄비 뚜껑 위에서 야채를 자르는 등의 무례한 행위를 했기 때문에 "재앙을 불러왔다(災を招いた)"고 비난 받은 것이었다. 어느 지방에서는 쌍둥이의 어머니는 꺼려지고 미움 받아도 아버지는 비난을 면했다. "짐승 배(畜生腹)"는 더더욱 나빴다. 세 명 혹은 그 이상의 아이를 동시에 낳는 여성은 이 짐승 같은 말로 불려졌다. 이것은 동물만이 다산 하는 것이라고 민중이 생각했기 때문이 분명하다. 남자아이와 여자아이의 쌍둥이를 낳은 어머니도 똑같이 「짐승 배」라고 불려졌다. 영어로 이것에 해당하는 "beast"라는 말은 "짐승"이라는 일본어가 가진, 사람을 모독하는 박력 면에서는 부족한 느낌이다. "짐승"이라는 것은 영어를 사용하는 사람이라면 결국 "Damn"(이런 젠장! 빌어먹을!)이라고 외칠 때에 쓰는 말인 것이다.

# 스킨십
Skinship

어머니가 아이를 안고 있으면 일본인은 그것을 「스킨십」이라고 말한다. 스킨십이라는 것은 친밀한 접촉을 말하는 것으로, 특히 모자관계에서 생겨나는 것으로 살갗과 살갗을 접촉시키는 것이라고 사전은 정의하고 있다. 일반적으로는 좀 더 폭넓게 사용되어져 상대에게 스킨십을 요구하는 젊은 연인들이라는 표현에도 사용된다. 이 영어풍의 말은 일본어에 없는 어휘를 보충하는 것이다. 일본인에게 있어서 몸을 가까이 대거나, 안거나, 키스하는 등은 전통적으로 커뮤니케이션의 수단이라기보다 성적으로 흥분하기 위한 수단이었다. 이러한 습관은 "만지다(触れる)"라는 동사가 에로틱한 의미를 포함하고 있는 점에도 반영되어 있다. 최근의 스킨십 시대에서도 10살 이상의 일본인은 좀처럼 포옹하지 않는다. 그뿐 아니라 닿으려고도 하지 않는다. 어른은 친척에게 인사할 때 포옹하지 않고, 첫 대면인 사람에게는 악수도 하지 않는다. 그 대신 누구에게나 고개 숙여 인사하는 것이다.

영어를 사용하는 대부분의 사람에게 있어서 일본어의 "스킨십"이라는 말은 귀에 익숙ㅎ-지 않지만 일본류의 스킨십 형태도 이것과 같이 눈에 익지 않은 것이다. 일본의 어머니는 출산 후, 장기간에 걸쳐 코알라처럼 아기를 등에 업는다. 어머니는 하루 종일 아이를 끈으로 등에 동여매어 집 안을 무겁게 돌아다니거나 쇼핑을 하러 가거나 하며 스킨십을 제공하는 것이다. 이런 모습을 「온부(おんぶ)」라고 한다. 이 온부(おんぶ)할 때 쓰는 끈은 유모차, 베이비서클, 요람을 하나로 일괄된 기능을 하고 있다. 엄마와 아이는 이 공생의 상태로 출산 후 약 2년간을 보낸다. 겨울이 되면 솜옷이 모자(母子)를 따뜻하게 감싸준다. 이 텐트를 닮은 외투는 온부(おんぶ)하고 있는 모자용(母子用)으로 디자인 된 넓은 의미의 임부복으로서 엄마와 아이는 체열뿐만이 아니라 심리적인 따뜻함을 함께 나누는 것이다. 온부(おんぶ)는 일본인 사회의 특색인 수동적 태도와 의존성을 만드는 원인의 하나로서 지금까지 내세워지고 있다. 전혀 몸을 움직일 수 없는 상태로 자라나, 항상 달래주는 어머니라는 매개자를 통해 작은 객관으로서 세상을 마주 대할 수밖에 없는 것이 그 이유이다.

아기와의 스킨십은 식사나 목욕이나 취침을 위해 온부(おんぶ)할 때 쓰는 끈을 풀어도 끝나지 않는다. 모유를 먹여 아이를 키우는 것이 일반적으로, 어머니가 신생아에게 우유나 "인공

영양"의 우유를 주는 것을 허락하지 않는 병원도 있다. 적어도 입원하고 있는 동안에는 아기에게 「모유」를 먹이는 정도는 해야 한다고 간호사는 말한다. 큰 호텔이나 백화점은 육아중인 어머니용의 휴게실을 별도로 갖추어 놓고 있다. 휴게실에는 안심하고 젖을 먹일 수 있도록 의자나 기저귀를 갈기 위한 선반이 갖추어져 있다. 건물 설계자는 이러한 신참 엄마의 생활 현실, 즉, 여성은 아기를 두고 나갈 수 없는데다가 너무 부끄러워 많은 사람들 앞에서는 모유를 먹일 수 없는 현실을 고려해서 넣은 것이다.

최근에는 아이에게 자기 방을 주는 부모도 있지만 일본인 아이의 대부분은 10살 정도가 될 때까지 어머니와 같은 방에서 잔다. 아이의 곁에서 자는 것, 혹은 아이가 깊이 잠들 때까지 아이의 곁에서 누워 있는 것을 의미하는 「소이네(添い寝, 곁에서 자는 잠)」라는 말도 있다. 다만 「곁에서 자는 잠」은 이것과는 다른 의미로 사용할 수도 있다. 부모자식은 "내 천(川) 자 모양으로 잔다"는 것이 최고라는 격언도 있다. 「川」이라는 한자는 두 획의 긴 선과 그 사이에 있는 짧은 한 획의 선으로 만들어진 것으로 딱 부모 사이에 아이가 있는 것 같은 모양을 하고 있기 때문이다. 만약 함께 잔다고 한다면 아기와 남편 중 누구를 택해야 하는 상황이 되면 때때로 여성은 하루 종일 업고 있는 어린 아이를 선택해 버린다. 이것은 옛날이나 오늘날의 아버지도 반드시 부자연스럽다고는 생각하지 않는 듯하다. 아버

지 역시 옛날에는 업혔던 아기였기 때문이다. 남성이 그 큰 팔로 아기를 안고 돌아다니는 일은 좀처럼 없지만 둘째 아이가 태어나면 아버지는 큰 아이와 함께 다른 침실로 옮겨야 한다고 여기고 있기 때문에 아무도 혼자서 자지 않아도 된다.

아버지는 목욕하고 있는 동안에 부모로서의 친밀감, 최고의 스킨십을 느끼는 듯하다. 일본인은 목욕을 커뮤니케이션 장의 하나로 생각하고 있어 함께 나란히 설거지를 하는 것 같은 일종의 우호의 장이라고 생각한다. 싹싹 씻거나, 함께 욕조에 몸을 담그는 것은 모든 친구나 가족에게 있어서, 특히 아이와 아버지에게 있어서 오랜 시간 선호해 온 습관이다. 일본의 많은 여자아이들은 사춘기에 접어들면 아버지와 함께 목욕하지 않지만 남자아이는 공중목욕탕 등을 이용하는 경우는 평생 동안 아버지와 함께 목욕하는 일도 있다.

우리나라의 '어부바'에 해당하는 온부(おんぶ)

# 石女
## 석녀
Ston Women

돌은 차갑고 딱딱하며 생명이 없다. 일본어로 하면 아이를 낳지 못하는 여성도 이 돌과 같다고 돌에 포함시킨다. 「우마즈메(石女, 석녀)」혹은 「우마즈(うまず, 낳지 못한다)」라는 말은 불임의 여성을 뜻하는 말로, 영어의 "barren(불임의)"에 해당한다. 그것은 "不生女", "不産女"라고도 쓴다. 모든 일본어 속에서 「우마즈메(石女)」는 최악의 말 중 하나다. 많은 젊은이는 그 말을 입 밖에도 내지 않지만, 자기들을 헐뜯는 그 말의 압력은 그녀들도 인정하는 입장이다. 「우마즈메(石女)」라고 하는 말을 들으면 아이를 낳지 못한다는 이유로 인연이 끊긴 증세의 여자들의 탄식이 메아리치는 듯하다. 「우마즈메(石女)」가 있으면 마을 전체가 쇠퇴한다는 미신도 있을 정도였다. 다치 불임 여성들이 현세에서 참고 견디는 굴욕만으로는 충분하지 않은 듯 그녀들의 혼은 「석녀 지옥」에 떨어진다고까지 말한다. 그 지옥에서 그녀들은 고문으로서 불동의 심지에서 대나

무 뿌리를 억지로 파냈다고 한다. 오늘날에도 많은 일본인이 아이가 없는 나이든 부부를 보면 왠지 이상하다, 뭔가 잘못된 것 같다고 느끼는 경향이 있다.

조사에 의하면 일본여성의 97%에서 99%는 아기를 낳고 싶어 한다고 한다. 일본인에게 있어서 임신능력이 있다는 것은 아주 중요하다. 이것은 결혼할 때 여러 가지 관습을 보고도 잘 알 수 있다. 예를 들면, 예물을 교환할 때 양가에서 주고 받는 물건 속에 다시마가 들어 있다. 「곤부(こんぶ, 다시마)」라는 발음이 「고오우무(こをうむ, 아이를 낳다)」나 「요로코부(よろこぶ, 요로코부)」라는 발음과 많이 닮았기 때문이다. 여성의 가치는 얼마나 오랫동안 다산했는가에 따라 매겨져 왔다. 그것은 누구나 확실히 알 수 있는 것으로 매우 중요한 일이기도 했기 때문이다. 옛날은 아이의 사망률이 높았기 때문에 다산은 특히 중요한 일이었다.

불쌍하게도 선량한 많은 불임 여성이 참고 견뎌온 고생은 실은 오로지 어떤 남성을 남편으로 고르는가에 달려 있는 것이다. 일본에서는 남성 쪽에 아이가 생기지 않는 원인이 있어도 남성이 「석녀」같은 냉정한 말로 비방 받는 일은 없었다. 최근에 와서야 과학이나 여성간의 커뮤니케이션이 진보함에 따라 임포(불능자 impotent의 축약형)나 씨가 없는 사람(무정자)이라는 남성 불임에 대한 말이 생겨나고 있다.

옛날 불임 치료는 여성에게만 초점이 맞추어졌었다. 한편으로는 아이가 있는 부부의 침실에서 잔다거나 태반을 놓고 그 위를 넘는 것이 좋다고 추천하거나 했다. 여러 가지로 신경 써 주는 친구는 불임 여성의 옷소매에 아이를 낳은 지 얼마 되지 않은 여성이 산신(産神)에게 공양한 작은 돌을 굴려넣거나 했다. 이러한 인습적인 자세가 일본의 의료기관이 행한 불임연구나 치료법을 끊임없이 왜곡하고 있는 것이다. 인공수정[1]은 남편 쪽 생식능력에 문제가 있는 경우에 하는 치료법이지만 그것은 이른바 시험관 아기를 만드는 여성의 불임증치료보다도 손쉽고 가격도 싸며 성공률도 높다. 대부분의 외국에서는 인공수정 쪽이 체외수정[2](시험관 아기)보다도 많이 행해지고 있다. 하지만 일본의 병원은 1980년대 중반 시험관 아기를 만들기 위한 설비는 서로 경쟁적으로 만들려고 했었지만 인공수정을 하는 것은 큰 병원 한 곳뿐이었다.

정식으로는 「우생수술(優生手術)」이라고 하는 불임수술도 일본은 선진공업국 중 그 수가 적다. 특히 남성의 파이프 컷(정관절제)은 적다. 파이프 컷은 여성의 난관결찰(卵管結紮)보다 간단한데도 일본에서 행해지는 불임수술의 4분의 3은 여성에 대해 행해지고 이것은 미국이나 영국의 2배 이상 되는 비율이다.

---

1) 인공수정은 남편의 생식능력에 문제가 있을 경우에 행해진다.
2) 체외수정(시험관 아기)은 아내 쪽 생식능력에 문제가 있을 경우 행해진다. 난관에 이상이 생겨 난자가 자궁에 도달하지 못할 때 난소에서 뗀 난자오- 정자를 체외에서 수정시켜 체내로 넣는 방법이다.

# 밖에서 일하는 여성들
## 직장의 꽃

Office Flowers Bloom

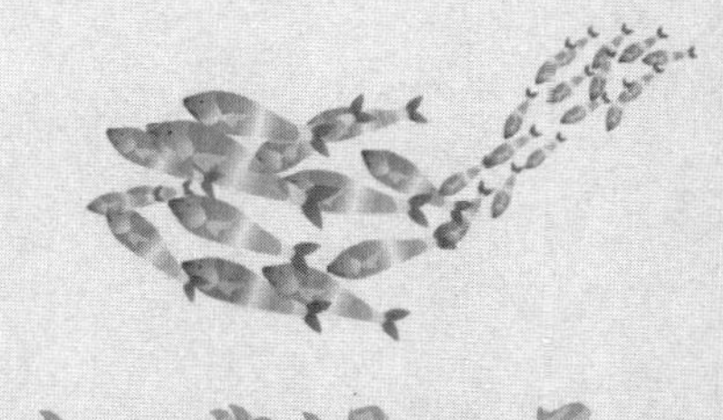

働く女性－職場の花

# 밖에서 일하는 여성들

Office Flowers Bloom

働く女性-職場の花

# 男女雇用機会均等法
## 남녀고용기회균등법
### Equal Employment Opportunity Law

현대일본의 노동 상황은 여성과 남성의 경우 하늘과 땅만큼이나 다르다. 어떤 이는 특권이라 부르고 어떤 이는 권리라 부르는, 법령으로 정해 놓은 남녀간의 이 차이는 남녀고용기회균등법이 시행된 1986년에 일소되었다. 일본헌법은 남녀평등을 보장하고 있지만, 이제까지의 법령은 여배우, 간호사, 전화교환수, 스튜어디스 등 여성스러움이 중시되어 온 극히 한정된 직종의 여성을 제외하고는, 남성에게만 오후 10시부터 오전 5시까지의 심야근무를 인정하고 있었다. 여성은 지하에서 일하거나, 무거운 짐을 취급하거나, 송전기를 청소하는 것과 같이 위험스러운 26직종에의 취직이 금지되어 왔다. 이와 같은 성에 기초를 둔 차별을 없애고, 남녀균등법이란 훌륭한 용어를 내걸고, 새 법률은 일본에 있는 남녀의 임금격차를 줄이려 하고 있다. 하지만 이 남녀고용기회균등법에는 증요한 부분이 결여되어 있다. 즉 위반자에 대한 처벌이 없다는 점이다. 이 법안은 꽤 강경한 형태로 제안되었지만, 정치적 타협에 의해 적당히 처리되고 말았다. 이런 사실은 이 법령의 명칭 속에 있는 키워드 중에 나타나 있다. 영역으로는 변함없이 "equal"이 사용되고 있지만, 원래 있던 「평등」이라는 말은 영어의 "equality"(평등)보다도 "parity"(동등)에 가까운 「균등」이란 말로 바뀌어있는 것이다.

폐지되게 된 특전[1] 중에서도 「생리휴가」는 가장 기이한 것이다. 이것이 아직 있는 곳은 한국과 인도네시아뿐이다. 이 휴가는 일본인이 시작한 것으로, 제2차 세계대전 중의 여자정신대(女子挺身隊) 멤버들에게 처음으로 허용된 것이다. 매월 여성에게 2, 3일의 생리휴가를 주는 것이 1947년 법률로 제정되었다. 그러나 여자들은 이 제도가 존립한다고 하여 월경을 괜찮은 것으로 여기지는 않는다. 오히려 거의 모든 여성은 생리휴가를 내는 것에 대하여 매우 당혹감을 느낀다.

1980년대에는, 남자들이 「SEIRI휴가」를 내겠다는 식으로 농담을 하기 시작했다. 월경의 완곡표현인 생리(세이리)는 「생리학(生理学)」을 의미하고 물건을 정리하는 「정리(整理, 세이리)」와 발음이 같지만 글자는 다르다. 남성의 경우 〈SEIRI〉휴가를 내는 사람이라면, 먼 지점에서 가족과 떨어져 일하는 사람들(単身赴任者)이다. 그들은 한 달에 한두 번 귀가허가를 얻어 더러운 속옷이나 냄새나는 양말이 가득 든 가방을 들고 돌아가 아내에게 건넨다. 아내는 남편의 휴가가 끝나면 가지고 돌아갈 수 있도록 속옷이나 양말을 깔끔하게 〈정리〉해 주는 것이다.

법률이 여성에 대하여 남성과는 다른 노동조건을 정하고 있기 때문에 여성을 승진시킬 수 없다는 고용주도 옛날에는 많았다. 이것은 일본의 남녀임금 격차가 1970년대부터 1980년대 초에 걸쳐 점점 벌어져 가던 보기 드문 나라로 된 요인의 하나이다. OECD(경제협력개발기구)의 조사에 의하면, 선진공업국 11개국 중에서 남녀의 시급차가 제조업에 있어서 커진 것도 일본뿐이다. 일본여성이 버는 임금의 평균은 1974년에는 남성임금의 53%였던 데 비하여 1982년에는 49%로 줄어들었다. 이와 같은 시기에 취업한 여성 수는 증가하고, 특히 급료가 낮은 파트타임의 증가가 현저해짐으로써 평균급여를 낮추는 결과가 되었다. 또 하나의 요인은 여성이 결혼이나 출산을 기회로, 또 때로는 상사의 압력 탓으로 일을 그만두는 경향이 있다는 것이다. 그 때문에 여성들을 연공에 따른 자동적 승급(연공가봉)을 얻을 수가 없게 된 것이다. 또 승진의 기회가 없다고 여성들이 사직하는 것도 악순환이 된다. 차별적인 고용관행이 있기 때문에 여성은 급여가 낮은 제조업이나 저임금의 소기업으로 흘러들어가는 것이다.

새 법률이 통과하기 전부터, 여성은 외국자본계 기업이나 육체적 강건함을 필요로 하지 않는 정보서비스 산업 등의 새로운 분야에서 일할 기회를 늘이고 있었다. 급히 회의실을 수배하는 것과 같은 일에서부터 젊은 독신간부 사원에게 모닝콜을 하는 것 같은 일에 이르기까지 모든 범위에 걸친 서비스회사를 시작한 여성들도 있다. 많은 여성들이 이러한 분야에서 활약하고 있다는 사실은 특히 여성사장이 구인모집을 할 때에 많은 여성을 끌어 모으게 된다. 하지만, 그 중의 대다수가 소기업이라든가 혹은 프리랜스(자유계약)라 하여, 이 같은 직종을 업신여기는 남성은 많다.

여성노동력이 일본 전체 고용노동력의 3분의 1 이상으로 증대해 있는 요즈음은, 여성의 급여문제는 한층 중요한 관건이 되었다. 1950년에 비하면, 여성의 급여소득자는 4배 이상 늘었다. 이렇게 된 원인은 많이 있다. 우선 평균수명이 늘어난 점, 출생률이 저하된 점, 가전제품에 의해 가사가 성력화된 점, 여성이 고용되어 일할 시간이 늘어난 점 등을 들 수 있다. 여성의 교육수준도 높아져 그와 동시에 자립지향도 강해졌다. 주택가격의 상승이 인플레이션을 상회하여, 경제적으로도 여성의 구직 필요성이 늘었다. 기혼여성의 대부분이 취업을 원한다는 사실의 배경에는, 이상과 같은 요인이 다소간 있다. 1962년에는 일하는 여성의 3분의 2가 독신이었지만 1984년에는 기혼자가 3분의 2를 차지하고 있거나 하여, 상황은 역전하고 있다. 일하는 아내와 일하는 남편은 「도모바타라키(共働き, 맞벌이)」로 불리는 라이프스타일을 보내는 것이다.

남녀고용기회균등법의 영향력이 충분히 발휘되기까지는 아직은 몇 년이 걸릴 테지만, 일본회사의 인사담당 사원은 이 법

률이 그들에게 어떻게 영향을 미칠 것인가라는 세미나에 몰려
들고 있다. 공동통신사가 1985년 일본의 200사를 조사한 결
과, 그 중 35%가 모집, 고용기회, 승진, 대출 등에서 남녀평등
을 도입할 계획이 있다는 것이다. 남은 65%는「아직 미정」이
라는 회답과, 「우리 직장에서는 이미 남녀평등이 이뤄졌다고
생각한다」는 회답이 반반이었다.

---

1) 1997년에서 1999년까지 여성보호법에 대한 수정이 있었지만, 이를 규정한
노동기준법 제68조는 그대로 남아있다.

# 게이샤

Arts People

　게이샤(芸者)란 「예능을 하는 사람」이란 뜻이다. 이 말에서 알 수 있듯이, 게이샤가 되기 위해서는 일본고전무용, 샤미센(三味線)[1], 나가우타(長唄)[2], 고우타(小唄)[3] 등을 몸에 익히지 않으면 안 된다. 현대 여성이 평생 해가야 하는 게이샤가 되고 싶다는 것은 이러한 예능을 좋아하기 때문이다. 일본의 다른 예능과 달리, 게이샤의 세계는 여성이 나이 들어도 굳건히 일할 수 있는 분야이다. 그것은 용모보다 예능이나 뛰어난 대화술 쪽이 큰 소리를 칠 수 있기 때문이다.

　일본인은 일반적으로 게이샤를 문화적 전통의 계승자로 존중하고 있다. 단, 그녀들의 연애는 자칫하면 혼인제도의 틀 밖에서 일어나기 때문에 일종의 편견이 있다. 하지만 게이샤가 될 마음은 없지만, 예능을 좋아한다는 여성이라도, 게이샤를 한번 슬쩍 쳐다보는 일 같은 것은 아마 없을 것이다. 게이샤가 처한 자리는 높고 오로지 정치가라든지 실업가와 같은 남자들이 고객이며, 또 실제 그들에게 돈을 받고 있기 때문이다.

일반적으로 게이샤는 몸을 팔거나 하지 않는다. 하지만 옛날에는 공인된 매춘지대(공창가)에서 매춘부와 그 손님에게 예능을 피로하던 일은 있었다. 봉건적인 에도 시대의 법령어서는 게이샤는 예능 이외에 성적 서비스를 하는 일은 엄금되어 있었다. 오늘날의 게이샤는 임금과 팁만으로 보통 샐러리맨 이상으로 벌어들인다고 이야기되고 있다. 따라서 옛날 때때로 행했던 것처럼 몸을 팔 필요는 없는 것이다. 그러나 패트런(patron)를 두고 섹스와 돈과 사랑을 자유로이 마음대로 교환하고 있는 게이샤는 많다.

옛날의 게이샤의 경제상황은 훨씬 힘들었다. 이 직업은 에도 시대에 시작되었고, 게이샤란 말이 기록되어 있는 가장 오랜 문헌은 1751년 교토(京都)에서의 것이다. 최초의 게이샤는 남자였지만, 차츰 여성으로 대체되었다. 그 사람들은 12세기 이래 「시라뵤시(白拍子)[4]」로 불리며 전문적인 무용수로 일하게 된 사람들이었다. 옛날의 게이샤는 대부분이 게이샤의 딸이든지, 자식을 게이샤 포주집에 고용살이 보내지 않으면 안 될 만큼 찢어지도록 가난한 집 딸이었다. 소녀들은 보통 12세가 되기 전에 고용살이 길에 올라 집안의 허드렛일 같은 것을 하고, 그 후에 기간제 고용살이의 단계로 올라가 15,6세에서 17,8세에 제 몫을 하는 게이샤로 되었다. 그녀들의 전차금(가불)은 왕왕 의상비가 늘어가기 때문에 부풀어갈 뿐이었지만,

이 전차금으로부터 피할 수 있는 유일한 방법이란 패트런(旦那, 단나, 기둥서방)에게 그녀의 자유를 사게 하는 것이었다.

현대여성을 둘러싼 상황은 모든 면에서 나아졌기 때문에 게이샤는 사라져가는 존재로 생각되고 있다. 아무리 가난한 가정이라도 지금은 딸을 고용살이로 보내려고 하지 않는다. 아동복지법과 의무교육에 의해, 현대의 소녀들은 과거의 게이샤 견습생이라면 기간제 고용살이를 마쳤을 연령이 되지 않으면 수련을 시작할 수가 없다. 개중에는 그 기간을 생략하여 20대에 들어서야 게이샤가 되는 이도 있다. 지금 전국에는 겨우 1만 7천 명의 게이샤 밖에 없다. 1920년에는 8만 명이나 있었던 것이므로 퍽이나 줄어든 셈이다. 일본이 전쟁에 돌입해 가던 중 게이샤는 점점 줄어들어 1940년이 되자 게이샤는 극소수의 군대의 고급장교 이외에는 접촉이 금지되었다.

여성다운 사교성과 대화를 제공한다고 하는 게이샤의 역할은, 오늘날에는 때로는 「재능 없는 게이샤」로 멸시받기도 하는 여성들로 대체되어가고 있다. 바에서 술 마시는 남자들과 담소하거나 노래 부르거나 하는 여성들의 직업을 보통 호스티스라 한다. 호스티스가 되는 쪽이 게이샤가 되기보다 훨씬 손쉽다. 전통음악 수업도 고가의 기모노도 필요치 않기 때문이다. 손님도 양장한 여성 쪽이 시대에 부합하는 것으로 여기는 것 같다. 호스티스가 되는 여성의 대부분은, 고임금이기 때문에 그 직업을 선택한 중류계급의 사람들이다. 호스티스나 게이

샤 중에는 돈을 모아서 마마상(ママさん) 즉 고용마담, 혹은 오너마담(술집주인)이 되는 사람도 있다. 여성이 술집주인이 되는 것은 일본에서는 흔히 있는 일로 여성의 일반적인 직업인 셈이다. 남자 바 주인은 「마스터」로 불리고 웨이터는 「보이」로 불린다. 「파파상(パパさん)」이란 말은 마마상의 패트런을 가리키는 말로, 마마나 마스터는 성공한다 해도 사회적 지위는 낮지만, 게이샤는 예부터 전통을 보유하고 있는 진정한 예능의 소유자란 점 때문에 그 가치를 인정받을 수 있게 되었다.

---

1) 일본 전통 현악기의 하나. 3현이라 하여, 샤미센(三味線)이라 한다.
2) 샤미센의 장편 가곡. 긴 민요.
3) 짧은 민요.
4) 1. 헤이안 시대부터 가마쿠라 시대에 걸쳐 행해진 가무. 또 가무를 하는 유녀 (창녀).  2. 유녀의 이칭.

# 보따리장사 아줌마

Street-Peddling Aunties

「보따리장사 아줌마(行商の小母さん)」란 자기 키와 같은 정도의 큰 물건을 짊어지고, 마치 갈 데를 잘못 찾아들어간 거북이처럼 모던한 일본의 도시 속을 재빠른 걸음으로 걸어가는 사람을 말한다. 「오바상(おばさん)」은 문자 그대로 영역하면 "little mother"(小母さん)로, 미국인의 "auntie"라는 것과 같이 중년여성 일반을 나타낸다. 그것은 친족의 「백모(伯母), 숙모(叔母)」를 나타내는 말과 동음이다.

그만큼 일반적이지는 않지만, 행상인을 나타내는 말로 「가쓰기야(かつぎ屋, 짊어진 이)」가 있다. 뜻은 「어깨에 짐을 짊어진 행상인」이지만 또 마음속에 많은 미신을 믿고 있는 사람들도 가리킨다. 보따리장사 아줌마의 모습은 역경을 이겨내고 살아가는 인간의 위대한 능력을 상기시킨다. 하지만 그녀들의 입장에서 본다면 사람들에게 이러한 생각을 「나르는(運ぶ)」 일보다 더욱 중요한 일이 있다. 그것은 야채를 「날라 오는(運んで

来る)」일이다. 보따리장사 아줌마는 주에 6일간은 교외에 나가있으며, 도심부에 사는 사람들에게 야채를 판다. 옛날에는 농작물도 직접 손으로 키운 것이었지만 지금은 근교의 농가에서 받아오는 사람이 많다. 짐을 내리고 야채를 진열하는 일이 끝나도, 아직 야채를 짊어지고 있는 것처럼 허리를 구부정하게 구부린 채 있는 사람도 많다. 남편을 먼저 보낸 독신인 사람도 있지만 그렇지 않은 사람도 있고, 중년인 경우도 있지만 손님이 말을 걸 때에 「오바상(おばさん)」을 길게 「오바—상(おばあさん, 할머니)」이라 부르지 않으면 안 될 정도의 연배인 사람도 있다. 이것은 꼭 영어의 "aunty"가 "granny"로 되는 경우와 비슷하다.

이런 종류의 일을 하는 남성은 우선 보지 못했다. 그 이유의 하나로는 일본에서는 농업이 대부분 여성의 일이기 때문이다. 1980년에는 여성이 농업노동력의 62%를 차지했다. 그 중 5분의 1 이상은 60세 이상이다. 전후의 경제성장과 여성이라도 다룰 수 있을 것 같은 성력화 기계 덕분에 농촌남자들의 대부분은 도시의 직장에 다니거나, 계절노동자가 되어 수개월간 도회에 일하러 가거나 혹은 전적으로 농사일을 외면하게 되었다. 그 결과가 「삼찬(三ちゃん) 농업[1]」, 즉 오바—상(할머니), 오지—상(할아버지), 오카—상(어머니) 세 사람이 농사꾼으로 불리게 되었다. 아내들은 이제야 일본농업의 대들보인 것이다. 그러나 대도시에는 여성에게 적합한 고용기회도 늘어나고 있고, 그녀

들까지를 빼돌리기 시작하고 있다. 젊은 여성은, 허리가 굽은 야채장수 「보따리장사 아줌마」란 말에 단적으로 과장된 형태로 시사되는, 힘든 농가 일에 자신의 인생을 바치려고 생각하지 않는 것이다.

---

1) 〈찬〉은 상(씨)을 친근하게 부르는 말.

保母と看護婦

# 〈보모〉와 〈간호부〉

Sustaining Moms and Watchful Protectresses

〈간호부(看護婦)〉[1]와 〈보육소〉[2]의 〈보모(保母)〉[3]는 여성이 독점하고 있는 직업이므로, 그 직명에서 여자란 점을 알 수 있는 「婦」, 「母」라는 글자가 붙어있다. 최근 극히 소수의 남성이 이 직업에 가담하게 되어, 남자라도 사용할 수 있는 호칭이 되었다. 〈보육소〉에서 아이들을 돌보는 사람은 「어머니를 받들어 지킨다」란 복합적 의미를 지닌 「보모」로 불린다. 원아가 어리면 어릴수록 교사가 여성일 확률은 높아진다. 1980년에는 전 교사의 43%가 여성이지만, 그러나 그것은 초등교육에 집중되어 있고, 특히 〈보육소〉의 〈보모〉, 유치원교사는 99%까지가 여성이라는 식이다. 1970년대에 남성이 이 영역에 진출하기 시작하여 「보부(保父)」로 부르도록 건의하기까지, 남성용 명칭은 필요치 않았다. 1970년대 후반의 일련의 법률개정에 의해 〈보모〉 자격의 국가채용시험과 그 양성학교의 문이 남성에게도 개방되었다. 그들은 개정된 법 속에서 「보부(保父)」로 불리

고 있다. 지금에는 어느 쪽도 통용될 수 있는 명칭, 즉「보육자
(保育者)」로 부르기를 주장하는 〈보부(保父)〉도 있다.

　이것과 같이 〈간호부〉는「看る(보다)-護る(지키다)-婦人(부
인)」으로 쓴다. 1980년에는 전 의료종사자의 69%가 여성이었
지만, 〈간호부〉만 친다면 96%는 여성이 차지한다. 최근, 소수
이긴 하지만 간호일에 종사하게 된 남성을「간호사(看護士)」로
부르도록 요구하고 있다. 의료는 대개 양육적 일이고, 여성에
게 걸맞은 일로 간주되어 왔다. 따라서 근대에 들어와서 여성
에게 열린 최초의 전문직도 〈간호부〉였던 것이다. 1884년 이
래 여성이 의사국가시험을 치는 것이 허용되어, 1900년에는
처음으로 여성을 위한 의학교[4]가 개설되었다. 여의사나, 대학
교수는 일본의 직업여성의 파이오니아였다.

---

1) 2002년 3월로 〈간호사(看護師)〉로 바뀌었다. 〈간호사(看護士)〉는 남자간호
　사의 구칭이다.
2) 우리의 어린이집의 종일반과 같은 것으로 일하는 부모들을 위한 공적인 보육
　시설.
3) 〈보모〉도 1999년 4월부터 〈보육사(保育士)〉로 바뀌었다.
4) 요시오카 야요이(吉岡弥生) 설립, 동경여자의학교. 현재 동경여자의과대학
　(東京女子医科大学)의 전신.

일찍이 일본여성은 애를 낳으면 바깥일은 그만두었다. 최근
은 육아나 일도 같이 병행해 가려는 여성이 늘어나 출산은 육
아에 관한 다양한 특전을 받는다는 의미로 간주되었다. 여론
또한 일하는 어머니를 편들게 되었다.

14주[1]의 출산휴가를 받을 권리를 어머니에게 보증하는 노동
기준법에 의해 모성과 취업이 양립할 수 있게 되었다. 1986년
까지 출산휴가는 12주였다. 출산휴가는 산전과 산후로 나누어
진다. 이 기간 동안 그 여성의 급료[2]가 지급될지 어떨지는 회
사에 달려있다. 어머니가 될 사람, 혹은 새로 어머니가 된 사람
은 의료기관의 증명서를 제출하여, 좀 더 가벼운 노동으로의
배치전환을 청구할 수 있다. 고용주는 출산휴가 중 및 그 후
30일간은 여성의 해고가 금해져 있다. 근로부인복지법은 또 회
사에 대해, 출산휴가 이후에 「육아휴업」을 주도록 장려하고
있다(요청은 아니다). 그 좋은 예는 정부가 공립기관에서 일하는

간호사, 보육사, 여교사에게 1년간[3]의 육아휴업을 인정하고 있다는 것이다. 1981년에는 일본의 회사나 그 밖의 기관의 14%가 그 권고를 따르고 있다. 하지만 실제로는 출산에 의해 할 수 없이 일을 그만 두게 된 느낌이 든다는 어머니들이 많다.

혹 회사의 압력에 굴하게 되면 「육아시간」이라는, 글로 써 보면 아주 거창해 보이는 특전을 이용할 수 없게 된다. 일본에서는 노동기준법에 의해 여성은 출산 후 1년간 30분의 「육아시간」을 1일 2회 사용하도록 인정받고 있다.[4] 이 특전을 일하는 어머니의 3분의 1이 사용하고 있다. 노동기준법에는 육아시간을 유급으로 할지 무급으로 할지[5]에 대한 결정은 고용주의 재량에 맡겨져 있다. 육아시간은 "nursing break"(육아를 위한 휴게)라고 나름대로 해석할 수도 있다. 이전에는 어머니들의 대부분이 육아시간을 아기수유로 썼지만, 요즈음은 그것을 하루 일의 시작과 마지막 시간으로 나누어 〈보육소〉에 아이를 보내고 데리러 가는데 사용하고 있는 사람이 많다.

일본정부는 1982년, 〈보육소〉는 5세까지의 어린이의 5분의 1을 받아들일 만큼의 수용력이 있고, 거의 수요와 걸맞을 것이란 견적을 내었다. 하지만 8시간 이상의 장시간 보육이나, 야간보육, 벽지의 〈보육소〉나 장애아를 돌봐 줄 〈보육소〉를 찾는 것은 역시 어렵다. 1980년대 초, 야간에 일하는 여성은 혼잡하고 비위생적인 설비의 베이비호텔 등에 의존하지 않으면 안 되었다. 정부는 탁아소 인가를 엄하게 단속했기 때문에, 위험한 베이비호텔은 폐쇄에 내몰리게 되었다. 그 결과 인가된 야간탁아소가 1986년에는 전국에 단 24개소 밖에 없게 되었다.

아버지는 자녀에게 젖을 물리는 일은 할 수 없을지는 모르겠지만, 〈보육소〉에 보내고 데리고 오는 운전수가 될 자격은 충분히 있다. 그리고 그 중에는 이 책임을 다하려고 노력하는 사람도 있다. 1980년 무렵부터 성차별 철폐에 대한 절규는 남성 노동자 쪽에서도 나오기 시작했다. 남성이 육아권 획득을 주장하는 연합을 조직한 것이다.[6]

남성은 자녀가 태어났다고 하여, 자동적으로 출산휴가를 얻을 수 있는 것은 아니다. 그러나 아버지가 되는 일은 가정에서도 일에 있어서도 보상받는 경우가 많다. 월급은 기본급 외에, 잔업, 직책, 가족부양 등의 부담에 대해서도 그것을 보상하는 수당이 붙는다. 가족수당은 세대주(대개 남성)에게 인정된다. 이와 같이 아내가 출산하면, 남편은 새롭게 생긴 즐거운 부담인 자녀를 부양할 수 있도록 「승급」이라는 보수를 얻는 것이다.

---

1) 출산 전 6주간, 출산 후 8주간. 이 중 6주간은 강제적 휴가.
2) 휴가중 임금에 대해서는 노동기준법에는 무엇도 정해져있지 않기 때문에, 노사교섭에 의해 정하지 않으면 안 된다.
3) 1999년 1세 6개월까지, 2002년 3세 미만까지.
　　이것은 무급으로 현장복귀의 보증은 아니다. 예를 들면 교직원의 경우, 휴직중에 대체교원이라는 차별된 노동자를 낳게 되는 것, 또 육아를 여성의 일로 보는 성별역할을 오히려 고정화시키고 만다는 문제점이 있다.
4) 2002년 1일 45분 2회.
5) 출산휴가와 같이, 육아시간의 임금에 대해서도 노사의 교섭에 맡겨져 있다.
6) 1994년 남성도 육아휴가실시.

# 여류

Female Stream

글자 그대로 영역하면 "female stream or style"(여자의 흐름, 유파)라 쓰는 「여류(女流)」라는 말이 있다. 일본여성이 전통적으로 남자직업으로 간주되어 온 일을 할 때 달게 되는 무의미한 장식용 나비넥타이와 같은 것이다. 이리하여 생긴 말은 입에 올릴 하등의 가치도 없다는 인상을 준다. 예를 들면 여류작가, 여류화가, 여류문학 등이다. 그 레테르는 예술부문에서 빈번히 사용된다. 여기서는 「여류」는 그저 여자라는 것뿐만이 아니라, 스테레오타입의 고분고분하면서 온순하다는 의미로서의 여자다움을 가리키는 말이다. 그렇기 때문에 「여류」 중에는 어떻게든 성별을 입 밖에 내지 않으면 안 된다면, 「여성작가」로 불리는 편이 차라리 나을 거라고 말하는 사람도 있다.

전통적으로 남자들의 일로 간주되어온 부문에 들어온 여성을 나타낼 말을 만들 때, 여류의 「류」란 말이 떨어져 나가버리는 경우도 있다. 예를 들면 「여의(여의사)」, 「여교사」이다. 「여

(女, おんな)」란 존경심이 엷은 말은 「여자소매치기(女スリ)」「여도둑(女ドロボウ)」와 같은 경우에도 사용된다. 심지어는 「부인기자」「부인경관」이란 말도 있다. 이런 말은 그 밖에도 수없이 있고, 여성의 활동을 주류에서 분리시키는 것이다. 왜냐하면 가령 남성이 같은 직에 있다 해도 성별을 새삼스럽게 기들먹거리지는 않으며, 또 여류에 대응하는 「남류(男流)」란 말은 없기 때문이다. 언어학적으로 말하면, 여자라는 레테르를 붙이고 있지 않는 한, 많은 직업을 나타내는 일본어는 남성의 일로 간주되고 있는 것이다.

1980년 이후의 정부통계를 보면, 일본여성은 특정분야로의 진출이 극히 적다는 것을 극명히 알 수 있다. 여성은 과학연구자 중의 6%, 세무회계사의 3%, 상급공무원의 2%를 차지하고 있을 뿐이다. 예술가, 디자이너, 사진가의 26%, 작가, 저널리스트, 편집자의 18%가 여성이다.

1980년에는 종교활동의 리더로 활약하는 여성의 비율은 18%였다. 무녀는 일본에서는 문명의 여명 이래 쭉 존재해 왔다.[1] 현대에도 신도(神道)의 몇몇 유파에는 여교조(女敎祖)가 있었다. 기독교도 일본에서는 여성이 리더십을 가질 것을 당장 인정했다. 여성이 일본 개신교 목사가 되는 것은 1941년부터 인정되었다. 그것은 서구의 많은 나라보다도 빠르지만, 다른 한편으로는 전쟁중의 남자 부족 때문이기도 했다.

경비원이나 자위관(自衛官)[2]과 같은 일은 최근에 와서 겨우 여성에게도 개방되었다. 간호사를 제외하면 1967년까지 여성은 육상자위대로의 입대가 허용되지 않았다. 하지만 남성의 입대가 감소했기 때문에 수년 후에, 항공 및 해상자위대는 남녀 모두를 정규대원으로 모집하기로 한 것이다. 오늘날에는 일본자위대의 18%를 여성이 차지하고 있다. 해상보안대학, 항공대학, 기상대학의 문이 여성에게 개방된 것은 1979년이다. 이래로 항공관제관, 국세전문관, 황궁호위관, 입국경비관, 형무관의 수험도 인정되게 되었다. 이 같은 일을 처음으로 하게 된 여성은 기수로부터 오케스트라의 지휘자에 이르기까지, 매스컴의 주목을 끄는 빅뉴스로 보도되었다.

국가의 가장 중요한 역할인 천황직이 남자의 전유물로 되어, 합법화되어 있는 점은 크게 논의되어야만 할 것이다[3]. 7, 8세기에는 6명의 여성이 여제로 군림했다. 그 이후는 여성은 황위에 올라 여제(문자 그대로 영역하면, "woman emperor" 여황제로 황후 empress는 아니다)로서 군림하는 것이 금지되었다. 단 에도 시대에 두 가지 특필할 만한 예외[4]는 있었다. 그렇기는 하지만, 전 역사를 걸쳐 여성은 천황의 아내라는 의미인 황후로서 섬김을 받는 것만 인정되었던 것이다.

---

1) 히미코(卑弥呼, ひみこ), 3세기 중엽 경의 야마타이(邪馬台)국의 여왕. 『위지왜인전(魏志倭人伝)』에 의하면 약 30개국이 여왕의 통치하에 있었고, 명제

(明帝)에 의해 〈親魏倭王〉이란 칭호를 받았다고 되어 있다.

2) 일본의 방위조직으로서의 육상, 해상, 항공의 각 군인. 1954년 방위청 설치
   법에 의해 설치.

3) 지금 현 천황은 2남1녀를 두고 있다. 첫째 왕자에게 딸이 한 명, 둘째 왕자에
   게는 딸이 두 명 있어, 남자남계의 현 왕위계승 자격에 정부가 설치한 수상의
   자문기관인「황실전범에 대한 유식자 회의」등에 의해 논의가 활발하게 전개
   되어 왔다. 2004년 각종 여론조사에 의하면 국민의 76%가 찬성을 하고 있다.
   그리고 황실유지와 여성인권이란 차원에서 황실전범개정안이 2005년 11월 국
   회에서 통과되었으나, 2006년 2월 현재 천황의 둘째 며느리가 셋째를 임신하
   여 왕자를 기원하는 분위기가 고조되어, 9월 출산까지 논의는 사실 보류되게
   되었다.

4) 현 천황은 125대. 그 중 10대 8명의 여성천황(推古天皇, 皇極天皇, 持統天
   皇, 元明天皇, 元正天皇, 孝謙天皇, 明正天皇, 後桜町天皇. 皇極天皇고· 孝
   謙天皇은 퇴임 후 재즉위하고 있음)이 존재한다. 그리고 5명은 나라시대 이전
   의 경우이고, 뒤의 두 사람이 에도 초기의 경우이다. 첫 스이코(推古)천황 외
   에는 모두 천황으로서의 일은 거의 하지 않고 다음 천황을 위한 임시직을 맡고
   있을 뿐이었다.

# OL

Office Lady

　무지의 스웨터를 장식하는 이니셜처럼, OL이란 말은 일본의 약간 지겨운 직업에 채색을 더하는 것으로 사용된다. OL이란 "Office Lady"의 준말로, 그 애매하고 비서적인 직무를 나타내는데 딱 맞는 표현이다. OL은 많은 놀림의 대상이 되고 있는데, 사무 처리나 전화 대응을 하는 OL이 없다면 나라 안의 비즈니스가 멈추고 말 것이라고 생각하는 사람은 우선 없다. 이와 같이 묵묵히 숨어서 고생하는 일이 OL의 직무인 것이다.

　OL은 오늘날 일본여성에게 있어서 가장 평범한 직무인 것이다. 다양한 연령층을 모두 포함한다면, OL은 여성노동의 약 3분의 1을 차지한다.

　OL붐은 제2차 대전 후의 회사의 급증에 따라 시작되었다. 맨 처음, 여자사원은 BG(비지니스 걸을 의미하는 멋진 말로 일본인은 생각했다)로 불렸다. 그러나 영어를 사용하는 많은 사람이 매춘부를 의미하는 "bar girl(バーガール)"을 "B girl(ビーガール)"로 말

하고 있다는 것을 알게 되자, 일본인은 BG라는 명칭이 난처하게 여겼다. 『여성자신』의 편집인은 좀 더 레이디다운 새 명칭을 찾는 캠페인을 개시하여, 독자의 제안으로 1963년 「OL」이 채택된 것이다.

일본에는 또 많은 OG도 있다. 하지만 이것은 「오피스 젠틀맨」을 일컫는 말은 아니다. OL은 그리운 청춘의 날들을 떠올리기 위해 모교를 방문하면 OG가 되는 것이다. 재학생들은 졸업생을 OG(올드 걸), OB(올드 보이)라 부르며 환영하는 것이다.

# 파트

Part-time jobs

일본인이 파트라 부르고 있는 것은 서구인 입장에서 보면 풀타임이다. 일본 법률은 노동시간의 주 35시간까지를 「파트타임」으로 규정하고 있다. 그러나 많은 여성 파트노동자는, 잔업까지를 보태면 풀타임과 같은 정도로 일하고 있다. 그녀들은 「파트」로 분류되고 있기 때문에 풀타임의 정사원인 남성이나 여성(늘어가고 있다)보다도, 훨씬 낮은 임금과 복리후생 면에서 열악한 대우밖에 받고 있지 않다.

일상회화 속에서, 파트노동은 일의 유형이 아닌, 일하는 이의 유형에 의해 다른 명칭으로 불린다. 대학생이 〈소바〉[1]를 볶는다든가 햄버거를 뒤집거나 하는 일로 용돈을 벌면 「아르바이트」를 하고 있다고 한다. 이 말은 독일어의 「일」을 의미하는 기본어에서 따온 것이다. 기혼여성이 부업을 가지면, 영어의 파트타임을 생략한 「파트」라는 어중간한 어감의 말로 불린다. 이 말이 처음으로 사용된 것은 1954년 백화점이 여자판

매원을 모집할 때였다. 그리고 30년, 대다수의 여성 파트타이머가 판매나 서비스 부문에서 일하고 있고, 그 4분의 3 이상은 35세 이상이다. 그 수는 급속히 늘고 있고, 1983년에는 여성 파트타이머는 3백만 명에 이르러, 여성고용자 전체에서 차지하는 비율은 1960년 9%에서 현재에는 20% 이상이라는 큰 신장세를 보이고 있다.

회사는 파트타이머들에게 이익의 배당을 조금 밖에 주지 않는다. 따라서 파트타이머들도 마찬가지로 기업에 약간의 노동력 밖에 제공하지 않는다. 여성은 모든 에너지를 회사에 바치고 싶지 않기 때문에야말로 파트 일에 몰려드는 것이다. 풀타임인 사람들에 비하여 파트인 사람들은 좀 더 자유롭게 자신의 노동시간을 설정하거나, 휴가를 얻거나 직장에서의 번거로운 일을 가정에까지 끌고 오지 않아도 되고, 그만두고 싶을 때 그만둘 수도 있다.

왜 일본여성이 파트타이머의 저임금에 만족하고, 그것을 남편도 수긍하고 있는가라고 하면 세제라는 또 다른 이유가 있기 때문이다. 아내에게 연간 92만 엔의 수입이 있으면, 그것에는 과세가 되지 않고 57만 엔의 배우자 공제를 받을 수가 있다(1987년 현재). 혹 아내의 수입이 이 한도를 넘으면, 아내는 세금이 불어난 것만큼을 벌충하기 위하여 더욱 벌지 않으면 안 될 것이다.

더욱이 큰 관점에서 보면, 여성 파트타이머는 유명한 종신

고용제도의 안전판이고 일본사회는 그녀들 덕분으로 성립되고 있다고도 할 수 있다. 그녀들은 적어도 최근까지 불경기 때는 짧은 예고기간으로 퇴직금도 없이 해고되는 일이 많았다. 일본의 각 신문사설이 1985년에 「파트타이머의 수당에 대해 내려진 최초의 중요한 스텝」이라고 야단법석을 피우던 사건이 있다. 이 해 오사카부(大阪府) 셋쓰시(摂津市)에서 해고된 몇 명의 파트타이머가 시장에게 불복을 신청하고, 그 결과 파트로 1년 일한 후에 퇴직한 사람에게는 약 45시간의 임금에 해당하는 수당이 지급되는 시의 새로운 호조(互助)시스템이 생긴 것이다.

일본의 종신고용제도를 밑받침하고 있는 또 하나의 압력판은 집안에서 일하는 여성노동자이다. 이 여성만이 차지하고 있는 저임금의 영세산업은 「파트」는 아니고 「내직(內職, 부업)」으로 불린다. 이 말은 봉건시대에 시작되었지만, 당시 그것은 무사의 부업이었다. 1983년에는 백만 명 이상의 여성이 집에서 단추를 다는 일에서 전선을 자르는 일까지, 다양한 높은 성과급의 일을 했다. 부업하는 사람의 93%가 여성이었다. 부업하는 사람은 통상 1일 5시간 48분을 일하지만, 그 노력에 비해서는 수입이 낮고 파트타이머의 시간급의 반보다는 조금 많을 뿐이다.

---

1) 메밀국수를 돈가스 소스와 함께 철판에 볶는 것.

# 직장의 꽃

Office Flowers

　「직장의 꽃(職場の花)」은 여종업원 대부분과 마찬가지로, 꽃의 생명이 짧은 것이 그 특색이다. 「직장의 꽃」은 식물이 아니고, 장식적인 오피스레이디의 일종이다. 오피스레이디는 어떤 연령의 여성이라도 될 수 있지만, 「직장의 꽃」은 남성만의 직장을 밝고 부드럽게 하기 위한 장식 같은 젊은 여성이 아니면 안 된다. 오피스레이디에게는 책임이 지워지지만, 「직장의 꽃」은 차를 내어오거나, 복사를 하거나, 전화를 받거나 하는 것이 주업무로 무거운 임무가 지워지는 일은 없다. 이 같은 일은 즉 「오차구미(お茶汲み, 차 따르기)」로 불린다. 남달리 열성적인 사람을 제외하고는, 「직장의 꽃」은 불과 2, 3년 만에 모두 시들어버린다. 그러나 퇴직하지 않더라도, 20대 말쯤이 되면, 시들기 시작하기 전에 새로운 「꽃」으로 교체해 버린다. 시들어가는 「직장의 꽃」의 운명은 간혹 「직장결혼(職場結婚, 사내결혼)」이라는 방식으로 이어진다. 이것은 직장에서 만난 사람들

끼리의 결혼을 말한다. 남자종업원은 데이트보다 일에 시간을 사용해 줬으면 하는 경영자의 의향에 따라 〈직장결혼〉을 장려하는 회사도 있다. 경영관리 면에서 보면, 퇴직한 「직장의 꽃」은 남편이 일로 직면할 중압감을 잘 이해할 수 있기 때문에 특히 좋은 아내가 될 수 있다는 것이다.

　연령을 불문하고, 또 사무직인지의 여부를 불문하고, 모든 여성 임금노동자의 근속연수가 짧다는 것은 정부의 통계로도 알 수 있다. 가장 재직기간이 짧은 것은 「고시가케(腰掛け, 걸상)」라 한다. 이것은 보통, 의자를 일컫는 말이다. 그러나 「고시가케」란 말은 그것이 글자 그대로 나타내고 있는 것처럼, 그것은 아주 잠시 동안 「허리를 걸치기」 위한 심이 들어있지 않는 의자란 뜻이다. 가정을 일군다는, 소중한 일자리를 찾기 전 2, 3년 동안 「사회공부」나 하며 지낼 수 있는 일자리를 구한다고 젊은 여성은 말한다. 현재 모든 산업을 포함하면, 일본여성의 평균 재직기간은 6.5년이다. 남성의 「종신고용」형과 비교하여 어쩌면 그토록 허망한 꽃의 생명이란 말인가.

　많은 경영자는 지금도 여성은 학교를 나오면 취직하고, 결혼 즉 「영구취직」을 할 때에 일을 관두는 법이라고 믿고 있다. 이와 같은 보수적인 사람은, 여성은 아무리 늦어도 첫애를 출산할 때까지는 퇴직하기 마련이라고 생각하고 있는 것이다. 하지만 결혼을 이유로 퇴직을 강요하는 것은 위헌이라는 획기적 판결이 1966년에 선고되었다. 이 판결 이래 고용주가 마치 조금이라도 시든 꽃다발을 갈아치우는 것처럼 여종업원을 취급하는 일은 하지 않겠다는 쪽으로 바뀌고 있다.

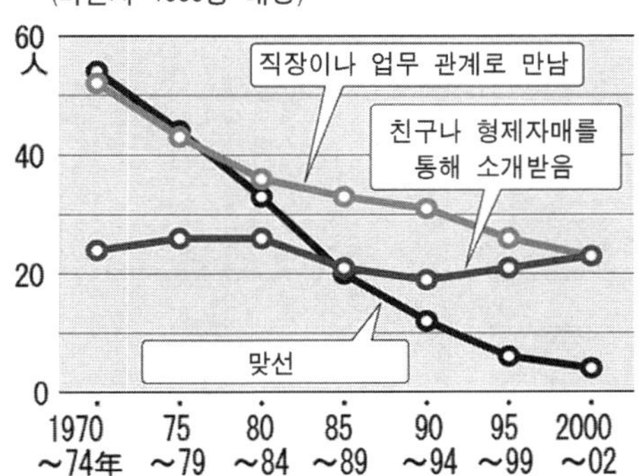



30년 사이, 일본에서의 직장결혼의 수는 반감하였다.
2005년 12월 14일 요미우리 신문.

# 셰슈얼리티

침대 속에서 (Pilow Talk)

섹슈얼리티 Sexuality

セクシュアリティ

# 치한

Molesting Fools

일본여성이 빽빽이 들어찬 만원 전철 속에서 느끼는 불안과, 온 세계여성이 어둡고 한적한 거리를 걸을 때 느끼는 불안은 비슷할 것이다. 만원 전철은 치한을 만나기 가장 쉬운 장소인 것이다. 「치한(痴漢)」은 그들에게 몸이 밀착되어 대항할 수도 없게 된 여성의 허벅지나 엉덩이나 가슴 등을 만진다. 「치한(얼간이, 여자에게 장난질하는 남자)」이란 일본어는 그 같은 남자에 대한 사회적 시각이 일반적으로 허술하다는 점을 반영하고 있다. 여성은 보통 여자들끼리 모여서 치한에 대한 고충을 호소한다.

여성이 서로 이야기하는 것은, 얼마나 치한이 징그러운가라는 것보다 어떻게 대응하면 될지에 관한 작전이다. 꽉 찬 만원 전철 속에서는 도망칠 수도 없다. 대부분의 여성은 다음 역에서 비참한 기분으로 조용히 내릴 수밖에 달리 다른 방도가 없다고 한다. 보복을 당하거나 뒤를 밟히거나 하는 것이 두려운

것이다. 차거나, 펀치를 먹이거나, 손톱으로 할퀴는 것도 유효
하겠지만, 다음 역까지 기다리다가 범인을 경찰에 넘기는 것도
효과적이다. 피해자의 분개감은 소리를 지른다면 조금은 가라
앉겠지만, 힐긋힐긋 쳐다들 보기 때문에 낯 뜨거운 경험을 하지
않으면 안 되는 것이다.

피해를 입는 것을 여성들은 수치라고 생각하고 만다. 게다
가 그 경향은 점점 가중되어 간다. 그 일례가 1985년의 쓰쿠바
(筑波)과학박람회이다. 컴패니언으로 불리는 여성안내원은 군
중 속에서 치한대책 훈련을 받았다. 그것은 남자손이 허벅지
사이로 미끄러져 들어오면, 흡사 그녀들이 남자 손에 갑자기
툭 부딪힌 것처럼「미안합니다」라고 하라고 시킨 것이었다.

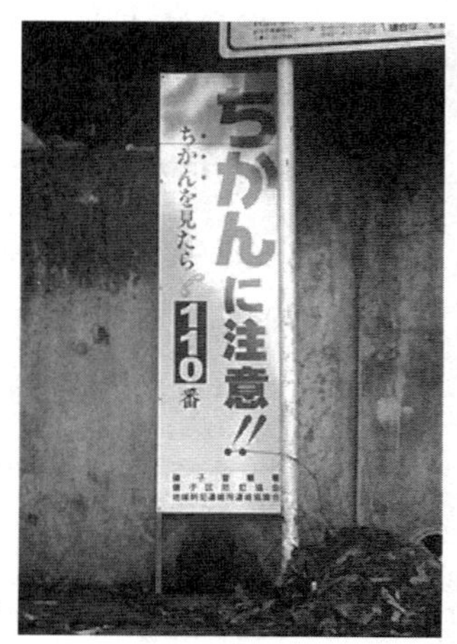



인적이 드문 곳에서 볼 수 있는 '치한 주의' 푯말

# 강간
Rape

　영어의 "rape"(레이프)에 해당하는 일본어의 「강간」은 단어 자체가 여성의 감정에 대한 폭력행위이다. 그것은 「강(強, 강제적인)」이란 글자 뒤에 3개의 여(女) 자로 만들어진 「간(姦)」이란 글자를 붙여 생긴 것이다. 사악함, 꾐을 의미하는 「간」은 아마도 많은 사람이 성차별적이라고 여기는 한자 중 으뜸가는 것일 것이다. 그것은 또 「시끄럽다」로도 읽어, 소란스럽다는 뜻의 나쁜 습관을 일컫기도 한다. 「강간」이란 숙어는 피해자가 「그런 마음을 갖도록 한」 죄를 범하고 있다는 잘못된 핑계거리를 연상시키는 것이다.

　일본 법률은 강간을 「합의 없이 힘이나 협박으로 여성과 성적 관계에 이르는 일」로 정의하고 있다. 1986년에는 일본의 재판소에서 처음으로 부부간에 있어서의 강간죄의 성립이 인정되었다. 13세 이하의 소녀와 성교한 남성은, 가령 소녀의 합의 하에 행해졌다 하더라도 강간죄가 추궁된다. 강간죄는 2년 이상 무기징역 이하의 형량이다.

강간행위 그 자체마냥 레이프를 의미하는 일본어도 강한, 때로는 모순된 감정을 불러일으킨다. 실제로 여성은 거의 「강간」이란 말을 사용하지 않는다. 그 말의 이미지는 너무나 리얼하다는 점도 있지만 또 「간」이란 글자를 사용하고 싶지 않기 때문이기도 하다. 「간」이라는 글자는 이미 소멸해 가고 있다. 이렇게 말하는 것은 신문에서 인정되는 상용한자 2천 자에서 제외되어 있기 때문이다. 따라서 신문의 르포는 더욱 애매하게 「폭행(暴行)」이라는 말을 사용하든지, 혹은 영어에서 차용하여 「레이프(rape)」—이것은 일본인의 귀에는 중립적으로 들린다—란 말을 사용하는 것이다.

페미니스트들은 성차별적인 문자를 없애는 것에 대찬성함과 동시에, 또 사회가 그 문제를 인식해 줄 것을 주장하고 있다. 레이프 피해자는 울며 겨자 먹기 식으로 단념하는 경우가 많다. 그것은 자신 쪽이 오명을 쓰게 되거나, 도발하여 그런 마음을 먹게 했다고 의심받을 것으로 생각하고 말기 때문이다. 1983년 아시아 최초의 강간구조센터를 도쿄에 오픈시킨 여성들은 레이프당한 사람들 중 겨우 5%밖에 경찰에 신고하지 않는 것으로 추정하고 있다. 일본경찰이 제시한 숫자에 의하면, 신고가 있었던 주민 10만 명 당 레이프의 비율은 전국적으로 감소하고 있고, 1982년에 겨우 2였지만, 동년의 미국의 34와는 대조적이다.

#  순결교육
## Purity Education

일본인은 경사스러운 일이 있으면 팥을 넣어 지은 팥밥[1]으로 축하한다. 이 멋진 축하법은 일본여자들에게 있어서 최초의 정식적인 성교육수업이 되는 것이다. 최근까지 여자아이들은 불안하고 알 수 없는 일투성이인 초경(初経)이 시작되지 않으면, 사춘기의 몸 변화에 대해 배우는 적은 없었다. 딸이 초경을 맞으면 어머니는 팥밥을 지어 준비하여, 애는 어떻게 생기는가를 차분히 설명한 것이다. 가족인 남자애에게는 이 축하의 이유가 설명되지 않았다. 하지만 이 쇼킹한 성장의 징후는 자연스런 현상이고 좋은 일인 거라고, 「여자가 된 소녀」는 팥밥으로 격려 받는 것이다. 오늘날에는 소녀들을 격려하는 이러한 통과의례는 특히 도시지역에서는 사라져가고 있다. 수백 년 전에는, 여인이 결혼하기 직전에 성교육이 보충되는 일도 있었다. 그 때 여성은 초야에 일어날 것으로 예상해 두어야 할 내용을 그린 에로틱한 비화를 건네받았다. 이것에는 「춘화

(春畵)」라든지 「마쿠라에(枕絵, 베게그림)」라는 시적인 이름이
붙어있다.

20세기의 전반, 성에 관한 교육은 「순결교육」[2]으로 불리게
되었지만, 이 말은 지금도 일부 보수적인 어른들이 즐겨 사용
한다. 이 말이 나타내는 것처럼, 그들이 결혼의 순결성을 지키
기 위해서는 혼외 섹스를 해서는 안 된다고 한다. 그것도 특히
여성은 결코 안 된다고 교육하는 것이 성에 대해 가르쳐야 할
중요사항으로 생각하고 있는 것이다. 「순결교육」은 수년 전
에 표면적으로는 「성교육」이란 이름으로 바뀌었지만, 그 내
실은 일본의 교육체제 속에서 거의 손대지 않은 채로 남아 있
다. 1980년대 중반에 나라가 정한 지도강령에 의하면, 성에 관
한 첫 수업은 5학년 때로 사춘기에 따른 몸의 변화에 관해서이
다. 대부분의 교사는 이 이야기를 꺼내기 전에 여자애와 남자
애를 가른다. 지도요령은, 중학교에서는 호르몬에 대해 약간
가르치는 것, 이어 고등학교 보건수업에서는 좀 더 어려운 해
부학적인 지식을 가르치도록 권하고 있다. 그러나 지도요령에
따를 것인가의 여부에 대해서는 각 학교에 맡겨져 있다. 고등
학교에서 보건을 가르치는 고사는 대개 스포츠가 유일한 관심
사인 체육교사인 것이다.

학교에서 애들을 둘러싸고 있는 불모의 침묵과는 대조적으
로, 매스미디어에는 부정확하고 더욱이 성차별적인 섹스정보
가 범람하고 있다. 전반적으로 일본아이들은 아마도 외설적인

내용의 텔레비전이나 잡지, 코믹 탓인지, 꽤 어린 나이에 섹스를 알기 시작하는 것 같다. 성인용 에로물은 만원 전철 속에서도 공공연하게 읽히고 있어서, 애들은 저속한 에로물에 노출되어 있는 것이다. 일본에서는 섹스는 텔레비전의 골든아워에도, 또 지금은 악명 높은(그리고 방영중지된) 1980년대의 「마-잇친구 마치코 선생님(まいっちんぐマチコ先生)」과 같이 어린이용 프로그램에까지 출현하고 있다. 「마잇친구(まいっちんぐ)」란 별 의미 없는 말로 영어의 "ing"를 졌다라는 뜻인 「마잇타(まいった)」란 일본어에 붙여 만든 말이다. 매주 마치코라는 미혼의 아름다운 초등학교 교사가, 남학생들이 가슴과 엉덩이를 만지면 법열의 쾌감의 소리를 지르는 것이다.

10대의 중절(中絶)이 증가함에 따라, 교사들 중에는 지금까지 계속 학교에서 행해 온 성에 관한 학습으로 효과가 오르지 못했다는 점을 벌충하려 애쓰는 사람도 있다. 예를 들면 여학생만의 가정과 수업에서 젊은 교사는 인간관계의 일환이라는 시점에서 섹슈얼리티를 논하기 시작하고 있는 것이다.

---

1) 赤飯(세키한), 팥과 찹쌀로 지은 것.
2) 사실상 순결교육은 메이지유신과 함께 시작되었다. 1947년 문부성은 순결교육 실시를 통달했다. 그것은 1946년의 공창제의 폐지와 관계가 깊다. 사실 순결교육도 성교육도 표면적으로는 언급되지 않았지만, 1992년 성교육이 정식 커리큘럼으로 채택되어 6할 정도 실시하고 있다.

# 조개 
Shellfish

　아득히 먼 옛날부터 일본인은 조개를 식욕과 여성성기에 부합되는 심벌을 찾는 두 심리를 다 만족시키는 대상으로 삼아왔다. 이 이미지는 일본의 풍요와 다산을 기원하는 축제 속에서 가장 드라마틱하게 표출된다. 축제에서는 거대한 여성의 내성기(vagina)와 음경(penis)을 본 뜬 물건이 행렬을 이룬 사람들과 함께 열을 지어 거리를 퍼레이드한다. 여성성기를 칭송하는 이런 봄축제의 하나가 아이치현(愛知県) 이누야마시(犬山市)에서 개최된다. 거기서는 큰 모조대합(하마구리)이 산들바람 속에서 닫히거나 열리거나 하면서 거리를 행진한다. 조개 속에는 어린 여자애가 있어서 군중을 향해 떡을 던진다. 이 섹시한 조개는 혼인, 수산, 성병치료, 풍작을 가져다주는 것으로 이야기되고 있다.

　일본의 근대화가 진행됨에 따라 풍요, 다산을 기원하는 축제는 그 중요성을 잃어가고 있지만, 남성은 여성을 칭할 때,

변함없이 조개의 이미지를 증거로 들이미는 것이다. 전복, 동죽조개, 재첩은 모두 여성성기를 가리키는 데 사용된다. 나성기(vagina)가 말미잘에 비유되거나 울퉁불퉁한「청어알 덮밥」을 지니고 있다는 식으로 이야기되는 것이다.

조개는, 일본인이 이 미묘한 화제에 대해 이야기할 때 사용하는 굉장히 많은 이미지 중의 불과 한 예에 지나지 않는다. 이것과 다른 말로서 여성 성기를 그릇, 혹은 명기(名器)에 비유하기도 한다. 옛날에는 화덕(노변), 오목한 곳(凹所; くぼ地), 수호(秀戸, 빼어난 문-여성성기)로 써서 어느 것도「호토(ほと)」로 읽게 되는 동음이의어였다. 이 말은 오늘날에도 사용되지만, 쓸 때에는「음(陰, ほと/いん)」이란 글자로 쓴다. 에도 시대에는「오차쓰보(お茶つぼ, 차단지)」라든지「오차(お茶, 차)」로 불렸다. 당시 차는 남자가 여자 몸을 갈망하는 것과 같이, 대중에게 있어서 동경하여 마지않는 사치품이었기 때문이었다.

자비의 여보살인 관음(観音)마저 여성성기의 상징이 된다. 관음은 일본에서 가장 인기 있는 보살 중 하나이다. 그 이유는 관음은 소리를 들을 뿐 아니라, 구원을 얻고자 열심히 기도하는 소리를 입 밖에 내면, 그 이름이 문자대로 나타나게 되는 것처럼「소리를 듣는(観音)」것도 할 수 있기 때문이다. 관음은 믿는 사람에 따라 변환자재로 남자로도 여자로도 될 수 있다. 인도에서는 남자보살이었던 관음이 일본에서 여보살로 된 것은 왜, 언제, 어떠한 연유에서인지에 대해 학자는 연구중이

다. 승려나 불교를 배운 사람은 관음이 남자라고 생각하고 있지만, 일본인 대부분은 관음을 여보살로 여기고 믿고 있다. 일본에서의 관음신앙은 7세기 경부터였고, 특히 순산(順産)을 비는 여인들로부터 신앙되어 왔다. 남자들은 성적 자극을 구하여 스트립쇼를 보러갈 때, 여성성기의 완곡표현으로서 여자를 강하게 연상시키는 보살이나 관음이란 말을 사용하여「관음에게 빌러 가자(観音を拝みに行こう)」라는 식으로 말하는 것은 그 나름대로 이유가 있는 셈이다.

바기나(질)나 클리토리스(음핵—자의는 숨겨진 핵의 뜻)라는 교과서용 용어는, 여성성기를 가리키는 말로서는 그다지 일반적이지 않고 또 노골적이지도 않다.「만코(まんこ)」란「완전무결한 장소」를 의미하는 한자에서 유래한 것으로, 그 비열함에 있어서는 "cunt"와 비슷하다. 여성이 사용해도 민망하지 않을 어휘가 없다는 것은 여성은 좀처럼 여자들끼리 섹슈얼리티에 대해 입 밖에 내지 않는다는 것을 의미한다. 어떻게든 말하지 않으면 안 될 때는「비소(秘所)」라든지「그곳(あそこ)」이라든가 한다. 일본어의 다양한 우회적인 표현은 서구인의 귀에는 기묘하게 들리지만, 그것들은 영어를 말하는 사람이 "pussy"—벨벳과 같이 달콤한 울림이지만 성적인 문맥에서 사용되면 그 손톱을 드러내는 외설적인 말—을 들을 때 느끼는 것과 같이,「부(負)」의 부정적인 감정을 많은 일본여성의 마음에 환기시키는 것이다.

남성성기에는 「오친친(おちんちん)」이란 말이 있지만, 여성 성기를 가리키는 귀여운 말은 없다. 그 중에는 「소중한 것(お大事, 오다이지)」처럼 자기 집만의 통용어를 만들고 있는 가족도 있다. 수년 전 페미니스트들이 이러한 불평등성을 깨닫고는 「와레메찬(ワレメちゃん)」[1]이라는 신조어를 만들어 불평등성을 수정하려 했다. 바기나를 나타내는 하나의 일반적인 속어인 「와레메(割れ目)」에 어미 「찬(ちゃん)」을 붙여 치장한 것이다. 이 애칭은 좀체 사람들에게 침투하지 않았다. 어떤 여성들은 일반 여성잡지의 타이틀에서 밝고 유머러스한 새로운 말을 채용했다. 그녀들은 성기를 「여성자신(女姓自身)」이라 한다.

---

1) 와레루, 즉 갈라지다라는 동사에서 온 말, 갈라진 틈새라는 뜻.

# 2호

Number Two

 

　2호를 찾아가는 남성은 2호가 두 번째로 좋은 거라고 여기는 것은 아니다. 「2호」란 혼외정사에 있어서의 애인을 일컫는 말이므로, 그는 마음속으로는 넘버원이라고 생각하는 여성을 만나러 가는 것이다. 「2호」는 어미에 정중어인 「상(さん, 씨)」을 붙일 때도 있다. 그것은 1호인 본처가 자녀들과 한 가정을 이루고 있어서, 그와는 별도로 남편이 사귀고 있는 여인이란 뜻의 조금 오래된 일본어이다. 실제로 「2호상」은 본처 자식들과는 다른 자녀들과 다른 집에서 사는 것이다. 이렇게 말하는 것은 일시적인 외도상대라든지 매춘부에 대하여 「2호」라고는 부르지 않기 때문이다. 영어의 "keep woman"(囲い女, 즉 정부)과 비슷하여 남녀가 서로 사랑하고, 남자와의 사이에 생긴 자녀와 집을 장만하여 남자로부터 경제적인 원조를 받고 있다. 따라서 실질적으로는 동시적인 2번째 아내란 뜻이다. "second wife"(두 번째 처)라 하면 영어에서는 재혼한 아내를 말

하지만, 일본에서는 이 같이 두 개의 가정을 동시에 만드는 일
도 있을 수 있는 것이다. 왜 이 같은 일이 생기냐면, 그 하나로
는 본처인 경우는 어른들 마음대로 짝 지워준 여성이기 때문에
남편 마음은 2번째 여성과의 만남으로 향하고 마는 것이다.

　이 일에는 돈이 매우 많이 들기 때문에, 이러한 정사에 빠지
기 쉬운 것은 보통은 정치가라든지 3호든 4호가 되든 여자를
둘 정도의 큰 부자인 것으로 생각되고 있다. 누구든지 불륜을
시인하지 않기 때문에, 「2호」란 말은 뒤에서 살짝 수군거리
는 말이지 결코 호칭으로 사용되지는 않는다. 그러나 많은 첩
을 거느리는 일을 지위의 상징 같은 것으로 여기는 이도 있다.
왜냐하면 첩을 두기 위해서는 남자가 부자여야 함은 물론이며,
수완도 뛰어나고 정력적이고 게다가 배짱 두둑한 사람이지 않
으면 안 되기 때문이다. 때문에 「첩을 두는 것은 남자의 훈장
(妾を持つのは男の勳章)」이란 말이 나돌고 있는 것이다.

　결혼이 쭉 이러한 형태였던 것은 아니다. 고대일본에서는
부부관계는 유동적이었다. 헤이안 시대에는 남자도 여자도 배
우자가 될 가능성이 있는 사람들과의 연애관계를 끊지 않고,
꽤 영속적인 부부관계를 가졌다. 남성 쪽이 보다 일부다처혼
적이기는 하지만, 귀족은 여성이든 남성이든 일생동안 몇 명
과 부부관계를 맺는 일이 많았다. 여성은 동등한 계급의 남성
으로부터 구혼 받지 못하면 자신이 낳은 자녀가 사회의 낙오자
가 되고 마는 현실에 얽매여 있었다. 본처와 첩으로 순위를

분류하는 중국적 사고는 11세기부터 15세기 사이에 수용되었다. 사실 「첩(妾, めかけ)」이란 말은 14세기까지는 없었던 것이다. 「첩」이란 누군가의 눈길을 끈다든지 돌본다는 의미인 「메카케(目をかける, 메오 가케루)」에서 유래했다. 봉건적인 에도 시대에는 여자는 간통하면 사형이었지만, 남자는 하나 혹은 그 이상의 첩의 관리를 본처에게 맡기고 한 지붕 아래서 별채를 만들든지, 여자들을 각자 다른 집에 살게 하여 왕래하든지 마음대로 할 수 있었다. 1898년(메이지31년)에 개정된 민법에서도, 아내는 남편이 다른 여성들과의 사이에서 둔 자식을 모두 자기 자식으로 받아들이지 않으면 안 된다고 명문화하고 있어, 처첩제도를 존속시키고 있는 것이다. 서자란 부친이 인지하면 자식으로 인정되는 비적출자[1]를 말한다.

남자가 여자를 갖고 놀 기회는 많다. 「여자는 질투가 많다(女は嫉妬深し)」는 식의 이제껏 뿌리 깊게 남아있는 관념이 생긴 것도 실로 이러한 상황 속에 처해 있었기 때문이다. 현대 일본의 신부는 이 질투가 많다는 결점을 억제할 의지를 나타내기 위하여, 결혼식에서 「쓰노카쿠시(角隠し, 뿔 감추기)」라 불리는 모자를 쓴다. 모든 여성의 머리에서는 날카로운 도깨비 뿔 같은 것이 나온다고 생각된 것이다. 여자가 질투하는 것은 「뿔을

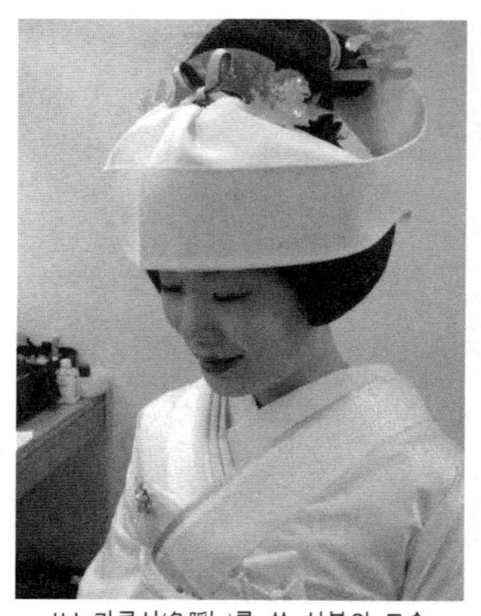

쓰노카쿠시(角隠し)를 쓴 신부의 모습

낸다(角を出す)」이고, 이 말은 일본드라마에서 반복되는 줄거리, 즉 「질투 많은 여자의 혼은 악귀가 된다(嫉妬深い女の霊は転じて悪魔となる)」에서 유래하고 있다.

하지만 현실은 이와 정반대다. 남자의 외도에 대해서 일본여성은 보고도 못 본 척한다. 남편이 해외출장을 떠나기 전에 아내가 가방에 콘돔 한 박스를 살짝 넣어둔다는 말을 듣지 못하는 것도 아니다. 그녀들은 자신의 부부관계를 성병과 붕괴에서 지키기 위함이라고 한다. 남편이 혼외 섹스를 애정에서 하는 것이 아닌 돈을 주고 하는 한 무해하다고 보는 경향이 있다. 그러나 이 질투의 뿔은 남편이 2호를 두면 나오기 시작하는 것 같다. 아내들의 이러한 태도는 「바람은 괜찮지만 사랑은 안돼(浮気はいいが本気はダメ)」라는 표현 속에 집약된다. 이 말은 최근에는 들을 수 없게 되었지만, 그것은 이제는 여성의 대부분이 남편에게도 정조를 요구하게끔 되어 왔기 때문이다.

"floating heart"(浮いた気持, 들 뜬 기분)란 불륜을 의미한다. 부정은 남자가 하는 것이라는 생각은 「여난(女難)」이란 달에 나타난다. 이 말은 매혹적인 여성 때문에 트러블에 휘말린 남자에 대한 동정을 나타낸다. 하지만 이것에 대응하는 「남난(男難)」은 없다. 문제를 일으키는 것은 언제나 여자란 생각이 실로 깊게 스며들어 있기 때문에, 「여난」이란 말은 점쟁이들 사이에서는 상용어가 되어있다. 점쟁이는 점이나 눈썹모양에서 「여난 상(女難の相)」을 하고 있는 남성의 운명은 재난이 있

다는 식으로 말하는 것이다. 이와 같이 「2호」란 말 그 자체는 성차(젠더)를 특정지우는 것은 아니지만, 실제로는 여자만을 가리킨다. 남녀 공용어는 「애인(愛人, 아이진)」이다. 「애인(carnal -love person)」은 「연인(romantic-love person, 戀人, 고이비토)」에 비하면 배덕적이고 비밀스러운 칙칙한 냄새가 난다. 정사를 편하게 말할 때 제스처나 말에서도 여자는 새끼손가락, 남자는 엄지손가락으로 나타낸다.

일본여성에게는 언어상의 장벽이 있었다. 그러나 그렇다고 하여 불륜상대가 없었던 것은 아니다. 아내들의 부정은 어느 정도인지, 남편의 행위에 비하면 어떠한지에 관해서 조사로 측정하기란 곤란하지만, 최근 공동통신사의 조사에 의하면, 전년 1년 동안에 애인 혹은 매춘부와 혼외 섹스를 한 것은, 아내 2.5% 남편 20%라는 것이다. 한편 『the 21』이라는 잡지는 전업주부의 26%, 일하는 여성의 5%가 혼외 섹스를 하였다고 보도하고 있다.

---

1) 혼인 외의 자녀는 비적출자라 하여 아버지가 인지하면 서자, 인지하지 않을 때는 사생아라 한다.

# レズビアン 레즈비언

Lesbians

일본 동성애자는 자신을 어떻게 표현해야 좋을지 난감해 하고 있다. 동성애 지향의 여성을 의미하는 어떤 말도 거의 모욕하고 있는 듯한, 몰래 엿보고 있는 듯한 뉘앙스가 있어서 그녀들에게는 받아들이기 힘들다. 그러나 일본여성동성애자는 미국 동성애자가 "dyke"(제방, 와전하여 레즈비언)를 채택하거나, 혹은 자국어로 신조어를 창안하는 것처럼 일본어 신조어를 만들어 오명을 씻으려고 하는가라고 하면, 실제는 거의 하고 있지 않다. 그러기는커녕 기원전 7세기, 여성들끼리의 연애가 성행했던 그리스의 레스보스도인과 동일시하여 자신들을 레즈비언으로 부르고 있다. 또 경멸적으로 레즈로 단축한다.

게이사회와는 인연이 없는 사회 속에 레즈비언어의 주된 원천이 있다. 일본 포르노그래피에서는 레즈를 「조개맞추기(貝合わせ, 가이아와세)」라든지 「철새(千鳥, 지도리)」라고 하지만, 적어도 일부 여성은 그 같은 레테르가 붙는 것에 대해 감정을 상하고 있다. 호모섹슈얼리티를 일종의 병으로 여기는 듯한 정신의학전문가들은 그녀들을 "same-sex-love"(동성애)라 부른다. 호모섹슈얼리티 혐오증인 사람은 게이남성을 의미하는「오카마(お釜, 솥)」를 본뜬 말로 레즈여성을「오나베(お鍋, 냄비)」로 부르며 놀린다. 이것은 아누스(항문)와 바기나(질)의 형태를 솥과 냄비로 비유한 말이다.

일본에서는 레즈비언의 존재는 오랫동안 무시되어 왔다. 이것을 말로 나타낸 예가 옛날부터 내려오는 한 쌍의 말「남색(男色)」「여색(女色)」이다. 즉「남색」은 남성끼리의 에로틱한 사랑을 의미하고,「여색」은 남성이 여성을 품는 호색적인 사랑을 의미한다. 여자들끼리의 사랑은 무시된 것이다. 하지만, 메이지 시대 이전에도「이중의 장자(二重の張り型, 음경모양을 한 것)」등과 같은 성기구가 있었던 것은 레즈비언의 존재를 명백히 말해주고 있다. 여성 사이의 연애는 적어도 19세기까지는 일본의 에로틱한 예술에 있어서의 하나의 모티프였다.

최근의 레즈비언은 자신들의 잡지를 발행하고, 조직을 만들고, 바(bar)를 경영하거나 하면서 그 존재를 확실히 하고 있다. 게이 바는 보통 남자를 즐겁게 해 주는 것이지만, 유일한 예외가 1980년대 중반에 한때 붐을 일으킨 화려한 이름의「스페이스 Dyke」이다. 1985년에 일본에서 처음으로 국제 레즈비언 대회가 개최되었다. 그러나 일본의 레즈비언의 대부분은 벽장 깊이 숨어있고,「자신이 레즈비언인 것을 숨긴다」는 뜻의 일본어 표현조차 없는 실정이다.

레즈비언인 것을 비밀로 하고 있는 그녀들의 생활은 보통 남자역과 여자역이 있다. 단, 고정적 성역할을 연기하는 것은 그만두려고 애쓰는 페미니스트도 있다. 일본어에서 여자역은「네코(ねこ, 고양이)」또는「넨네(ねんね, 자장자장)」라 한다. 남자역은「오타치(おたち)」로 가부키 주역인「다치야쿠(立ち役)」[1]라는 말에서 유래한다. 일본인 레즈비언은 자신이 동성애자라고 표명할 말도 가지고 있지 못하다. 극소수가 영어로부터 차용된 컴아웃[2]하다라는 표현을 쓰고 있다.

---

1) 원래 일본 전통가극인 가부키(歌舞伎)에서 앉아 있는 사람들 외에, 서서 연기하는 배우 전체를 일컫는 말이었지만, 후에 남자 배우를 총칭하게 되었다.
2) 영어에서 come out of the closet(벽장에서 나오다), 또는 come out은 동성애를 공공연하게 나타내는 것.

# 성교 

Mixing Heart Life

예전에 비하면, 서로 사랑하는 것, 즉 섹슈얼리티에 대해 생각하는 자세는 건전한 일로 받아들여져 왔다. 즉 「성(性)」이란 문자가 수십 년 전부터 잘 사용되어온 점에서도 드러나고 있다. 「성」은 마음을 의미하는 글자와 「생(生)」을 조합한 것이다. 그것에 섞는다는 의미의 「교(交)」를 붙이면 「성교(性交)」라는 단어가 된다.

적확한 표현이라 할지는 모르겠지만 「성교」란 문자는 살아 있는 몸에 의한 심적 욕구의 공공연한 표현이라는 뜻을 암시하고 있는 것처럼 여겨진다. 하지만 종종 성교에 의해서도 여성의 마음이 훈훈해지지 않는 경우가 있다. 그것은 여성잡지 『모아(モア)』가 행한 일본여성의 성행위에 대한 광범위에 걸친 조사에서도 확연하다.

여성의 섹슈얼리티에 관한 『모아리포트(モアレポート)』는 1983년에 한 권의 책으로 정리되어 출판되었다. 일본여성의 대다

수가 그것을 섹슈얼리티에 대해 현재까지로서는 최대이자 최고인 조사라고 환영한 것이다. 5,770명의 여성을 조사한 결과, 대부분의 사람은 섹스는 하고 싶지만 주도하고 싶지는 않다는 것, 또 70%의 사람이 오르가즘에 달한 척한 적이 있음이 밝혀졌다. 어떤 42세의 주부는 조사원에 대해「오르가즘에 달한 척하는 것은 여자의 역할이에요. 바깥세상에서 적과 싸우고 있는 남편의 노력에 대한 정신적 심리적인 보상이에요」라고 설명했다고 한다. 아이러니컬하게도 그녀보다 나이 많은 연배의 세대인 여자들은 오르가즘을 감추는 것이 여자의 의무라고 생각해 온 것이다.

「성교」라는 격식있는 말은, 영어에서 "Hey, let's engage in sexual intercouse"(자, 성교섭을 합시다)라는 식으로는 말하지 않는 것처럼, 일상회화 속에서는 거의 사용되지 않는다. 섹스하고 싶을 때는 일본인은 팝송이나 영화에서나 나올 것 같은「새벽커피를 같이 마실까」라든지,「자, 나하고 땀을 흘려볼까」라는 대사로 유혹한다고 한다.

성교를 가리키는 것으로 잘 사용되는 말은「섹스하다」「베드인하다」등과 같이 영어에서 유래하고 있다. 그것들은 옇어가 모국어인 사람에게는 노골적이고 성급하게 들리지만, 일본인에게는 이국적으로 들리는 것 같다. 모든 용도에서 사용되는「하다(する)」라는 동사가 의미없는「냥냥(ニャンニャン)」과 결합된「냥냥하다(ニャンニャンする)」[1]는, 극히 얌전한 젊은 여

성이 사용해도 위화감이 없는 귀여운 표현이 된다. 「자다(ね
る)」는 영어에서도 일본어에서도 성교를 의미하지만, 또 일본
어 특유의 것으로 영어에서 말하는 "going all the way"(마지막
까지 가다는 의미에서, 구어표현에서는 성교관계에 이르는 것)에서 파
생된 「선을 넘는다(一線を越える)」란 표현도 있다. 일본인은
또 「관계를 맺는다(関係を結ぶ)」라고도 한다. 영어의 "making
love"에 적합한 표현은 없다. 하지만 이 뜻을 표현할 때는 「서
로 사랑하다(愛し合う)」라는 동사를 사용한다. 「좋은 일 한다
(いいことをする)」란 완곡용법은 섹스에 대한 긍정적인 자세를
나타내고 있다. 다른 한편으로 남성은 자신의 성체험의 위업
을 자랑하고 싶어 하는 경향이 있다. 그것은 결코 여성이 사용
하는 적이 없는 「혼반(本番, 본무대)」이라는 속어에 나타나있
다. 「혼반」이란 영화나 무대 관계자가 사용하는 말로 리허설
이 아닌, 청중이나 카메라 앞에서의 실제 연기를 가리킨다.

　여성은 수동적인 역할을 하는 경우가 많기 때문에 「누가 누
구에 대하여 하고 있는지」 잘 알 수 있는 것으로 발달해 온 표
현이 몇 개인가 있다. 「손을 대다(手をつける)」는 성교를 뜻하
지만, 그것은 남성이 성관계를 통하여 약한 여성에게 자신을 각
인시킨다는 이미지를 표현상으로 전하는 것이다. 「손(手)」이
란 말은 전희에서 성교에 이르기까지 어느 단계에 있어서도 사
용하는 간접적인 표현법으로 자주 이용되어, 보통은 「남자의
손」이라는 의미가 내포되어 있다. 「손대지 않은(手入らず)」 사

람은 처녀를 말한다. 「손대는(手をつける)」것은 남성이 여성에게 데이트나 섹스를 신청하며 「손을 내밀(手を出す)」때 시작된다. 만약 그가 주저하지 않고 접근하여 미리 마련해 둔 순서를 재빨리 끝내고, 바로 성교에 이른다면 「손이 빠르다(手が早い)」. 혹시 여자가 거절한다면 그는 강간이라는 수단을 쓸지도 모른다. 이것은 「데고메니스루(手ごめにする, 폭력을 쓰다, 손으로 누르다)」라고 한다. 이 딱딱한 표현은 역사소설이나 봉건시대의 일본을 재현한 사극 이외에서는 잘 사용되지 않는다.

성교를 의미하는 시적인 표현을 제공해 주는 것은 문학이다. 단, 거의 사람 입에서는 오르내리지 않는다. 연인들은 「베개를 주고받(枕を交す)」거나 「정을 주고받는(情を交す)」 것이고, 성교라는 말에 있는 「교(交)」를 사용한다. 그들이 다시 성교하면 「베개를 겹친다(枕を重ねる)」. 영어에서도 같지만, 침대에서의 대화는 「베개 맡 이야기(枕語り, pillow talk)」이다. 「마쿠(枕, まく 혹은 まくらく, 베개)」라는 사어가 된 동사는, 나라·헤이안 시대의 문학작품 속에서 「베개를 베고 자는 것(枕すること)」 즉 성적 교섭을 손꼽아 기다릴 때 사용되었던 것이다.

---

1) 랑랑, 원래 어머니, 고귀한 부인의 뜻, 중국북부를 중심으로 한 민간신강의 여성신.

# 처녀 

Home Girl

 

일본에서는 성의 이중적 규범이 순결성을 흐리게 하고 만다. 영어의 「virgin(버진)」이 일본어에서는, 여자는 처녀(處女), 남자는 동정(童貞)이라는 두 카테고리로 나뉜다. 양쪽이 다 순진무구라는 뜻을 내포하는 꽤 긍정적인 의미의 말이지만, 「처녀」 쪽은 섹스나 결혼과는 관계없는 말로 사용되는 경우가 많다. 처녀[1]란 말은 글자 그대로는 「집에 있는 여자」이지만, 다른 단어와 결합되어 영어의 "maiden voyage"(처녀항해), "virgin wool"(처녀털)과 같이, 순수라든지 처음이라는 의미를 나타낸다.

일본어에서는 이런 말이 굉장히 풍부하다. 저자의 첫 출판물 =「처녀작」, 미답의 산에 처음으로 발을 디디는 것=「처녀등정」 등은 그 일례이다. 「동정작」「동정등반」이라고는 결코 말하지 않는다. 더욱이 「동정(童貞)」이란 어린이를 뜻하는 「동(童)」과 순결, 정조를 의미하는 「정(貞)」이란 글자를 조합한 것이다.

「정(貞)」이란 결혼 전 및 결혼 후의 순결성을 의미하는 「정조(情操)」라는 단어를 만든다. 일본어사전에서는 고전적인 성의 이중적 규범이 당연한 것으로 받아들여져 왔기 때문에, 정조는 여자만이 지켜야 할 것으로 정의하고 있다. 많은 남성은 아직까지 처녀와의 결혼을 꿈꾸지만, 그러나 남편은 정결한 아내를 위하여 자신의 정절을 지키려는 마음은 없다. 1986년, 여성잡지 『with』가 행한 젊은 남성에 대한 조사는 성도덕의 변화가 대단히 지지부진하다는 것을 나타내고 있다. 남자를 사랑하고 있다면 혼전섹스를 해도 된다고 답하는 미혼여성은 44%뿐이었다(4%의 비낭만주의자인 여성은 처녀성을 잃어버리는 것이 빠르면 빠를수록 좋다고 답하고 있다). 남성의 순결성에 대한 유일한 질문은 동정을 잃었던 연령을 묻는 것으로, 이것에 회답한 남성의 68%는 미혼이었지만 전원이 「이미 동정을 잃었다」고 답했다. 그렇다고 한들, 남성이 아무리 처녀와 결혼하고 싶어 해도 그것이 성사되기는 힘들지 않을까. 정부보고에 의하면, 일본소녀들의 성체험 연령은 점점 저연령화하고 있다. 그 중에는 처녀막수술을 받기 위해 의사에게 가서 재생처치를 하는 경우도 있다. 그것은 20분 정도의 수술로 막의 잔부를 봉합하는 것과 부분적으로 플라스틱으로 재생하는 것 두 가지가 있다.

일본에서는, 순결성은 남성보다 여성에게 있어서 중요한 것이다. 그것은 남성의 버진을 뜻하는 말은 「동정」이란 말이 거의 유일한 것임에 반해 여성의 버진을 의미하는 동의어는 극히

많은 것만 보아도 증명될 수 있다. 가장 일반적이고 또 널리 사용되고 있는 것은 「처녀(處女)」란 말로서, 의사일지라도 사용하고 있다. 가장 낭만적인 말은 「오토메(乙女, 처녀)」이다. 그것은 점성술에서의 별자리의 하나인 "Virgo"의 일본어 역어이기도 하다. 또 원래는 젊은 여성을 의미하고, 문학이나 나이든 사람들의 입에 오르내리는 것으로는 「기무스메(生娘, 숫처녀)」이다. 이것은 「무스메(娘, 소녀, 처녀)」와 순수를 뜻하는 「기(生, 순수)」를 합친 것이다. 특히, 여성에게 끼 있는 관심을 가지는 남성이 사용하는 천박한 표현에 「저 애는 사라—새 것—이다(あの子はさらだ)」라는 말이 있다. 이만큼 어휘가 풍부한데도 일본인은 더욱이 영어에서 「버진」을 차용했다. 이 일본어화된 영어는, 버진마리아라든지 버진로드(결혼식 때, 신부가 걸어가는 교회나 성당의 메인 통로라는 뜻)라는 상투어로 사용되지만, 또 말하는 이가 「처녀」라든지 「숫처녀」와 같은 말에 따라붙는 나쁜 이미지를 불식시키고 싶은 경우에, 이 일본어화된 영어의 버진이 사용된다. 순결성(버지니어티)이 일본에서는 너무나도 밀접하게 여성과 결합되어 있기 때문이고, 그것을 잃어버리면 여성은 실로 큰 손실을 입게 된다. 즉 그녀들은 「흠집 있는 것」이 되고 마는 것이다.

---

1) 처라는 글자의 뜻은 「집에 있다」라는 의미이다.

# 소웁 레이디

Soap ladies

최근 일본인은 「터키 아가씨(トルコ嬢)」라 부르지 않고 「소웁 레이디(ソープレディ)」라고 불러 이러한 여성들의 이미지 개선에 노력하고 있지만, 어떠한 명칭도 그 내실을 그대로 조확하게 나타내고 있지는 않다. 이 두 가지는 매춘이라는 가장 불투명한 현상을 나타내는 최신의 일본어표현인 것이다. 학자는 매춘을 뜻하는 동의어를 30개 이상이나 열거할 수 있다. 하지만 그 서비스를 사는 남성을 가리키는 말은 하나도 없다.

어느 일본 주재 터키외교관이 자신의 모국 터키의 이름을 붙여 목욕탕으로 위장하고 있는 천박한 매춘부들에 분개하여, 1984년부터 그 불명예를 일소할 캠페인을 시작했다. 겉으로는 「소웁 레이디」의 일은 손님의 몸을 씻어주는 것이고, 그것만으로 충분하다는 느낌이다. 그러나 「소웁 레이디」가 터키탕의 꼭 닫힌 도어 안에서 금전과 맞바꾼 성행위를 한다는 것은 주지의 사실이다. 더욱이 터키탕은 일찍이 공창가가 있던

지역에 집중하고 있다. 그 터키인은 정부와 신문사에 불만을 호소하여, 오사카에서 요코하마에 이르는 지방자치단체에 대해 조속히 터키인의 감정을 자극할 만한 네온사인을 철거하도록 요구하였다. 전국에서 약 2만 명의 여성—적어도 도쿄특수욕탕조합의 조합원—은 「소웁 아가씨」로 개명했다. 새로운 명칭모집 콘테스트를 행한 결과, 2천2백이나 되는 응모자수 중에서 이 딱 맞아떨어지는 이름이 채용된 것이다. 그녀들이 일하는 장소는 지금은 소웁 랜드로 불리고 있고, 그녀들은 「터키 아가씨」보다 더욱 레이디답지 않은 호칭인 「소웁 랜드 아가씨」로 불리게 되었다. 비누업계로부터의 반발은 별반 일어나지 않고 있다. 하지만 페미니스트들이 입에 거품을 물고 분개하고 있으며, 좀 더 나은 해결법은 이러한 성풍속산업의 배후에 있는 폭력단 조직을 엄중히 단속하는 일이라고 주장하고 있다.

매춘은 일본에서는 오랫동안 계속 합법적이었다. 1950년대 말경, 새로운 법률을 만들어 겨우 일본정부는 8백 년 동안이나 공적으로 통제관리해 온 사업을 비합법적이라고 금지한 것이다. 어떤 학자에 의하면 일본 최초의 매춘부는 신사의 무녀, 혹은 「우네메(采女)」[1]라고 하고, 정치적 동맹의 결속을 기하기 위하여 일족 중에서 수도로 보내진 노예와 같은 여성이었다고 한다. 이 같은 매춘은 늦어도 6세기경에는 시작된 것으로 거론된다.

최초의 매춘여관이 생기고 나서 약 6백년 후에는 정부가 매춘 속에 개입했다. 이미 1193년, 가마쿠라 막부는 「유군별당(遊君別當)」이란 담당직원에게 명하여, 돈으로 환락을 사는 당시의 플레이보이의 행동을 감시하고 있다. 플레이보이가 든으로 사는 여자는 문자 그대로 영역하면 "play girl"(遊女, 유켜)[2]이다. 집이 가난하기 때문에 부모에 의해 1, 20년이 넘는 기간제 고용살이로 보내지는 소녀들은 후원자가 「베개돈(枕金, 침금)」을 지불하여 그녀들을 기적(妓籍)에서 빼내주는 천재일우의 기회라도 얻지 않는 한 창기로부터 탈출할 가망이 없었다. 부모를 섬기는 일은 개인의 정조보다 더 소중한 덕목으로 여겨져 온 것이므로, 세상은 그녀들을 비난하기보다는 오히려 연민의 눈으로 보는 경향이 지배적이었던 것이다.

에도 시대의 많은 유녀들은, 적어도 25개소는 되었을 것으로 보이는 공적[3]으로 인가된 유곽에 모여 있었다. 단 무언가 사창굴도 남아있었다. 도쿄의 요시와라(吉原)는 가장 유명한 유곽이어서 〈덧없는 세상(浮き世)〉(혹은 憂き世)을 사는 오이랑(花魁)[4]이나 배우들의 활기찬 판화를 낳는 무대가 되었다. 으키요(浮世)란 말은 「존재는 덧없는 것」이라 보는 불교관과 현세의 무상함을 연상시키는 중국어휘 「浮世」[5]가 결합된 것이다.

19세기말경, 일본의 공업화가 진행되어 감에 따라 빈곤화해 가던 농가의 딸들은 해외에 성의 노예로 팔려갔다. 이 소녀들은 「가라유키산(からゆきさん)」[6]으로 불렸다. 6세에서 15세까

지의 5명의 소녀[7]가 일본 최초의 교환유학생으로서 유럽으로 건너간 것은 1871년의 일이었다. 이와 같은 시기에 일본의 다른 소녀들은, 상하이로부터 샌프란시스코에 걸친 지역에서 성노예로서 세계를 보기 시작한 것이다. 가라유키산의 수는 20세기초에 정점에 달했다. 정부가 1920년에 매춘부의 인신매매를 금하기까지, 10만 명에 이르는 가라유키산이 해외에 보내졌다. 가라유키산의 대부분이 30세가 채 되기도 전에 이국땅에서 죽고 마는데, 그만큼 생활조건은 가혹한 것이었다.

국내의 매춘제도도 공업화의 진전과 함께 확대되고, 또 한층 더 조직화되어 갔다. 1930년까지 5만 명이나 되는 매춘부가 511개소의 공창구역에 분치되었다. 일본군은 제2차 세계대전중, 전장에 있는 일본군에게 힘을 불어넣으려는 목적으로 「위안부(慰安婦)」를 모집했다. 그녀들이 주는 위안이란 섹스였다. 위안부는 15만 명 이상 있었던 것으로 이야기되고, 그 중 80%는 한국의 10대 여성, 나머지가 중국인과 일본인이었다. 그녀들이[8] 한 남자에게 쓰는 시간은 30분이 채 되지 않은 것으로 보통 1일 12시간 일해야 했다.

위안이 곧 성교라는 생각은 전쟁의 종결과 함께 끝난 것은 아니다. 일본이 무조건 항복을 하고나서 1주일도 채 되지 않아서, 도쿄경시청 보안과는 공창가에 매춘부들을 소집하고 있었다. 미국병사를 충분히 「위안해 준다」는 것으로, 창녀 이외의 반듯한 일본여성의 순결을 지켜줄 필요가 있다는 것이 그 구실이었다. 정부로부터 보조금을 받을 수 있는 경우도 있고, 또 미국병은 섹스에 굶주려있다는 선전도 있어서인지, 일본에서의 위안부 수는 7만 명으로까지 부풀어 오른 것이다.

1945년, 일본여성은 전후개혁의 일환으로 참정권을 획득했다. 또 여성을 기쁘게 할 목적도 어느 정도 있었던 것인지, 1956년 국회는 오랫동안 존속시켜온 사창제도를 법으로 금한 것이다(1956년-소화31년-매춘방지법안 성립). 지금도 계속 효력이 있는 이 법은, 매춘조직이나 매춘을 공공연하게 선전하는 행위를 처벌하는 것에 초점이 맞추어져 있을 뿐 매춘행위 그 자체는 처벌대상이 되지 않으므로, 다양한 새로운 명목으로 매춘[9]은 계속되는 것이다. 몸을 파는 행위를 미화시키려는 경향은, 그것을 금하는 법률 속에 사용되고 있는 용어 그것에도 나타나있다. 금지되고 있는 그 행위는「봄을 팔다(春を売る)」인 것이다.

법 그물망을 빠져나갈 수 있는 방법의 하나는, 한국이나 대만과 같은 아시아 각국으로의 섹스관광이다. 다른 방법도 늘고 있다. 그것은 국내에 출현한 이제까지와는 다른 종류의 매춘부의 장소로 가는 것이다. 전형적인 예를 들어보자. 태국이나 필리핀 여성이 가수나 댄스로 돈을 벌 수 있다는 구두약속에 속아 일본에 끌려온다. 도착하면 여권은 그녀들에게 매춘을 강요하는 야쿠자에게 압수되고 만다. 예전의「가라유키산」과 같이 이들 여성은 바다를 건너와서 몸을 파는 것이므로「자파유키산

(じゃぱゆきさん)」[10]으로 불린다. 1984년에는 비자의 기한을 지키지 않았다고 하여 체포된 약 5천 명의 외국인 중, 85% 이상은 호스티스와 스트리퍼였다. 또 그녀들과는 별도로 매춘산업에 가담한 새로운 얼굴이 있다. 일본여대생이다. 학생 파트타임 일인 「아르바이트」와 「매춘(바이슌)」을 연결시켜 축약한 속어로 「아르바이슌(アルバイシュン)」 혹은 「파트타임 매춘」으로 불리고 있다.

1) 후궁과 비슷함.
2) 일본의 「유녀」는 남자가 노는 여자인 반면, 영어의 play girl은 스스로 노는 여자를 말한다.
3) 공적인 허가에 의한 집창제.
4) 에도 시대 유곽에서 일하던 상위의 유녀를 뜻한다.
5) 浮世(후세이)로 읽어, 고통 많은 덧없는 세상을 말한다.
6) 唐行きさん, 즉 에도 시대부터 제2차대전에 걸쳐, 외지로 돈벌이 나간 여성들을 말한다. 가라(唐) 즉 중국, 넓게는 외국으로 갔다는 뜻으로 불린 이름이다.
7) 정확하게는 한국나이로 8살부터 15살로, 만으로 세면 한두 살 어리므로 6살부터 13살인 셈이다.
8) 1일 24명 이상의 남자를 상대했다는 말이다.
9) 여자의 자주적 매춘은 인정되므로 빠져나갈 길은 있고, 옛날 가부장이나 남편을 대신하여, 폭력단 등에 의해 인신매매사건은 끊이지 않는다.
10) 자파는 자판(저팬)으로 일본으로 가다라는 뜻을 가지고, 〈가라유키상〉을 빗대어 조어한 것.

# 스킨 레이디

Skin Ladies

　일본의 속칭 「스킨」이란 일본어든 영어에서든 「콘돔」이란 쪽이 훨씬 적절한 표현이겠지만, 「스킨레이디」란 이 도움 될 제품을 구입할 주부들을 찾아, 일본 전역의 집을 한 채 한 채 방문하며 돌아다니는 사람을 말한다. 콘돔 중에서도 인기 있는 상표인 「스킨레스 스킨」이 이 스킨레이디라는 속칭의 출처이다. 「스킨레이디」란 말에 대해 물어봐도, 거의 모든 일본인은, 콘돔을 가가호호별 방문판매하고 있는 여성을 뭐라 불러야할지 모르겠다고 한다. 사실, 몰라도 상관은 없다. 이 고상한 척하는 태도야말로 1980년대 중반에 스킨레이디에 의한 판매가 콘돔매상고의 40%를 차지할 만큼 성공한 이유인 것이다. 집안에 틀어박혀 있는 주부는 부끄러워서 사람들 앞에서는 스킨을 살 수가 없는 것이다.

　시장은 광대하다. 일본은 세계에서 가장 콘돔 사용률이 높은 것으로 이야기되고 있기 때문이다. 마이니치(每日)신문이 실시한 가족계획에 대한 국민여론조사에 의하면, 피임하고 있는 일본인부부의 80% 이상이 콘돔을 사용하고 있다. 다음으로 인기있는 방법은 리듬법(기초체온법)으로 23%, 그리고 이 두 방법은 병용되고 있는 경우가 많다. 이와는 대조적으로, 경구피임약(pill) 사용률은 극히 낮다. 일본법률이 월경을 조절할 목적 이외에는 경구피임약을 안전하지 않는 것으로 보고 있기 때문이며, 의사도 절박한 필요성이 없으면 약을 처방하고 싶어 하지 않는다.

「임신하는 성」이라는 여성에게 있어서의 당연한 일이면서, 원치 않는 임신을 피하는 일은 남성 이상으로 긴급한 문제이다. 일본인은 콘돔지향적이고, 남성이 콘돔을 약국이나 도로변의 자동판매기에서 사는 경우도 있지만, 「스킨」은 오직 여성을 위한 상품으로 간주되고 있다. 때문에 일본 슈퍼에서는 콘돔이 탐폰 바로 옆에 진열되어있다. 또 여성잡지는 콘돔메이커가 즐겨 사용하는 광고매체인 것이다.

제조회사도 스킨레이디들에게 거액의 투자를 하고 있다. 30%에서 40%의 배당금을 지급하고, 가장 판매성적이 좋은 사람에게는 휴가여행을 보너스로 준다. 스킨레이디의 대부분이 중년의 애 딸린 여성으로, 가정문제에 적절한 의견을 내놓을 수 있을 것 같은, 의지할 수 있을 것 같은 타입의 사람들이다. 스킨 이외 제품의 호별 방문판매를 포함하여, 여성에게 개방된 대부분의 일들보다 스킨레이디는 높은 보수이다. 이것 때문에

야말로 건실한 시민으로서의 그녀들은 이 일본 독특의 스킨판 매를 해 보려는 마음이 생기는 것이다. 고임금은 이 일에 수반된 위험도 보상해 준다. 스킨레이디가 방문처의 도어를 노크할 때, 대개 그 집 남편은 부재중이다. 그러나 그녀들은 남자가 현관에 나오는 바람에 그 상품에 자극되어 강간이나 당하지는 않을까 두려워하고 있다. 때문에 일정한 시간이 되어도 방문지에서 나오지 않을 경우에는, 당장에라도 뛰어 들어갈 수 있도록 근처에 일행을 세워두는 것이 예사이다. 손님은 바스 컨트롤에 대해 매우 부끄러워하고, 사람들 앞에서 사는 모습을 보이고 싶지 않기 때문에, 가격은 좀 비싸도 기꺼이 스킨레이디로부터 사는 것이다. 또 손님은 필요 이상으로 그녀들을 만나고 싶어 하지 않고 있다. 그 때문에 1년 이상 혹은 2년분의 크고 경제적인 패밀리 팩의 콘돔을 산다. 개중에는 낯 뜨거운 판매문구를 듣는 것은 그만 끝내고 싶어서, 평생 걸려도 사용할 수 없을 정도의 양의 콘돔을 사는 사람도 있다고 한다.

# 황혼족 夕暮族

The Twilight Tribe

남성이 상대여성보다 수십 살 연상인 커플에게 일본어 속어는 부드럽고 낭만적인 빛을 투사하고 있다. 이들 중년의 로미오들—적어도 그렇게 입 발린 말을 듣는 것이 어울리는 남성들—은 제2차대전이 끝날 때쯤부터 「로맨스그레이」로 흔히 불렸다. 이 말은 1979년 이후는 사용되지 않고 있는데, 그것은 이 해 『황혼까지(夕暮れまで)』라는 매혹적인 제목의 소설이 상을 탔기 때문이다.

「황혼족(夕暮族, ゆうぐれぞく)」이란 나이 45세부터 55세의 남성과, 21부터 23세의 여성 커플을 가리키는 신조어로 곧 보급되었다. 작가 요시유키 준노스케(吉行淳之介) 씨는 소설 속에서 그러한 커플을 그리고 있는 것이지만, 이 현상은 픽션만이 아니라 현실에도 존재한다. 일본여성은 일반적으로 텁수룩한 흰머리와 그와 어울릴 정도의 돈도 있는 남성에게 많은 흥미를 느낀다는 것이다. 나이든 경영자가 젊은 애인을 러브호텔로 데리고 가는 모습은 자주 보인다. 그들은 회사에서 직행해 오는 경우가 많고, 여성 쪽은 대부분 직장에서는 차심부름과 같은 가벼운 비서 일을 하고 있다. 이 같은 연애관계는 흔히 있으므로, 이를 나타내는「오피스 러브(オフィスラブ)」라는 특별한 단어가 어엿이 존재하는 것이다. 하지만 이것과 미혼으로서 비슷한 나이의 직장동료와의 사이에 불타올라, 최종적으로「사내결혼」으로 골인하는 로맨스와 혼동해서는 안 된다.「황혼족」에는 불륜의 그림자가 드리워져 있는 것이다. 이렇게 말하는 것은, 일본의 중년남성은 거의 예외 없이 결혼을 하고 있고, 게다가 그것을 바꿀 의향은 없기 때문이다.

이「황혼족」커플은 늘 남성이 연상이다. 간혹 그 반대일 경우도 있지만, 서정적인 이름으로 불릴 수 있는 것은 로맨스 그레이의 흰머리 섞인 여성은 아니고, 이 또한 남성 쪽인 것이다. 애인보다 연하인 젊은 남성은「젊은 제비(若いつばめ)」로 불린다.

# 나이 들어서

Aging

**7**

나이스 미디로서 (Nice Middies Do)

나이 들어서 Aging
年を重ねて

# 갱년기
Renewal Time

　현대의 일본여성은 중년에서 노년으로 곧바로 직행하지 않는다. 19세기말경, 독일의학을 공부한 일본인은, 중년기와 노년기라는 이전부터 있어온 두 가지 연령층 사이에 인생의 새 단계를 집어넣었다. 일본인은 영어에서 말하는 "menopause"(월경폐쇄)의 단계를 의미하는 「갱년기(更年期)」란 말을 만들었다. 「갱년기」란 문자대로 영역하면 "renewal time"(갱신의 때)로 전문용어인 「폐경」보다 훨씬 넓은 의미를 내포하고 있다.

　「갱년기」는 뉘앙스로서는 「생활의 변화」, 즉 30대말 혹은 40대초부터 50대말까지의 긴 단계적 변화라는 의미에 가깝다. 갱년기가 되면 초조, 우울상태, 어지럼증, 집중력 결여, 의욕상실, 시력・청력 감퇴, 흰머리, 그리고—가장 일본여성을 고민스럽게 하는 것이지만—감정을 억제할 수 없는 증상들이 있다고 한다. 월경폐쇄를 둘러싸고 상반된 감정이 일어나 그것이 울증을 일으키는 것이리라. 즉 매달의 번거로움이나 임신

될지도 모른다는 걱정으로부터 해방되어 기쁜 한편, 건강이나 성적 매력이나 여자로서의 가치를 잃어버리는 것은 아닐지 두려워하는 여성도 많은 것이다. 여성다움을 폐경과 연관지어 생각하고 있는 것은 「폐경」을 일상적인 표현으로 「남자가 된다」고 표현하는 것만 보아도 분명하다.

일본인은 초조(初潮)를 축하하는 풍습은 가지고 있었지만, 폐경 때는 그와 같은 축하행사를 하지 않고, 그것을 가리키는 특별한 말도 없다. 「갱년기」란 말이 만들어지기 이전은, 폐경에 따라 일어나는 증상은 일반적으로 「혈맥(血の道)」[1]의 일부로 생각되어졌다. 부인과적 질환을 의미하는 이 말은 늦어도 10세기에는 이미 사용되었을 것으로 보인다. 한편, 일본의 한방의학 전문가들은 「오혈(汚血)」 때문이라 했다. 이 같은 생각은 「갱년기」라는 신어로 대체되고 만 것이다.

「갱년기」란 말에 들어있는 「갱(更)」이란 글자는 희망에 찬 것처럼 들리지만, 실은 부정적 뉘앙스를 띠고 있어서, 「장해」란 말이 뒤에 붙어 「갱년기장해(更年期障害)」로 불리는 경우가 많다. 일본의 공립의료시설은 대개 일률적으로 「현대적인 안락한 생활을 하고 있는 여성은, 폐경의 징후에 지나치게 과민하다. 실제는 대수롭지 않은 것인데. 너무 자신의 일로만 애를 태우기 때문이다」는 식으로 말하는 것이다.

---

1) 여기서는 부인병의 속칭.

# 미망인

The Not-Yet-Dead People

일본에서는 남편이 죽으면, 아내는 「아직 죽지 않은 사람(즉 미망인)」으로 불린다. 이 말은 〈과부(寡婦)〉들 사이에서 고안된 말이라 하므로, 그녀들 스스로가 자신에 대해 「죽어 마땅한 것을 아직 죽지 않았다」고 생각하고 있는 것인지도 모른다. 미망인은 조금 형식적인 말로 「전쟁미망인(戰爭未亡人)」이란 어구 속에서 사용된다. 대개의 일본인은 「미망인」을 문자 그대로의 의미를 의식하지 않고 사용하고 있다. 하지만, 원래 그 의미는, 일단 남편이 죽으면 아내는 삶의 의욕을 잃고 스스로 죽음을 기다릴 수밖에 달리 아무 할 일이 없다는 것이다.

〈과부〉를 나타내는 약간 스스럼없는 표현으로는 「후가(後家)」가 있다. 마치 그녀의 가족 모두가 남편과 함께 죽어버린 것과도 같은 것이다. 남성은 절대로 「후가」로는 불리지 않는다. 「야모메(やもめ)」는 배우자를 잃은 남성과 여성 모두에게 사용할 수 있는 남녀공용의 말이지만, 실제로는 동음이라 할지라도 글자가 다른 「야모메」가 몇 개인가 있다. 여자 〈야모메〉는 「여(女)」와 「상(霜)」을 조합한 차가운 느낌의 문자 「상(孀)」이나 혹은 「나누다(分かつ)」와 「가(家)」가 자원이 되는 「과(寡)」의 둘 중 한 가지로 쓰고 있다. 최근에는 공적으로 말할 때 「과부(寡婦)」가 즐겨 사용되게 되었다. 남자 〈야모메〉, 즉 홀아비를 나타내는 문자인 「환(鰥)」은 원래는 큰 물고기를 뜻한다. 아내를 먼저 보낸 남성은 한잠도 못 자고, 퀭해진 눈이 물고기의 눈을 닮을 때까지 밤낮 한숨지으며 슬퍼한다는 것이다. 회화 중에서 혼란을 피하기 위하여 사람들은 홀아비를 「오토코야모메(男やもめ, 남자과부)」로 불러 구별하고 있다.

일본에서는 분명히 남편 쪽이 먼저 숨을 거두는 쪽이 낫다고 생각되고 있다. 또 대부분은 그렇게 된다. 1985년 평균수명은 여성이 80.5세, 남성이 74.8세였다. 이것은 세계 최장수이다. 남성은 연하의 여성과 결혼하는 것이 통례이므로, 여성은 5년 이상 과부로 살아가는 셈이다. 아내가 남편보다 먼저 죽는 것은 극히 부자연스러운 일로 여겨지기 때문에, 아내가 남편의 화장식에 참석하는 것은 당연한 일로 받아들여지는 한편 남편이 아내의 화장식에 가면 재앙이 닥쳐온다는 미신도 있다.

에도 시대, 〈과부〉는 독특한 법적 규제를 받았다. 그녀들은 13개월이나 되는 기간 동안을 상복을 입도록 의무지워져 있었다. 이것은 〈과부〉에게 요구된 기간의 4배 이상이다. 죽은 남편에 대한 정절을 〈과부〉 특유의 「기리사게(きりさげ)」라는 포

니테일 풍의 머리모양으로 나타내는 사람도 있었다. 재혼할 때는 남편 쪽 친족의 허가가 필요했다.

〈과부〉의 인생이 지금은 옛날만큼 절망적이지는 않게 되었다. 국가는 남편의 연금을 과부에게 지불해 준다. 단, 남편이 살아있는 경우, 지불되었을 금액의 일부 밖에 지불되지 않는다. 〈과부〉문제는 1981년에 미미하지만 개선되었다. 이 해에 법이 개정되어, 〈과부〉는 남편 재산의 2분의 1을 상속하고, 남은 2분의 1은 자녀들에게 분배하는 것이 인정되었다. 이전은 〈과부〉의 수령분은 3분의 1이었다. 지금은 가업의 사장이던 남편 뒤를 잇는 〈과부〉가 많고, 일본에는 여성 관리직 수보다 여사장 쪽이 많다.

예나 지금이나 재혼하는 〈과부〉는 드물다. 요즈음이라도 중노년의 홀아비가 프러포즈하고 싶어 하는 것은 초혼상대를 찾고 있는 젊은 여성이다. 어떤 의미에서는 재혼은 일본남성에게 있어서 여성 이상으로 절대필요한 일인 것 같다. 요리나 가사, 의복 관리 등을 아내에게 거의 의존하고 있는 남성이 많기 때문이다. 이 성별역할 분업의 처참한 결과는 「과부에게는 꽃이 피고, 홀아비에게는 구더기가 끓는다(女寡婦に花が咲き、男やもめにうじがわく)」는 격언에서도 단적으로 표현되고 있다. 말을 바꾸면, 아내를 잃으면 남자는 꾀죄죄해지는 반면, 남편이 죽으면 여자는 매력적으로 변해 간다―아마도 그녀를 필요로 하는 남성을 획득하려고 힘쓰기 때문에―는 것이다.

# 나이스미디 ナイスミディ

Nice Middies

　광고업자는 중년여성을 나타내는 멋진 일본어를 발명하지 않으면 안 되었다. 그것이 「나이스미디」인 것이다. 이 용어는 JR광고 덕분으로 1980년 중반에 일상어가 되었다. 주말에 가족과 떨어져 따로 즐기는 것은 전혀 남자들만의 일이 아니라고 여기고, JR은 1983년에 30세 이상의 여성 그룹여행에 맞는 나이스미디버스를 만든 것이다. 다음 해 3만4천 5백 명이나 되는 나이스미디들이 이 할인 티켓을 샀다.

　나이스미디버스 판매촉진을 위하여 매년 새로운 선전문구가 만들어진다. 예를 들면 1985년 환희에 넘치는 테마는 「여자는 떠납니다(女は発ちます)」였다. 가는 곳마다 붙여진 포스터는 미디들의 마음을 들뜨게 만드는 오락거리를 담아내고 있었다.─ 3명의 여자들이 편안한 유카타(浴衣)<sup>1)</sup> 차림으로 온천지에나 있을 성싶은 일본풍 여관에서 술이나 생선회와 같은 좋은 음식을 앞에 두고 앉아 있다. 3명은 수업을 빼먹고 떠들고 있는 여학

생들처럼 함께 웃으며 야단법석이다. 한 명은 자기 잔에 먹주를 따른다. 다른 사람 잔에 맥주를 채워두는 것이 최상의 매너이고, 또 여자가 술을 마시게 된 것도 최근 일이므로, 이 정경은 일본문화에 충격을 주고 있다─광고가 매료시키는 것은 대충 이런 것들이다.

일본에서는 특히 여성은 일찍부터 중년 취급을 받는다. 일본인 중에는 아직까지 예로부터의 미신을 신경 써 여러 억년 중에서도, 중년의 전환기가 최대의 액이라고 생각하는 사람이 있다. 대액은 여성이 33세, 남성은 42세이다. 보통, 여성의 최성기 즉「온나자카리(女盛り)」는 20대에서 30대로 보지만, 「오토코자카리(男盛り, 남성의 절정기)」는 일에 물이 오른 40대 너지 50대로 보고 있다.

일찍이도 중년 취급받고 마는 이유 중 하나는, 얼마 전까지는 훨씬 젊은 나이에 사망했기 때문이다. 1950년 이전 여성은 반세기 이상 살 수 없었던 것이 예사였다. 지금 평균연령은 80세를 넘어서고 있다. 이 현실은 완만하기는 하지만 착실히 중년의 정의를 뒤로 내몰고 있는 것이다. 「도시마(年增)」란 나이가 든 여성을 가리키는 경멸어이다. 에도 시대에는 20대를「도시마」로 불렀지만, 지금은 30대 여성[2]에 대해 사용된다. 「나이가 는다(年を增す)」라고 쓰는 「도시마」란 원래 옛날 공창가에서 사용되던 말로, 거기서는 여성은 20대인 「한창 때(盛り)」가 지나면 나카이(仲居)[3]나 조추(女中)[4]로서 일하는 「도시마」가

된다는 설도 있다. 일반적으로 일본에서는 성숙한 여성을 표현하는 어휘 수가 적고 또 젊은 여성을 가리키는 말에 비하여 상찬도도 낮다. 여성의 가치를 젊음에 두기 때문인 것으로, 그것은 「아내와 다타미는 새 것일수록 좋다(女房と畳は新しいほうがよい)」는 격언에 집약된다. 중년여성을 가리키는 가장 일반적인 말이 「오바상(おばさん, 아줌마)」으로 영어의 'ma'am'과 용법도 의미도 비슷하다. 〈숙모〉, 〈백모〉와 동음이지만 이것들은 「오바상(小母さん)」으로 쓴다. 일본여성의 생애 중 위기의 하나는 생판 모르는 타인으로부터 「오바상」으로 불리는 날이다. 「오바상」이라고 아랫사람으로부터 불리게 되면 신경 쓰이지는 않지만, 비슷한 연령의 사람으로부터 불리게 되면 모욕받은 것 같은 느낌이 든다. 타인으로부터 「'바'의 아(あ)」를 길게 늘어뜨려 조모(祖母)를 의미하는 것과 동음인 「오바-상」으로 불리게 되면, 일본여성은 정말 자신이 노인으로 보이는구나 하고 깨닫는 것이다.

---

1) 浴衣, 주로 흰색 목면에 남색 무늬를 염색한 여름철에 입는 홑겹의 옷, 입욕 시나 입욕 후에 주로 입는다.
2) 30대 여성을 「도시마」로 부르는 일은 거의 없다.
3) 중간 정도 위치의 하녀, 손님을 맞아 접대하는 사람.
4) 청소, 부엌일을 하는 가정부.

# 할머니

grandmother

　「오바-상(お婆さん, 할머니)」은 너무 나이를 먹어서, 그 피부는 잇따라 밀려오는 파도와 같이 주름투성이다. 「여자(女)」와 「파도 파(波)」라는 글자를 붙이면 영어의 "grandmother"에 허당하는 문자가 된다. 이것은 「오바-상」이란 문자 해석의 하나이다. 남자의 주름은 주의를 끌지는 않는 것 같다. 파도는 「오지-상(お爺さん)」이란 글자에는 어떠한 영향도 주지 않기 때문이다. 「오바-상」 「오지-상」이란 말은 어느 쪽도 노인 일반을 가리키는 경우에 사용된다. 보통 흔히 들을 수 없는 동의어에는 자기 자신의 할머니를 겸양하여 부르는 「조모(祖母)」나 「노녀(老女)」 등이 있다. 특히 「노녀」[1]는 지금까지 출산경험의 여부는 관계없이 나이 많은 여성일반을 가리킨다.

　접두어인 「오(お)」와 접미어인 「상(さん)」은 "grandmother"의 뜻인 문자 「파(婆, 바-, 바바)」를 정중하게 만드는 것이다. 다른 친족호칭과 같이 직접 부를 때에는 다른 접미어를 붙여 더욱 친밀감 있는 호칭으로 바뀐다. 수식을 떼어내고 마지막 모음을 길게 끈 「바바-(ババア)」는 추한 노파를 뜻한다. 일본인은 트럼프로 놀 때 미국이라면 「올드 메이드」라든지 「조커」라 부르는 징크스 카드에 대해 「바바(ババ)」로 불러 천대하는 것이다.

감사할 수만은 없는 바바이지만, 일본여성이 이상적인 남편의 조건을 드는 조크 중에 불현듯 튀어나온다. 말하자면 「집 있고, 차 있고, 바바는 없고(家つき、カーつき、ババぬき)」. 일본전통에서는 장남이 늙은 모친과 동거하고, 며느리는 일가의 여가장인 시어머니를 떠받들고, 그 하는 말에 순종하여 힘을 모아서 집안을 꾸려야 하는 것으로 되어있다. 이 가족제도가 붕괴해감에 따라, 「바바 빼고(ババぬき)」란 소망을 담은 말은 그다지 들을 수 없게 되었다. 일하러, 혹은 놀기 위하여 나갈 때 애를 봐줬으면 하기 때문에 시어머니와의 동거를 원하는 여성도 있다. 가족 외의 누군가를 베이비시터로 고용한다는 생각은 대부분의 일본인에게 있어서 아직 익숙지 않은 것이다. 일본가정의 약 5분의 1은, 지금도 여전히 적어도 3세대 동거의 복잡하고 게다가 견고한 상호관계를 유지하고 있다. 이들 3세대 동거가족 중에서 생활하는 일본의 노인들은 손자가 귀엽기 때문에 이 동거생활양식을 선호한다고 한다. 그들은 일본의 옛날이야기를 해주어 어린 애들을 즐겁게 해준다. 또 손자는 노인의 어깨를 주무르거나 하여 사랑의 빚을 갚는 것이다.

옛날은 거의 자녀들이 아버지 쪽 부모와 동거하며 성장했기 때문에 이 애정의 끈은 외조부의 그것보다 질겼다. 이것은 다른 집에 시집간 딸이 낳은 애를 「소토마고(外孫, 외손자)」라 하고, 가문의 성씨를 잇는 아이―대개는 아들의 자녀―에 대해 「우치마고(內孫, 친손자)」로 부르는 것을 보아도 알 수 있다. 하지만 최근에는 「친손자」 「외손자」의 정의는 조부모와 동거하고 있는 손자와 동거하지 않는 손자라는 차이로 단순화되어 있다. 일본어는 손자의 성별은 아니고 친손자인지 외손자인지의 차이를 강조하는 것이다. 손녀와 손자를 한 마디로 표현할 말은 없고 「아들 자(子)」와 「계(系)」를 조합한 문자인 「마고(孫, 손자)」라는 유니섹스적인 것 밖에 없다.

핵가족으로 살아가는 일본인이 대다수인 오늘날에는 친손자에게 무게를 두는 일도 점점 사라져가고 있다. 손자들은 친조부모 집에도 외조부집에도 가지만, 육아의 대부분을 행하는 여성은 당연한 일이기는 하지만 친정에 가고 싶어 하고, 또 친정 쪽이 마음 편할 수 있다. 모친의 기분은 자녀들에게 전달되어 그 때문에 자녀들도 외할머니 쪽에 더욱 친근감을 느끼게 되는 것인지도 모른다. 이러한 경향은 시어머니에게는 말 꺼내기가 어려우니까 친정어머니에게 애를 부탁하게 되므로 더욱 심해지는 것이다.

---

1) 노남은 없다.

# 우바스테야마 

우바스테야마(姥捨山)는 일본 중앙부에 솟아있는 해발 1,200미터로 된 산이다. 이 음침한 이름은 늙은 모친을 산정에 데리고 가서는 버려두고 와 죽게 했다는, 옛날부터 잘 알려진 전설에 유래하여 붙여졌다. 완전히 팔다리가 약해져 기동도 못하게 되면 할머니의 존재는 가족의 식량이나 가계에 있어서 견디기 힘든 부담이 된다.

인도에서 중국을 거쳐 전해졌다는 이런 패턴의 이야기의 일례로는, 「어떤 아들이 노모를 버리라는 명령을 여겼다. 그 후, 마을이 위기에 빠졌을 때, 노모의 현명한 충고 덕분으로 마을이 역경을 이겨냈다」는 것이 있다. 유사한 이야기는 12세기의 『곤자쿠 모노가타리』(今昔物語)[1], 15세기의 제아미(世阿弥)의 능악(能楽)[2] 「우바스테(姥捨)」 속에도 있어서, 늙은 부모[3]를 버리고 오라고 채근하는 아내의 성화에 고통스러워하는 남자의 이야기가 그려져 있다. 이 이야기는 현대일본예술, 특히 후카자

와 시치로(深沢七郎)의 단편소설 『나라야마부시코(楢山節考)』에
도 살아 숨쉬고 있다. 이것을 원작으로 한 영화가 1958년 및
1983년에 만들어졌다. 1983년 작품은 이마무라 쇼헤(今村昌平)
감독에 의한 것으로 칸느영화제에서 그랑프리를 수상했다.

연구자들은 일본사회가 가장 핍박했던 시절에도, 노인의 사
회적 지위는 높았을 것으로 보고 있다. 따라서 스스로 밥벌이
를 하지 못하는 노파를 유기하는 것과 같은 것은, 전설이 많은
데 비해서는 일반적이지 않았을 것으로 추측하고 있다. 일본
인은 적어도 요 300년 이래 계속 고령자들을 특별히 축하해
왔다. 이것이 발전되어 9월 15일의 경노의 날(敬老の日)[4]이 된
것이며, 아마 이런 취지의 공휴일로서는 세계 유일의 것이리
라. 노인이 각각 60, 70, 77, 88, 99살이 되면 가족들이 도여
선물을 드리고 축하를 한다. 단, 생일 때 성대하게 축하를 받
는 것은 대개 남성 쪽이다. 그 연령이 된 것을 감추기는커녕
고령자의 대부분이 백발을 보이며 장수를 과시한다.

우바스테전설의 배경에 있는 것은, 무거운 짐을 벗어버리고
싶다는 젊은 사람들 쪽의 욕구만이 아니다. 노령자 자신의 죽
음에의 희구라는 심리적 요인이 있는 것이다. 이마무라 감독
의 영화 속에서, 눈 오는 산정에서 편안히 죽고 싶으니까 제발
데려다 달라고 아들에게 우기는 것은―그리고 아들은 그리했
지만―늙은 모친 쪽이다. 요즘은 고생 않고 자는 잠에 빠져들
고 싶다고 원하는 노인들은 이 독특한 기원을 전문으로 하는

절에 몰려드는 것이다.

자신의 손으로 그것을 해버리는 경우도 있다. 세계보건기구의 국제적 통계에 의하면 일본의 고령여성의 자살률은 다른 나라의 동 연령의 사람들에 비하여 대단히 높다. 일본에서는 1984년에 75세 이상의 여성고령자 1만 명당 5.7명이 자살하고 있다. 같은 연령층의 일본남성의 자살률보다 낮지만, 다른 나라의 같은 연령층 여성의 자살률보다 훨씬 높다. 예를 들면 미국은 1만 명당 0.5명, 독일은 2.8명, 홍콩은 3.4명이다.

가족 내 갈등에 초점을 맞춘 〈우바스테전설〉은 일본 전체가 직면한 문제 중의 한 소우주라 볼 수 있다. 일본은 미증유의 스피드로 고령화되고 있다. UN은 2015년까지는, 전 인구 중 차지하는 고령자 비율이 현재의 2배가 될 것으로 예측하고 있다. 그 때, 일본인 5명 중 1명은 65세 이상이 된다. 평균수명이 늘어난 것, 출생률이 저하된 것 두 가지가 주요인이다. 더욱이 또, 65세 이상 인구의 거의 60%는 여성으로 이루어져있다. 산정에 노파를 유기하여 죽게 하는 일 같은 것은 터무니없는 말이다. 하지만 일본 정부는 1980년대 중반, 생활비가 좀더 싸게 드는 「실버타운」[5]을 해외에 건설하여 고령자를 이주시킬 계획을 세우기도 했다.

1) 일본 최고의 고대설화집. 951년경 성립된 것으로 보이는 『야마토이야기(大和
   物語)』에도 같은 유화가 보이고 있다.
2) 일본 예능의 하나.
3) 일본에는 노인 유기 풍습은 없었을 것으로 보는 것이 학계의 통설이다. 이러
   한 이야기는 버리는 것의 고통을 그림으로써 역으로 노인을 소중이 하자고 가
   르치는 것이 그 골자이다.
4) 「노인의 날(としよりの日)」이었던 것이 1964년 개정되어, 9월 15일이 1966
   년부터 공휴일이 되었다. 더욱이 2003년 법개정으로 9월 세 번째 월요일로
   바뀌었다. 2005년 현재 100세 이상은 2만5천 5백5십4명, 평균수명은 2004
   년 여성 85.59세로 세계 제1위, 남성도 78.64세로 2위이다. 65세 이상이 총
   인구의 19.5%이다.
5) 노인수출, 기민(棄民) 등의 비판을 받아, 1988년 새롭게 해외체재형 여가가 제안
   되었다.

# 시어머니 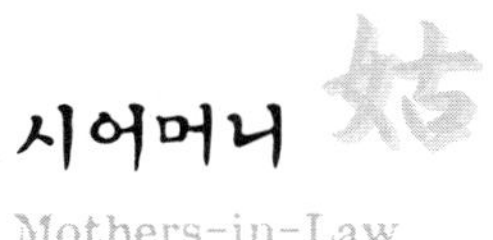

Mothers-in-Law

「여(女)」라는 한자 옆에 「고(古い)」자를 쓰면 자동적으로 시어머니를 의미하는 「고(姑)」라는 일본어가 생긴다(〈シュウトメ, 슈토메〉 내지 〈シュウト, 슈토〉). 시어머니는 전통적인 일본의 가족구조 속에서 실체 이상으로 막강한 지위를 가진 존재다. 시아버지(舅)에 대해서는 「오래된(古い)」 것인지 어떤지는 중요하지 않고, 이 글자는 「남(男)」과 「절구 구(臼)」라는 한자를 조합한 것이다. 오늘날에는 시어머니도 시아버지도 오직 남편 쪽 부모를 가리키지만, 고대 모계제 시대에서는 남자가 결혼한 아내 쪽 집에 들어갔기 때문에 「구(舅)」란 아내 쪽 아버지를 말한다. 「구(舅)」도 「고(姑)」도 「부(父)」나 「모(母)」를 나타내는 한자와는 조금도 닮지 않았다. 그것은 친부모와 배우자의 부모와는 매우 다른 역할을 하는 것임을 암시하고 있는 것은 아닐는지 모르겠다.

일본에서는 요메이리(ヨメ入り, 嫁入り, 시집가기)[1]가 문자 그대

로「여자가 남자 쪽으로 들어가는 것」을 의미해 온 것은 11세기 초두부터이다. 그리고 남자 집에서는 남편의 모친이 젊은 며느리를 가풍에 맞게 가르치는 것이다. 장남만이 전 재산을 상속하는 자가 되어, 나이든 양친을 모실 책임을 지게 된다. 지금은 딸과 동거하는 형태가 점점 증가했다고는 하지만, 3세대 가족의 대다수는 양친과 그 아들 가족들로 이루어진다. 일본의 고령자는 자녀나 손자와 동거하는 사람이 대부분이기 때문에, 고부간의 갈등은 악명 높다. 장모와 사위가 대립하는 서구형과는 달리, 일본의 전형적인 시나리오는 시어머니와 며느리와의 대립을 제재로 그리는 것이다.

이 작은 전쟁은「고부지간은 견원지간(嫁と姑は犬と猿)」이라는 격언으로 표현되고 있다. 일본인은 개와 원숭이 사이가 꼭 서구에 있어서의 개와 고양이처럼 사이가 나쁘다고 인식하고 있다.「가을가지는 며느리에게 먹이지 말라(秋茄子は嫁に食わすな)」는, 가을가지처럼 맛있는 것을 먹이면 며느리를 버릇없게 만드니까, 젊은 며느리를 엄하게 길들이라고 충고하는 격언으로 해석하는 것이 보통이다. 그러나 진심으로 며느리의 건강을 생각하기 때문에 몸을 차게 하는 가을가지를 삼가는 것이 좋다는 뜻으로 해석하는 사람도 있다. 며느리에게 불만투성이인 시어머니는 자식을 이혼하도록 설득하여, 며느리를 쫓아내므로 이것을 나타내는「슈토메자리(姑去り, 시어머니의 의사로 이혼하는 것)」라는 특별한 말도 있다. 시어머니의 군림을 받아 봉건시대

의 며느리는 거의가 그 집의 노예로 불러도 될 정도였다. 아침 가장 먼저 일어나, 하루 종일 억척같이 일하고, 그리고 밤에는 가장 늦게 잠자리에 들었다. 며느리는 또 남편의 형제간인 시누이나 시동생들이 건방진 행동에도 참고 복종해야했다. 시어머니나 시누이들에게 둘러싸여 있던 며느리는 자연히 시어머니의 권한을 자신이 행사할 수 있을 날을 꿈꾸고 있었던 것이다.

하지만 일본의 시어머니는 이미 타인의 원성을 살 것 같은 입장에 있지는 않다. 오늘날에는 며느리가 시어머니를 위압하고 있다고 거론되고 있고, 나이든 여성의 대부분은 아들들과 별거하는 쪽이 낫다고 말하게 되었다. 그럼에도 불구하고「시어머니」란 말은 지금도 아직 전제권력의 뉘앙스까지도 띠고 있으므로, 사람들은 이 말을 피해「남편의 어머니(夫の母)」라는 우회적인 말을 즐겨 쓰는 것이다. 사이가 나빠지면 최근에는 재판소에 소송하는 가족도 있다. 1983년에 가족간의 마찰의 중재를 재판소에 맡긴 남편 중 거의 반수는 아내와 어머니와의 대립이 원인이라고 말하고 있다.

지금도 예전처럼 수년간 동거하면, 시어머니와 그 아들의 아내와는 서로 대하는 느낌이 달라진다. 늙어가는 시어머니가 며느리에게 이미 안심하고 집안일을 맡기게 되면, 조금 숨을 돌릴 수 있는 때를 맞게 되는 것이 보통이었다. 어느 지방에서는 시어머니가 며느리에게「주걱(しゃもじ)」을 넘길 때 여자의 권력이 상징적으로 이양된다고 한다. 시어머니가 나이가 들어

감에 따라 힘의 균형은 젊은 며느리 쪽으로 더욱 기운다. 자리에 누운 시어머니가 며느리에게 간병을 받을 때 겨우 시어머니와 며느리의 역할은 역전되는 것이다.

---

1) 요메이리(시집가다)라는 말이 무코이리(사위보기, 고대에서부터 일본의 결혼 형태는 남자가 여자집으로 방문하는 형태였다)를 대신하여, 결혼 즉 시집가다를 의미하는 것은 13세기부터 15세기 이후로 보는 견해도 있다.

# 대형쓰레기

Giant Garbage

　일본인은 처분하기 쉽게 쓰레기를 세 종류로 나눈다. 하나
는 부엌쓰레기나 계란껍질 같은 가연성 쓰레기(흔히 말하는 나마
고미(生ゴミ)), 다른 하나는 빈 맥주캔 등과 같은 불연소쓰레기,
그리고 마지막으로「대형쓰레기(粗大ゴミ)」, 즉 고장난 냉장고
와 같이 커서 처분이 힘든 잡동사니 세 가지가 있다. 이「대형
쓰레기」란 말은 1980년대에 유행한 인정사정없는 속어로서
퇴직 후의 남편을 가리킨다.

　집안을 하릴없이 어슬렁댈 뿐, 도움은커녕 늘 방해만 된다는
불만을 담아, 여자들은 남자를「대형쓰레기」라 한다.「대형쓰
레기」들은 분주한 샐러리맨 생활을 완수하기까지 집에서 지낼
시간이 거의 없었기 때문에 집안에서 자신이 설 자리가 없다.
아내들이 전 에너지를 가정에 쏟아 부을 동안 남편들은 회사일
만 해왔다. 이것은「퇴직자라는 것은 유일한 아이덴티티였던
회사의 이름을 벗어던지는 일이다」는 아내들 쪽에서의 격렬한
비판이 있는 것만 봐도 확실하다. 즉 퇴직한 남편은「라벨이

없는 통조림」인 셈이다. 남편에 대한 이런 불손한 태도가 만연
해 있는 것은, 마이니치(每日) 신문의 칼럼「편집자 앞 편지」를
봐도 알 수 있다. 1984년,「대형쓰레기」란 말을 둘러싸고 이
칼럼은 60통 이상의 편지를 받아 격렬한 논의가 펼쳐졌다. 최근
에는「대형쓰레기」란 말을「회사에서 돌아와 집에서 보내는
시간이 얼마 되지 않으니까 조금이라도 집일을 도와주면 좋으
련만」이라고 남편에게 불평할 때 사용하는 젊은 여성도 있다.

　남편이 퇴직 후 쓰레기가 되어버리지는 않을까 염려하는 중
년여성을 나타내는 말도 1980년대에 일본어 어휘에 보태졌다.
이러한 여성은「사추기(思秋期)」에 들어섰다고 이야기된다. 여
성은 40대가 되면 퇴직한 남편과 함께 앞으로 어떻게 보내야
만 할지, 또 자녀들이 품을 떠난 후의 인생목적은 무엇인지,
불안을 느끼기 시작한다. 중년기의 위기를 의미하는「사추기
(思秋期)」란 표현은, 가와이 하야오(河合雄, 교토대학교수, 심리학)
에 의해 만들어져, 1980년 중반에 공통통신사에서 간행된 사
이토 시게오(斎藤茂男) 저『아내들의 사추기(妻たちの思秋期)』에
의해 유명해졌다. 이 책은 환상이 깨져 실망한 아내들을 인터
뷰하여 그 내용을 정리한 것이다.

　사추기현상의 원인의 얼마간은 1983년의 정부조사에서도 확
실하게 되었다. 그것에 의하면 잔업, 퇴근 후의 인간관계, 장거
리통근 등으로 하여, 매일 저녁 집에서 저녁식사를 하는 사람
은 일본 샐러리맨의 겨우 41%에 지나지 않는다. 3분의 1은, 가

족과 보내는 시간이 3시간 이하였다. 아내들은 「남편 탈 없이 밖에 있는 게 좋아(亭主は丈夫で留守がいい)」를 반복적으로 스스로에게 되뇌며, 이러한 상황은 별 도리 없는 것이라고 체념해 온 것이다. 남편이 「집에 있다」는 당연한 사실을 예상하여 처음으로 그녀들은 불안해진다. 이렇게 말하는 것은, 특히 세계 제2차대전 전에 태어난 여성은 3세대 동거가족 중에서 남녀간에는 갭이 있기 마련이라고 주입되어 왔기 때문이다. 3세대 동거가족에서 여자는 남자를 섬기는 존재가 되어, 「부부」라는 관계는 인생을 채우는 많은 인간관계 중의 하나에 지나지 않았다. 그러나 최근에는 핵가족이 늘고 평균수명이 늘어났기 때문에 남편이 퇴직하고 나서 수십 년이나 시간이 있다. 이 긴 세월은 이제까지 함께 지낸 적이 없는, 두 사람만이 있는 일에 익숙하지 않은 부부 앞에 조금 기분 나쁘게 가로막고 있는 것이다.

자녀들은 집을 떠났고, 가족 중의 노인들은 세상을 떠나고 말았기 때문에, 이제 고된 일도 없다. 그 때문에 함께 보낼 시간이 많아져, 사추기의 부부가 때로는 서로간에 새로운 발견을 하게 되기도 한다. 그러나 일본여성은 「대형쓰레기」라고 남편을 야유하는 자세를, 언어뿐만 아니라, 행동에서도 빈번하게 취해왔다. 가까워온 남편의 퇴직에 관하여 걱정하여 초조해 하는 제2의 청년기(사추기)에 들어가는 40대의 부부 사이에서 그 관계가 가장 급격히 파탄한다. 이 세대의 이혼은 과거 20년간 2배 이상이 되었다. 모든 이혼의 대부분은 대형쓰레기

를 분류하거나 처리하거나 하는 것에 익숙해져 있는 배우자 측
으로부터 제기된다. 즉 4건 중 3건은 여성 쪽에서 이혼청구되
고 있는 것이다.

# 재고 

Unsold Goods

평생 독신으로 지내는 일본인은 거의 없다. 그럼에도 불구하고, 일본어에는 소위「결혼적령기」가 지나도 결혼하지 않은 사람―특히 여성―을 업신여기는 말이 극히 많다. 나이가 지났는데도 결혼을 하지 않은 여성은「재고(売れ残り)」인 것이다. 이것은 신부를「판로(売れ口)」라 부르는 것과 대어를 이룬다.「재고」인 여성은 이윽고「시집 안 간 과부(いかず後家)」가 된다. 그것은「결혼하다」의 의미인「요메니 이쿠(嫁にいく, 시집가다)」를 비꼰 말이다. 그녀는「연분이 없는(縁遠い)」것이다. 영어의 "old maid"와 문자 상으로 거의 같은 일본어는 약간 오래된 말인「老孃(노처녀)」이다. 이런 여성들을 도대체 어떻게 불러야 좋을지 당황한 나머지, 어떤 사람은 외국어로 정중하게「올드미스」라 부르기도 한다. 그러나 이 용어는 경멸적으로 들린다는 것을 알고는, 다음으로는「하이미스」로 부르기도 했다. 올드미스도 하이미스도 독신남성을 가리키지는 않는다. 독신남성을 나타내는 일본어는, 외국어로부터 채용된 말, 예를 들면 영어의 배철러라든지 한국어의 〈총가〉(チョンガー, 총각) 등 두세 개의 말뿐이다.

평생 독신으로 지내는 여성의 대부분은 사후의 자신의 유체의 운명에 대해 불안을 느끼고 있다. 일본의 장례관습에 의하면 여성은 남편 쪽 집안 묘에 매장된다. 「재고」인 여성은 가령 혹 그녀의 올케가 반대라도 한다면, 양친과 함께 집안 묘에 들어가는 것이 어려울지도 모르는 것이다. 제2차대전 때문에 남편 될 사람과 사별하여, 그 후 독신인 채로 지내는 여성들이 있다. 그 중 약 2백 5십 명은 이 문제를 「여자비 모임(女の碑の会)」을 만듦으로써 해결했다. 그녀들은 자신들의 영혼의 영면을 빌며, 1979년 교토의 교외에 비를 세워 거기에 매년 모여 그해 죽은 회원을 추도하고 있다.

「재고」란 토마토가 썩기 전에 사 주기를 기다리는 야차가게와 같이, 여자가 수동적으로 기다리는 것을 의미한다. 이것은 봉건시대의 실정을 반영한 것인지 모르지만, 현대 일본여성은 결혼할지 어떨지, 또 결혼할 시기 등에 대해서는 스스로 결정할 권리를 가지고 있고, 독신생활을 좀더 밝은 이미지로 나타낼 말은 없을지 기를 쓰고 찾고 있다.

여성패션지는 남녀 양쪽이 사용할 수 있는 멋진 영어 「싱글」을 사용하고 있다. 원어가 그런 것처럼 「싱글」은 젊은이만이 아니라, 결혼하지 않은 사람도, 이혼하여 혼자된 사람도,

배우자를 먼저 보낸 사람도 지칭하게 된다. 1980년대 중반, 조
모, 모친, 그 자녀 4명이라는 싱글들만으로 이루어진 가족을
그린 만화 『싱글즈(シングルズ)』가 있었다. 가족 중 한 사람이
연애사건에 휘말려, 그녀들의 싱글로서의 연대감이 위협받으
면, 그 외의 사람들이 얼마나 대소동을 일으키게 되는가 하는
스토리였다.

여자비 모임(女の碑の会)의 비문 휘호

　1989년의 유행어는 오바타리안(おばたりあん, 역주: 주책없는 아줌마의 특성을 들어 비꼰 신조어), 섹슈얼 허러스먼트(セクシャルハラスメント, 역주: 세크하라라고도 하며, 성희롱의 뜻), 젖은 낙엽(ぬれ葉, 역주: 아내 뒤를 쫄쫄 따라다니며 절대로 떨어지지 않는 나이든 남편)이었다. 여자의 시대라는 실감이 사회지표면에 뿜어져 나온 해였다. 정말이지 말이란 시대를 비추는 거울이다. 일찍이 유행어 「구레나이 족(くれない族, 역주: 구레나이 즉 〈주지 않는다〉족, 젊은 10대들이 자신이 못하는 것을 부모나 주위 사람이 〈해주지 않아서〉 그렇다고 푸념하는 것을 비꼬아 이르는 말)」 「사춘기의 처(思春期の妻, 역주: 본문 참고)」에서 느껴지던 푸념 투의 의존성이 없어지고, 남자에게 아양 떨지 않고 제목소리로 살아가는 건강함과, 뚜렷한 의사표시가 이들 말의 이면에서 느껴진다. 이렇게 말하는 내가 이 책을 내게 된 것도 그 훌륭한 증명의 하나임에 틀림없다.

　그러나 가로문자를 세로로 바꾸는 번역가이다. 중학교 때 영어선생님이 이것을 아신다면, '푸하하' 하고 웃음을 터뜨리

지나 않으실런지. 그렇대도 「뭐 불만 있으셔요?」다.

　말은 사상의 반영이고 동시에 사상도 말에 의해 규제되고 영향을 받는다. 예를 들면 의지적이고 적극적인 여성을 긍정적으로 평가하는 말이 없으면. 그러한 여성이 있다 해도 그 가치를 형용하여 사람에게 전달하는 일은 어렵다. 사상은 말에 의해 표현되고 전달되는 것이기 때문이다. 나를 부추긴 동기는 이 「말과 사상」과의 관계성에 대한 흥미였다. 사상은 또 시대의 정신이고 이미지다. 말이 가지는 이미지의 힘은 일본인의 여성관을 형성하고 제한해 온 원동력이었다. 그리고 지금도 그렇다.

　이 책은 일본여성에 관한 다양한 말을 통하여 일본여성과 남성의 관계나 여성관을 찾고 있다. 또 일본과 미국문화의 차이를 부조시킨다. 일본인이 아닌 저자가 일본어에 대해 쓰는 이 책에는 많은 시사점이 내포되어 있다. 우리들은 일본인이기 때문에 너무 귀에 익숙해진 말을 내면화하고 체질화해 버리고 말아, 오히려 그 말이 지니는 성적 차별적 구조에 둔감해져 있지는 않을까. 익숙해진다는 것은 정말로 무서운 일이다. 또 「순종적이고 착한 일본여성」이라는 스테레오타입을 깨트릴 말을 수집하고 있는 점에서도 이 책의 새로운 의의가 있다.

　"Womans word"의 번역서가 있으면 좋으련만 하고 생각하고 있던 한 때의 생각이 구체화되어 실현된 것은 예기치 못한 행복이다. 그것은 힘들기는커녕 즐거운 작업이었다. 우먼즈북

스토어 송향당(松香堂)의 나카니시 도요코(中西豊子) 씨는 상담을 하자 곧 "Go" 사인을 내주셨다. 그것이 내 의욕에 불을 지펴준 것이다. 심심한 감사를 표하고 싶다. 또 끊임없이 격려해준 남편에게도 진심으로 「고마워요」.

두말할 것도 없이, 공역자인 기요미(清美) 씨와는 함께 노고를 달래고 싶다. 페니미스트와 말에 관심이 강한 그녀를 끌어들여, 둘이서 일본어 번역에 매달려온 것은 첫여름이었다. 시간적인 제약도 있어 분담하여 번역하였다. 기요미 씨가 제1장과 제5장의 반을, 내가 제2장, 제3장, 제4장, 제5장의 반, 제6장, 제7장을 담당했다. 분담 양의 불균형은 그녀의 다망함과 내 성급함의 결과이다. 말 꺼낸 책임이 있기 때문이기도 하지만, 부릉부릉 전속력으로 일을 진행시키는 나를 「박력있네요」라고 그녀는 평했다. 그러나 별다른 일은 없다. 요컨대 내 쪽이 성급했었을 뿐이다. 어쨌든 서로 원고를 주고받고 몇 번이고 몇 번이고 체크한 것은 물론이다. 그러나 최종적인 책임은 각각 담당자가 진다. 또 역자에게는, 충분히 유의한다고 했지만 범위는 다방면에 걸쳐있기 때문에, 특히 전문용어 등으로 교정해야 할 곳이 있다면 조언해 주시길 바란다.

1989년 가을, 베를린 장벽이 무너져 동유럽이 자유화로, 소련이 혁명적 변용을 이루어갔다. 세계사 연표와 세계지도가 머릿속을 빙빙 돌 것 같은 연일의 뉴스였다. 그 중에서, 나는 다음 시대가 이데올로기란 틀을 넘어선 사고법과 행동력이 필요하다는 것이라고, 그리고 그 가능성을 가지고 있는 여성에게 보다 큰 희망을 가질 시대가 될 것이라고 느끼고 있었다. 이 같은 예감 속에 번역작업이 되었던 것을 지금 너무나 기쁘게 생각한다.

이 책에서 거론하고 있는 말은 일본인이라면 알고 있는 것뿐이다. 그러나 알고 있기 때문이라고 하여, 우리들에게 있어서 무가치한 정보라는 말은 아니다. 이 책에 적혀있는 것은, 이 책의 원래 독자인 영어권의 사람들에게 있어서는 가치 있는 정보라는 것, 즉 영어권문화에는 보이지 않는 사항이라는 것이다. 우리들에게 있어서는 당연하고, 일본 이외의 어느 나라에서도 있을 거라고 얼핏 생각되는 것 같지만, 실은 그렇지 않다. 일본 특유의 현상이라는 것을 이 책은 알게 해 줄 것이다.

여자를 둘러싼 상황은 어느 사회에 있어서도 확실히 얼마만큼은 공통성이 있다. 여자가 지배되고, 억압되고, 착취 받고 있다는 상황은 정도의 차는 있을지언정 어느 나라에서도 비슷한 것이다. 그러나 예를 들면, 인구위기위원회(미국, 1988년)에 의하여 여성의 지위가 1위로 된 스웨덴과 같은 나라와 선진국 중은 거의 최하위의 34위로 된 일본, 그리고 99위로 된 방글라데시와 같은 나라와는 그 지배, 억압, 착취의 모습, 또 여자들의 생활이나 여자와 남자의 관계가 무척 다르다. 북유럽제국 다음으로 여성의 지위가 높은 것으로 보이는 것이 미국의 여성이고, 더구나 일본에 3년간 살고 특히 일본여성을 연구해 온 저자 키토렛지 체리가 쓰는 일본여성상은 이와 같은 여성들의 상황의 차이를 부각시켜 줄 것이다.

일본에서는 최근 남녀고용기회균등법이 성립했지만, 미국에서는 20년이나 전에 남녀평등수정조항(ERA)의 비준을 둘러싸고 공방이 계속되어왔다. 1973년에는 반 페미니스트인 휘리스 슈라후리라는 여성이 「나는 주부로 있고 싶다. 옥좌에 앉은 채로 있고 싶다」는 여성들의 소리를 모아서 「스톱ERA」운동을 성공시켰다. 빅토리아조 시대에 숙녀(레이디)를 섬기는 문화와 개척시대의 여자부족에 의한 「레이디 퍼스트」정신을 잇고 있는 미국 고유의, 주부들의 좌는 「옥좌」로 있을 수 있을 것이다. 일본에서도 최근은 「풍요」해져 온 것 같으므로, 일부의 「가네아마리 족(カネ余り族, 돈이 남아도는 족)」의 주부의 좌라면 「옥좌」일지도 모르겠지만, 대다수의 기혼여성들에게 「옥좌」라는 실감이 있을까.

분명히 세손가락을 바닥에 짚고 남편을 맞이하고, 코트를 벗기고, 가방을 들고 하는 식의 주부의 이미지는 과거의 일이 겠지(아마도). 하지만 독신귀족을 끝내고 일단 결혼하면 일을 가지든 않든, 가사, 육아는 머리를 정신없이 산발하고 혼자 도맡고, 또 육아가 일단락지고나면 파트노동자로서 노동시장의 최저변에 끼어들 수밖에 없는 대다수의 주부로 불리는 기혼여성에게 있어서는 「옥좌」는 고사할 것 같다.

　구미여성이 일본여성의 지위가 낮은 것과 남성과 비교하여 불리한 상황을 섣불리 지적하면 일본남성뿐 아니라 일본여성도 반감을 가진다. 말하자면 일본여성의 진짜 강함을 모르는 어차피 외국인에게는 표면적인 것 밖에 알 수가 없다. 체리 씨도 그것을 경계해서인지, 무척 조심스럽고 말도 가리고 있다. 그러나 그녀의 솔직한 생각은 곳곳에 살아있다. 우리들 일본여성이 공기처럼 당연하게 여기고, 때로는 체념하고 있는 사실이 영어권 문화에서는 결코 당연한 것이 아닌 점을 독자 분들은 체리 씨의 해석, 분석을 통하여 눈치 채게 될 것이다.

　이 책은 일본사회의 여성을 둘러싼 상황을 비추는 새로운 거울이다. 거기에 비취는 자기상은 이제까지 친숙하게 사용되어 온 거울에 비취는 것과는 상당히 다를 것이다. 그것을 어떻게 해석할지, 이제부터 자신의 삶에 어떻게 반영시킬 것인지, 체리 씨는 흥미로운 문제를 제시해 주었다.

**역자**

**안병곤**

경상대학교 사범대학 일어교육과 졸업
한국외국어대학교 대학원 일본어과 졸업(문학석사)
일본 관세이가쿠인(関西学院)대학 대학원 수료(Ph.D)
한국일본어교육학회 회장
경상대학교 사범대학 일어교육과 교수

**전철**

경상대학교 사범대학 일어교육과 졸업
경상대학교 교육대학원 일어교육전공 졸업(교육학석사)
경상대학교 대학원 일본학과 졸업(문학박사)
경상대학교 전임연구원, 경상대학교 · 진주보건대학 강사

**김명주**

경상대학교 국어국문학과 국문학 학 · 석사 졸업
일본 나라(奈良)여자대학교 석 · 박사 수료
일본 고베(神戸)여자대학교 문학박사학위 취득
현 진주경상대학교 · 진주보건대학 등에서 강의

日本語는 女性을 어떻게 표현해 왔는가?

초판 발행 _ 2006년 4월 28일

저　자 _ 구리하라 요코(栗原葉子) · 나카니시 기요코(中西清美)
역　자 _ 안병곤 · 전철 · 김명주
발행인 _ 김흥국
펴낸곳 _ 도서출판 보고사(제6-0429)
주　소 _ 서울시 성북구 보문동7가 11번지 2층
　　　　전화　922-5120~1(편집)　922-2246(영업)　팩스　922-6990
　　　　메일　kanapub3@chol.com

정　가 _ 10,000원
ISBN _ 89-8433-375-1

＊잘못된 책은 바꾸어 드립니다.
＊저자와의 협의에 의하여 인지는 생략합니다.